与大师面对面精品丛书

鹿心血

梁晓声精品集

梁晓声 著

首都师范大学出版社
CAPITAL NORMAL UNIVERSITY PRESS

图书在版编目（CIP）数据

梁晓声精品集．鹿心血/梁晓声著．—北京：首都师范大学出版社，2012. 12

ISBN 978-7-5656-1157-5

Ⅰ.①梁… Ⅱ.①梁… Ⅲ.①散文集—中国—当代 ②杂文集—中国—当代 Ⅳ.①I217.2

中国版本图书馆 CIP 数据核字（2012）第 302633 号

与大师面对面精品丛书

LIANGXIAOSHENG JINGPINJI LUXINXUE

梁晓声精品集　鹿心血

梁晓声　著

责任编辑　于胭梅　　　封面设计　忆美时代

责任校对　李佳艺　　　责任印制　何景贤

首都师范大学出版社出版发行

地　址　北京西三环北路 105 号

邮　编　100048

电　话　68418523（总编室）　68981197（发行部）

网　址　www. cnupn. com. cn

北京集惠印刷有限责任公司印刷

全国新华书店发行

版　次　2013 年 9 月第 1 版

印　次　2013 年 9 月第 1 次印刷

开　本　710mm × 1000mm　1/16

印　张　16

字　数　223 千

定　价　29. 80 元

全世界的母亲多么相像

——梁晓声作品读后感

好书对读者产生的效果，不是说服而是感动。读梁晓声先生的《母亲》《慈母情深》，曾经让我泪流满面。这不仅折射出文字本身所具有的那种温暖的忧伤，于我也是一种灵魂质地的检测，它表明我依然具有柔软纯净的心灵。惠特曼说过："全世界的母亲多么相像！她们的心始终一样。每一个母亲都有一颗极为纯真的赤子之心。"梁先生笔下的母亲，是普天之下所有母亲的一个缩影、一扇窗户，打开她，必将打开一切母爱的情感闸门。因此，由"我的母亲"到"天下母亲"，由"一位母亲"到"万千母亲"，是我们选择此书的一个自然生发的情感逻辑。读书，不过是一个"推己及人"又"推人及己"的循环往复、螺旋上升的过程。在这个过程中，没有任何人对你说教，而你却能在不知不觉中深受其教。读梁晓声先生的书，便是如此。

王崧舟

2012年6月29日

王崧舟，男，1966年10月出生，浙江上虞人。大学本科学历。中学高级教师，特级教师。系国家级学科带头人、全国五一劳动奖章获得者、浙江省小语会副会长、杭州市小语会会长。现任杭州市拱宸桥小学教育集团理事长兼拱宸桥小学校长。

读梁晓声作品感悟

他是一个和读者面对面蹲着说话的人。他并不认为当了作家就是缪斯的代言人，就可以俯视大地，挥斥方遒。他感念苍生，始终默默关注着普通人的命运，忧百姓之忧，想百姓所想。

基因决定性格，性格影响人品。有的人有猴气，有的人有虎气，有的人只有猫的媚态。梁晓声兼有牛的执著和羊的善良。他的作品字里行间弥漫着一种悲天悯人的气质。他是普通百姓的代言人和讴歌者。这正是梁晓声的本色，也是他的作品富有生命力、能长久打动人心的缘由。

潘国彦

潘国彦，男，中共党员，编审。曾任新闻出版署图书司副司长；《中国新闻出版报》副总编辑；《中国出版年鉴》主编；原国家出版局综合处副处长；原新闻出版署办公室秘书处处长；新华社《中华人民共和国年鉴》编委；中国图书评论学会理事；中国出版工作者协会常务副秘书长；北京市新闻出版局出版顾问团顾问。已在境内外发表评论、散文、报告文字、书评、研究报告200多万字。

青少年朋友的良师益友

——梁晓声作品读后感

梁晓声，从二十世纪七十年代末期开始写作和发表作品。八十年代初期，他的短篇小说《这是一片神奇的土地》《父亲》和中篇小说《今夜有暴风雪》连续获得全国优秀短、中篇小说奖，梁晓声这个名字便为海内外众多读者所知晓。他身为知识青年，曾在黑龙江北大荒这个荒芜而肥沃的土地上长期磨炼，经历了生活的苦辣酸甜。风霜雨雪的丰富见闻，铸就了他坚韧的素质、顽强的毅力和不屈的精神。梁晓声通过小说展现了生动、鲜活而泥土气息浓郁的现实生活和有血有肉的人物形象，感染并感动、教育着读者，其撼人心魄的艺术魅力给人以巨大的激励与鼓舞。他塑造的丰富多样的艺术形象使人过目难忘，历久弥新——这是梁晓声作品给人最鲜明的印象，也是他最重要的特征。

进一步走近梁晓声，我们还看到他那些被人称为“另类散文”的大量著作。这里，有关于父兄姐妹、亲朋邻里、社会人生以及国际时事等多方面生活内容的文字，不仅数量可观，而且独具特色。有人评论说，他的这些作品的特色是“爱憎分明，嬉笑怒骂，皆成文章；情真意切，人间苦乐，皆成文章；从前、现在或将来，世事纷繁，点点滴滴，所见所闻，所思所想，皆成文章；猛兽昆虫，生命百态，信笔写来，皆成文章”。可见，他写作选材之广泛，思维之独特，文笔之跌宕，情感之率真，实可谓皇皇大观，独树一帜——这是梁晓声作品的又一个重要的特征。

在《关于母爱》一文中，他说："母亲们为了儿女能够无忧无虑地幸福生活，不管儿女是否呆傻、疯癫、残疾以至瘫痪，甚至面目奇丑，类似非人，而母亲的爱都时时刻刻不离开他的身边，绝不嫌弃、绝不放弃，甚至奉献出自己的一切，而又无私无怨无悔。"

梁晓声作品洋溢着一种伟大的爱，震撼人的肺腑，洗涤人的灵魂，让人心灵充满温情善良，充满了爱，实属人性中最美的那一部分。在《感激》一文中，他述说自己几十年生活中曾遇到过的许许多多的好人，得到过的无数的关怀、爱护、帮助和支持，这种种美好，使他倍感温暖，充满力量。今天一想起来，常常便会油然而生无限的感动、感激和感怀的情愫，以致影响着他的人生，决定着他人生的走向和一切。

正是这种真诚的爱，使他终生难忘，从而内心产生强烈而深挚的感激之情，并且让他决心以种种努力去回报他人，回报社会——显然，这是梁晓声能够取得今日成功的重要原因之一。

现在，看了首都师范大学出版社即将出版的梁晓声先生的作品，感到这正是广大青少年最需要的好作品。我为此深深感动。这里有青少年心灵成长最重要的营养——教人懂得善良和感恩，教人在贫困中依然保持一种乐观和向上的尊严。今天能够及时读到这部如此内容丰富、感人至深的文字，实在是一种缘分，一种幸运。

胡德培

胡德培，男，编审。新闻出版事业突出贡献奖获得者。1959 年四川大学中文系毕业，在《文艺报》、人民大学出版社从事文学编辑工作。曾担任《新文学史料》和《当代》杂志副主编，有《〈李自成〉艺术谈》《艺术规律探微》《胡德培散文》《瞩望星河——近二十年中国长篇小说艺术》《文学缘——近半个世纪我所接触的作家》等著作。

目　录

CONTENTS

CONTENTS

鹿心血

1972 年冬，按照上级命令，我们在乌苏里江边增加了一个哨所。守卫它的，是我们连的六名知识青年——我是其中的一个。

哨所并不隐蔽，用一破两半的圆木构造。我们的任务是——巡逻十里长的一段江面。

连队隔半月给我们送一次面粉和蔬菜。北大荒冬季只能吃到白菜、萝卜、土豆——“老三样”。不但战士要吃，干部也要吃，哪一级都要吃。吃了就要唱：“我们的同志，在困难的时候，要看到成绩，要看到光明……”

难得吃顿肉。我们不像某些人那么娇气，三个月不知肉味就牢骚满腹。

我们都巴望哪天能捉一个特务。

却没捉到过。

捉到过一个形迹可疑者，一个“二毛子”。我们大大地兴奋了一次，轮番对他进行审讯。结果非常遗憾，他不是特务，是九连的马车老板，到江边来下套子套野兔。这令我们也大大地沮丧了一次，没收了他的兔套。兴奋是一种情绪付出，不能白白兴奋一次。

江边地带很荒凉，生长着灌木丛和杂草，野兔出没其间。

捉不到特务，我们就转移愿望，套野兔。总得有个愿望才行。什么愿望都没有时，烟钱的开销就太大了。

却没获得过一根兔子毛。套住的野兔被狗叼走了。雪地上清清楚楚留下的踪迹告诉我们，狗跑过江面，消失在彼岸的土堤后。土堤后是一个村庄，可以望见各式各样的屋顶。这一带江面不宽，早晨甚至可以听到他们那个村庄的鸡啼。毫无疑问，这条“强盗狗”准是苏联人的！它竟可恶地连我们的兔套也一块儿叼走了。

我们恨透了这条狗。发誓逮住它，惩罚它。不弄死它，也要弄它个半死。我们设诱饵，埋“子母套”。

一天傍晚，我们听到了狗叫声。当时大家闷坐火炉四周，正无事可做，无话可聊。狗叫声在我们内心引发了一种近乎亢奋的激动，同时跳起来，好像哨所里着火了似的，争先恐后冲到外面。

我们循着狗叫声跑到一片灌木丛那里，包围被套住的狗观看，大为开心。那狗比我们想象的要小，也不如我们想象的那么凶猛。长腰身，长腿，垂耳。深栗色的毛，闪耀着旱獭般的光泽。狗脸很灵秀，很可爱。一条漂亮的纯种苏联猎狗。钢丝套子勒在它后胯上。由于它经过了一番激烈的挣扎，已使套口收得很紧很紧，勒入皮肉，仿佛就要将它的腰勒断了。这狗的充满痛苦的眼睛里，流露出人类的悲哀而绝望的目光，恐惧地瞧着我们。它不断龇牙，发出阵阵低鸣。但那低鸣绝不意味着进攻的企图，是防范的本能。它太痛苦了，不久便连防范的本能也丧失了，一动不动地蜷伏在雪窝中，不再龇牙，也不再发出低鸣。它浑身颤抖。不知是由于痛苦，还是由于恐惧。

观看这么漂亮的一条猎狗这么可怜的样子，我们都有点暗发慈悲了。它毕竟是狗，不是狼。它不过叼走了我们套住的野兔，并没咬伤我们的哪一个伙伴。如果它是一条中国狗，不是猎狗，只是一条普普通通的狗，我们都会立刻放掉它的。我们都暗暗地、深深地为它不是一条中国狗而遗憾。苏联，这一点似乎使问题的性质很不同了。一种古怪的心理，使我们这几个很喜爱狗的中国小伙子，对这条苏联狗压制了我们天性中的善良和怜悯。

一个伙伴踢了它一脚，恨恨地说："我们走，让它在这儿受罪吧！它不被勒死，也会被冻死，或者夜里被狼活活吃掉！"

另一个伙伴反对："让狼吃掉？那未免太可惜了！弄回哨所去，宰了，够我们吃几天狗肉的！"

第三个伙伴立刻表示赞同："对！狗皮归我了！寄回上海，给我父亲做件皮坎肩儿！纯种苏联猎狗皮坎肩儿，不够时髦，也他妈的算稀罕了！"

我们虽然都喜爱狗，但对吃狗肉还是很向往的。连里的老职工请我们吃过狗肉，这种口福给我们留下了深刻记忆。在长久不知肉味的情况下，对吃狗肉的向往就会超过对狗的喜爱。谁叫它叼走我们套的野兔，使我们的肠胃受到亏损呢？谁叫它自己又被套住了呢？谁叫它偏偏是一条苏联狗呢？肠胃的亏损是很实际的亏损，我们有权补回来。它不仁，我们也就不义了，一报还一报，我们都认为吃掉它不算多么缺德。

"好，听大家的！"班长终于发话。

于是我们将它拖回哨所。

一到哨所，马上分工：有人劈柴添火，有人化冰烧水，有人磨刀准备剖膛破肚，有人拌油盐酱醋调作料，有人剥蒜。

天，那会儿完全黑了下来。已看不清江对面的景物。土堤后的夜空时时闪烁着细小的火星，那是晚炊的烟霭。烧木柴，烟囱里冒出的那烟都会夹带着那种细小的火星。天越黑火星越显眼，怪神秘怪好看的。使我们想起了小时候过年玩的"滴答花"。淡淡的木脂油味飘过江来。那种细小的火星和木脂油味，常常引诱我们想偷越江界，登上土堤，看看堤后的苏联村庄。

狗在哨所外，也许快被勒死了，也许快冻僵了，也许预感到了无法逃脱的可悲下场，一声不叫。仿佛期待着我们结果它的生命。

水烧开了。磨刀的伙伴满意地用手指试刀锋。

忽然，我们听到江对岸有人呼唤。

先是一阵老头的沙哑的呼唤声。

接着，是一阵老妪的气急的呼唤声。

“娜嘉！……”

“娜嘉！……”

“娜嘉！……”

在这黑沉沉的宁静夜晚，隔江传来的呼唤声听得真切，因为真切，呼唤声中的焦急和不安，使我们不难领略。

班长在团部俄语培训班受过培训。于是我们就问他，呼唤的是什么意思?

班长回答：“娜嘉，这是苏联女孩名，他们在呼唤孩子。”

他们呼唤孩子，与我们毫不相干。持刀的伙伴向我摆了一下头，我就走到外面去，将那条半死不活的狗拖进哨所。

它却突然叫了起来。呵，我从未听到过任何一条狗在任何一种情况下发出那么悲哀的叫声。那简直就不是一条狗在叫，而是一个身陷绝境的人在回应对自己的呼唤。我至今一回想起这件事，那条苏联猎狗当时那种悲哀的叫声，犹在耳畔。我是难以将这一种狗的哀叫声用文字描绘出来的。那是文字无法描绘的。狗最具有人的灵性和人的情感。在某种情况下，比如在彻底绝望的生死关头，人会发出像兽一样的号叫，狗会发出像人一样的声音。无论前者抑或后者，都是震颤人心的。那条苏联猎狗的叫声，太像太像一个就要被杀害了的孩子听到父母呼唤后的哭喊了！

那声音几乎使我们每一个人的心跳都为之屏止了。

在这狗的一阵悲哀的叫声过后，江对岸苏联老头和老妪的呼唤声更接近我们了。显然他们循着叫声，沿江对岸的土堤一面继续呼唤一面奔跑过来了。听呼唤声，他们是站在正对我们哨所的地方。在他们和我们之间，隔着冰封的乌苏里江。人的呼唤声和狗的应叫声，震颤着比冰封的江面要宽阔几倍、十几倍、几十倍的夜空。也许一阵枪声都不足以对我们、不足以对边境地带的这个无月无星、黑沉沉的夜晚产生如此强烈的震颤力。

我们都一动不动，呆呆地倾听着。

班长首先走到了哨所外面，我们也一个个走到了哨所外面。

连风也没有一丝。一个一切都仿佛静止了的夜晚。一个极其寒冷的夜晚。静止的一切使人感到犹如被寒冷冻住了。声音是不可能被冻住的。冻不住的声音——人的呼唤声和狗的回应声，以一种穿透这犹如被冻住了的黑沉沉的夜晚和犹如被冻住了的大自然中的一切的力量，震颤着我们的心。

没有月亮也没有星星，冰封的江面是锡箔色的，能见度达不到十米之外。我们虽然看不见那站立在对面土堤上的一对苏联老人，但我们确信，他们也许比我们想象的还要衰老，甚至可能是两个老态龙钟、步履艰难、行将就木的人。只有老到这种程度的人，才会发出那么竭尽全力、苍凉凄楚、每个字的音调都颤抖着的呼唤声。

“娜嘉！……”

“娜嘉！……”

我们不必问班长就早已明白了，他们是在呼唤这条狗。

“不他妈的发慈悲！”一个伙伴将哀叫着的狗拖进了哨所。这是一句气冲冲的话。人在极想却又很难硬起心肠的时候，往往会说出类似的话。实际上是对自己发泄的气恼。

我们又都跟着走进哨所。

持刀的伙伴，将刀朝地上狠狠一掼，走到他的铺位，仰躺下去了。

刀子深深扎入地面。

班长沉默着。

“我声明啊，我不要狗皮了……”那个来自大上海的伙伴喃喃地说，蹲到炉前去了，拨出一块炭火吸烟。

沸水冒出雾般的蒸气。

哨所小小的空间，充满蒜汁的辣味。

班长拔下刀，盯着那狗。它一被拖入哨所，就不叫了，它也瞧着班长。它眼角挂着泪。它无声地哭了。我生平第一次亲眼看到，狗是怎样默默地哭的。谁如果不相信狗在悲哀时会哭会流泪，谁就缺少人性！

狗的主人也哭了。他们的呼唤声告诉我们，他们是哭了。他们是边哭着边呼唤。

班长朝狗弯下身去。

“班长……”我一把抓住了班长那只拿刀的手腕子，用目光苦苦向班长哀求。

班长用另一只手扳开我的手，轻轻推开了我。他并非想杀狗，是用刀去割钢丝套。好一会儿，才将钢丝套弄断。刀锋变成丁锯齿。

狗慢慢站了起来。由于我们放了它，它似乎意识到自己的命运发生了转机，不像先前那么惧怕我们了。它那双狗眼有点疑惑地望着我们，本能的戒心使它不敢移动地方。它仿佛在暗暗揣度，我们对它发的慈悲，究竟是应该信任的善意，还是不应该信任的人的狡猾或计谋。它被套伤得很重，后胯毛脱皮绽，血肉模糊。

班长低声说：“医药箱！”

我立刻拿来医药箱。

他又说：“给狗上点药，包扎一下。否则，它的主人会非常恨我们的。”

我帮着班长毫不吝啬地往狗的伤处倒红药水，撒消炎粉。之后，又仔仔细细地给它缠了几圈药纱布。它竟非常温顺，一旦意识到我们不再想伤害它，便很驯良地听任我摆布它了。

班长在一张纸上写上几行俄文。写完，念给我们听。

他写的是：

我们并不想伤害你们的狗。希望它不再到江这边来。

我献出了一个牛皮纸信封，班长将这封“国际信件”让狗叼住。

我推开哨所的门，我们望着那狗慢慢走了出去，消失在黑暗中……

从此，我们套住的野兔再没丢过。一场大雪覆盖了那条狗留在我们大地上的踪迹，也覆盖了它留在我们记忆中的“形象”。

新年前几天的一个夜晚，我们熄灭马灯，都已钻入被窝儿了，忽听有什么东西在外面扒门。

“熊？……”我低声说出一个字。熊才胆敢扒有人住的宿舍的门。

大家顿时紧张起来，一个个下意识地拿起立在床头边的枪。

扒门声后，是一阵狗的焦急的低鸣。

“娜嘉！”班长仿佛具有什么特殊功能，首先听出了是那条苏联猎狗的声音。我们没听出来，因为我们已把它忘掉了。

班长穿着衬衣衬裤，赤脚蹦到地上，迫不及待地打开了门。

果然是“娜嘉”！

“娜嘉！”

“娜嘉！”

我们也都纷纷掀起被子，蹦到了地上。虽然我们曾向它的主人声明，希望它不再到江这边来，但它的出现，却使我们感到非常高兴，也感到非常意外，非常惊诧。

“娜嘉”身后拖着什么，被门槛儿卡住了。班长赤脚从外面搬进来一辆小爬犁。

我们怀着极大的好奇心围了上去。

“娜嘉”像我们的老朋友似的，逐个往我们身上扑，柔软的舌头不断亲昵地舔我们的手。

爬犁上绑着一个小帆布口袋。班长打开口袋，我们愣住了——两只野兔、一只野鸡、一瓶酒、一封信，还有一大包用旧俄文报纸包的什

么。班长打开报纸——许多油渍渍的小饼，还是热的呢！

“娜嘉”伏在我们对面，两条前腿并拢，将头舒服地枕在前腿上，转动着它那双少女般温存的眼睛，得意而友好地瞧着我们。

班长拆开信默默看着。

我们都非常急切地想知道信上写了些什么，催促班长念给我们听。

信上写的是：

> 非常感激你们对“娜嘉”所发的慈悲。上帝会替我们报答你们。我们无儿无女，“娜嘉”如同我们的孩子。它是一条好猎狗，就像一个有教养的好孩子。我老了，它是因为没有人再带它去打猎，熬不住寂寞，才干出蠢事。尽管它非常聪明，却无法理解什么是边境线。它叼回来的东西，我们一直冻在仓库里，从没产生过想吃掉的念头。请相信，在我们的村子里我们是两个受人尊敬的老人。我们让“娜嘉”将野兔和野鸡带给你们，物归原主。你们就要过你们的新年了，酒，是我们表示谢意的一点礼物，馅饼，是我年老的妻子亲手烤的，但愿你们爱吃，我们祈祷仁慈的上帝降福于你们……

班长的俄文水平很高，全团数一数二。否则，他也不会被任命为边防哨所的班长。以上用中文念出的那封信，相当准确地表达了俄文原信的意思。我如今怎么居然还能够记得这封信的词句，那是连我自己也解释不清的。人的头脑对某些造成深刻心理冲突的事往往会保持格外长久的记忆。

那封我们一句话也看不懂的信，在我们每个人手中传了一遍。传回班长手中时，被他投入火中烧了。

他说：“野兔和野鸡，是我们套的，我们留下。馅饼是他们的一番真诚心意，我们也留了。至于这瓶酒，我们有纪律，不许喝酒。只好由‘娜嘉’再带回去。”

我们都表示赞同。

“娜嘉”离去后，我们披着大衣，围着火炉，有滋有味地吃了一顿馅饼，又吸着烟聊了许多。最集中的话题，是每个人的母亲善于做哪一种好吃的东西。这类“精神会餐”我们时时举行，但那一次，除了食欲的刺激外，我们的心理上还感受到了一种很不寻常的补给。只是大家都有意避开这一点，只字不谈。

以后，“娜嘉”经常越过江面，到我们哨所来。我们每个人都与它产生了特殊的感情。我们都开始喜爱上了这条漂亮的苏联猎狗。我们在江边巡逻时，它总是从容而矜持地跟随在我们身后。大概它以为是在跟随我们散步。中国的边防士兵（尽管我们是非正规的），带着一条从苏联那边跑过来的猎狗，巡逻在弥漫着敌对情绪的边境线上，旁人（无论我们的人抑或他们的人）肯定会认为简直匪夷所思。

我们也常带它追逐野兔野鸡。那时，它才真正显示出一条出色的猎狗的本领。它的速度快极了，而且是那么灵活，善于在全速追逐过程中突然转变方向，由追逐变为拦截。再狡猾的野兔一旦被它发现都难以逃脱。它完全取代了我们的兔套。

它给我们带来了多少快活啊！

“咱们的‘娜嘉’……”我们甚至开始用这种大言不惭的话谈论它了。

有时，它也会留在我们哨所过一夜。看得出来，它也对我们这几个中国小伙子有了特殊的感情，对我们的哨所有了特殊的感情。

狗毕竟是狗。再聪明的狗，也不可能像人一样去理解某些事物。我常常一边逗它玩耍，一边暗想，如果它能够理解什么是国界，什么是哨所，什么是中苏关系，它恐怕就绝不会将我们的哨所当成第二个“家”了吧！

春节前，连队的马车给我们带来了从城市寄给我们的包裹。我们中有上海知青、北京知青、天津知青，也有哈尔滨知青。我们打开的包裹凑在一起，东西就很可观了：糖、饼干、香肠、肉松、巧克力、麦乳

精、烟、茶、果脯、瓜子……

班长说："我们每人拿出一份，放在一起，'娜嘉'来了，叫它带过去。"

我们都认为这是理所当然的事。于是人人拿出最得意的一份，塞了满满一书包。

班长又说："这件事，只能我们六个人知道。如果有第七个人知道，就证明我们之间有了出卖者。"

我接着班长的话说："都发誓!"

我们发了誓：谁如果对第七个人讲了这件事，那就连"娜嘉"都不如。

不是一个可怕的誓言。

但对我们来说，却是一个内涵有分量的誓言。

那天，"娜嘉"没有来。

第二天，也没过来。

第三天，仍没过来。

我们都一心一意盼望着它过来。

它却似乎明白了什么是国界，似乎再也不会过来了。我们一天比一天失望。

塞满了各种好吃东西的书包，挂在柱子上，渐渐落满了灰尘。一个月后，东西少了。又过了半个月，更少了。有一天，书包空了。班长将空书包扯下来，甩到了铺位底下。

白天，我们在江边巡逻时，常常不由自主地站住，向江对面呆望，幻想着"娜嘉"突然出现在对面的土堤上，越过江面，奔向我们。

夜晚，哨所外一有什么动静，我们就会以为是"娜嘉"来了。班长好几次光着脚跳到地上，急急忙忙打开门。门外却只刮进寒风。

我们终于悟出了一个道理："娜嘉"毕竟是一条苏联狗。我们毕竟不是它的真正主人。一旦悟出了这个简单的道理，我们便不再谈论它。

我们不再谈论它，却并不意味着我们根本不再想它。

乌苏里江开化了。

我们担负着巡逻任务的这段江面，变得比冰封时宽阔多了。江水天天上涨，对面的土堤矮了。江面时刻漂浮着巨大的冰排。冰排重叠堆砌，在江中形成一座座小冰山。它会猝然崩溃，带着毁灭性的冲击力，被湍急的江流疾推而去。

一天傍晚，我和班长巡逻完，并肩往哨所走。这季节，春天虽然到了，乌苏里江虽然开化了，但气候并未明显转暖。大地上的雪，白天融化，夜晚冻结。江边罩着一层滑溜溜的冰壳。一脚踩下，发出嘎吱嘎吱的碎裂声。风，还是挺硬挺刺骨的。我们都穿着大衣。

乌苏里江在落日的余晖和晚霞的辐射下，托着千百块冰排，汹涌向前。江波闪耀着金色的粼光，冰排镀着赭红的釉彩。那情景十分壮丽，仿佛一股势不可当的岩浆流，将大地切为两瓣。冰排互相撞击，发出阵阵奇特的骤响。

班长发现了什么，指着前面说："你们看!"

江边伏着一个人。

我们跑过去才看出，不是人，是狗。是"娜嘉"！它肯定勉强挣扎才游上岸，一上岸，便丝毫力气也没有了。它几乎和江边的冰冻在了一起。它的湿毛成了冰铠甲。我和班长用枪托将它四周的冰层捣碎，才抱起了它。我脱下大衣裹住它那半僵的身躯，朝哨所猛跑。

一闯进哨所，我就将"娜嘉"放在火炉旁，让它卧在大衣上。

班长立刻往炉子里添木柴。炉子一会儿就烧红了。"娜嘉"的冰铠甲融化了，流淌下来的水弄湿了我的大衣。另一个伙伴用他的大衣替换下了我的大衣，为使"娜嘉"更暖和些。它在瑟瑟发抖。

班长用自己的枕巾擦它湿漉漉的毛时，才发现它身上绑着一个小皮袋。班长解下皮袋，倒出里面的东西——全是银器：银手镯、银酒盅、银烟盒、银烛台，共十余件。还有一封信。小口袋是皮的，防水，信没湿。

班长立刻将这封信念给我们听：

> “娜嘉”两个月前被军犬咬伤。它总算活过来了。我的老伴却又病倒了。我恳求你们收下这些在你们看来也许分文不值的银器，让“娜嘉”带回一点鹿心血。我知道你们那边有养鹿场，鹿心血能治好我老伴的心脏病。不要使一个老年人的恳求落空……

“娜嘉”那张漂亮的脸毁了，好像被撕碎了又拼缝起来的玩具狗的脸，变得那么丑陋。它还失去了一只耳朵。身上，也有几处脱毛的伤痕。

班长说：“银器我们绝不能收留，但我们无论如何也要想办法弄到鹿心血！……”

我们一时都被难住了。养鹿场离我们这儿很远。鹿心血又很珍贵，绝不是什么人以什么理由就能从养鹿场买到它的。

班长问：“谁在养鹿场有熟人?”

伙伴们都没吭声。我相信他们是诚实的。

我犹豫了一下，说：“我有一个熟人，不过……”

班长打断我的话：“现在别谈什么‘不过’了!”说着，脱下自己的大衣抛给我，“马上动身到鹿场去，一弄到手就赶回来!”

这就是说，这个夜晚，我要孤单单在荒野上来回走五十余里。

大家都默默瞧着我。

我一句话也没再说，一边穿大衣，一边往外走……

我在养鹿场的那个熟人，是我的同班同学。但我们的关系并不友好，甚至可说很僵。他曾借我的一块瑞士表戴过，未还，说丢了。可别人告诉我，没丢。因此我要他非赔我不可。他却说我的表是旧的，只赔半价。我那块表分明是新的，刚买不久便被他借去戴了。我们闹翻脸……

我来到鹿场时鹿场早已吹过熄灯号，一片黑暗。

我擂开了宿舍门，请开门的人替我叫醒王佳宾。不出我所料，他根本不愿见我。我毫无办法，在外面一声声高喊他的名字。喊了半天，他才出来，披着大衣，提着裤子，气汹汹地说："不就是一块表吗？地主逼债，也不会在深更半夜！"嘴里还骂骂咧咧。

我紧紧抓住他的一只大衣袖，生怕他再退回宿舍不出来，低声下气地说："老同学，我并不是为了那块表才深更半夜来找你啊！"

他怀疑地看了我一会儿，问："那你为什么事来找我？"

我说："求求你，无论如何帮我搞点鹿心血。"

他说："鹿心血？又不是鹿粪，鹿场遍地都是。我搞不到！"

"你一定有办法搞到！求求你啦……"听他回绝得那么干脆，我急了，用双手抓住他胳膊不放。

他说："就算我能搞到吧，可我为什么非帮你的忙呢？"

我说："只要你能搞到，那块表我不让你赔了，一分钱也不让你赔！从此我再也不对你提一个'表'字。"

他犹豫着。

我又说："帮我这次忙吧，我今后一定报答你！我妈妈的心脏病很严重，你不能对我太冷酷无情啊！"我自己都相信了自己的谎话，自己都被自己的谎话所感动了。

他终于答道："好吧，算你走运，我前几天刚弄到一点，是为别人买的。看在老同学的份儿上，给你！"

我喜出望外，一下子搂抱住了他。

他推开我，退进宿舍，片刻出来，交给我一个信封——鹿心血装在里面。

我解开大衣扣，将鹿心血揣进棉衣兜，转身就走。

他叫住我："那表，真的没丢。我不过是想考验考验你……看你对我的交情怎么样……"

我说："没丢，表也归你了！"大步奔跑起来……

我一身热气，满头大汗回到了哨所。一进哨所，就掏出信封，高举着说："同志们，让我们喊一声'乌拉'吧！"

谁也没睡，都在等我回来。伙伴们顿时把我围住了，只有"娜嘉"似乎睡了，一动不动地蜷缩在炉旁。

黎明时分，我们将鹿心血放在银烟盒里，将银烟盒与其他银器都装入小皮口袋，将小皮口袋绑在"娜嘉"身上。

"娜嘉"，它冻病了。我们舍不得让它在冰冷的江水中再游一次，但谁也不能代替它。乌苏里，这条古老的江，无论在冰封时还是在开化时，总有一条看不见的，但又是神圣不可侵犯的界线，将它划分开。对两岸的人们来说，逾越这道界线，甚至是比生死还要严峻的。

我们轮番将"娜嘉"抱到江边。

班长拍拍它的头，说："娜嘉，全靠你了！"

它仿佛听懂了班长的话，勇敢地跃入冰冷的江中，朝对岸游去。

隔夜间，江水又明显上涨了。江面比昨天更宽阔了。江流比昨天更湍急了。"娜嘉"被湍急的江流冲得沉浮而下。我们在岸上不眨眼地盯着它，追随着它奔跑。

班长边跑边喊："娜嘉，前进啊！娜嘉，前进啊！……"

快到江心时，我们都看得出来，它再也游不动了。当一块大冰排靠近它时，它的两只前爪攀住了冰排，下半截身子还在江水中，就那么随冰排漂去。

可怕的事情发生了，另一块更加巨大的冰排，与那块冰排相撞在一起，将"娜嘉"钳在两块冰排之间。

我们连它的叫声都没有听到。只见它那两条攀在冰排上的前腿，猝然失去了支撑力。它那深栗色的半截躯体，瘫在银色的冰排上。

"娜嘉！……"

"娜嘉！……"

“娜……嘉……”

我们呼喊着，目光追随着那两块冰排，沿江岸拼命奔跑。

江面愈来愈宽阔……

江流愈来愈湍急……

两块冰排钳着“娜嘉”，急速驶向地平线，驰向乌苏里江遥远的，遥远的尽头。宛如两块巨大的璞玉衔着一颗微小的玛瑙。

班长低声说：“娜嘉，它完了……”

我们都默默地哭了。

冰排，冰排，千百块冰排，各种形状的冰排，被黎明的朝晖涂上赭色釉彩的冰排，连接不断的冰排，从我们眼前带着毁灭性的冲击力，漂过、漂过……奔涌而去……

在我见过的所有狗中，它是一条最具有人性的狗。它叫“娜嘉”——一个好听的苏联女孩的名字，中文意思是——“希望”……

我看“知青”

今轮虎年，是“上山下乡”运动三十周年。

“知青”话题，又被报刊界出版界重新捡起，颇有纪念一下的意思。

所谓“上山下乡”运动，依我如今想来，其实不过是当年三千万学生的失学“下岗”。这三千万之巨数，接近着如今工人“下岗”的庞大队伍。而“下岗”工人中，又十之六七乃当年的“知青”。对于这些当年的“知青”，命运感慨肯定多多。或者，竟毫无回忆的心情，只不过默默地随时代的巨变抗浮，竭力撑持着自己们剩余的人生。

当年的“知青”，如今年龄最小者，也该在四十五岁以上了；年龄最大者，亦即“老高三”，当是五十余岁的人了。再过七八年，所幸未“下岗”的，也将退休了。正是——“人生寄一世，奄忽若飚尘”。

命达命舛，悟透了，本都没什么可纪念的。

当年的“知青”们，如今构成着中国城市人口中的主要中年群体。他们和她们，在思想方法、价值判断、生活态度，以及家庭观念、物质消费、流行时尚、人际组合的好恶顺逆方面，仍导势渐微地影响着中国当代城市人口中的中年群体。虽然在数量上并不完全垄断中年群体，在质量上却无疑显示着主要成分。

所以，可以这么认为，中国当代城市中年人们“代”的特征，在诸方面具有“知青”们或曰“老三届”的总体特征。

二十年以前，亦即知青返城初期，这种总体特征极为显明。基本上可以用怨、悲、豪、义四个字来概括。

疲惫地站在城市的人生起跑线上，青春不再，恍如一梦，十之八九几乎无所有，几乎一切的生存内容从零开始，甘而不怨的太少太少。

“上山下乡”这一场几乎波及冲击到一切城市家庭的运动，乃“文革”中之运动，运动中之运动。否定“文革”，必重新评说“上山下乡”运动。而“上山下乡”运动，其实是经不起直率评说的。因为它的目的，只不过是为了减缓当时城市的就业压力。并且，一令既下，地动山摇。一手既挥，无敢抗者。对于绝大多数城市百姓人家的子女，根本没有第二选择。所谓响应号召没商量。对于被打倒的“走资派”的子女，被贬为“臭老九”的知识分子的子女，政治成分被划入阶级另册的人家的子女，尤其不是“上山”不“上山”，下乡不下乡的问题，而是只配上到哪里下到哪里，没资格去哪里的问题。比如“黑龙江生产建设兵团”的第一二批“知青”，需通过所谓“政审”一关。有“政审”不合格的知青，写了血书以表决心才被批准。更有的硬是追随强去，驱而不离，赶而不返。如此一来，倒使“黑龙江生产建设兵团”当年显得很神秘。于是后来报名者较踊跃，仿佛非是下乡，是变相的参军；非是务农，是变相的当兵。以今天的眼光看来，似乎不无“炒作”意味儿。但在当年，哪一个中国人的头脑中其实都没有“炒作”的意识，只不过本能地遵循“政治第一”的一贯原则，一本正经地煞有介事罢了。

“上山下乡”运动的原始目的一被触及，其理想色彩彻底剥落，“知青”们头脑中残存的使命感化为乌有。明白了自己只不过是解决当年城市就业难题一大举措的牺牲品，明白了是伟大领袖当时希望尽快结

束“文革”混乱局面的“一着棋”，于是觉得自己们不但是被“撵”下去的，哄下去的，而且简直是被“诓”下去的，难免地悲从中来。怅回首，昨今追求两茫茫。泣忆无数个“客愁西向尽，乡梦北归难”的流放日，“心不怡之长久矣，忧与愁其相接”。那悲中，自然还有着不知究竟该向谁们倾诉的灰。何况，当初的理想色彩和使命感，在近十年的艰苦岁月中，在仿佛被抛弃了的日复一日的企盼中，本已从他们的心理上精神上瓦解得差不多了。如同鱼市收摊前的活鱼，拨一下虽还能在浅水中游动，扔到案上虽还能剧烈扑腾，但已是鳞败鳍残了……

但是，他们当年毕竟都拥有着一种至关重要的资本。那就是年龄。二十六七三十来岁三十多岁的年龄，无论打算对人生做何进取，为时都不太晚。年龄是返城“知青”当年唯一的资本。令全社会不同程度所同情的整代“遭遇”，具有苦难色彩同时也便具有了沧桑色彩具有了坚忍色彩的经历，与上一代人相比磨而未圆似乎仍显得咄咄逼人的棱角，与下一代人并论不卑不亢似乎人生经验极为丰富的成熟，又使“知青”这唯一的资本成为“知青”唯一的傲。此傲不无受过严峻洗礼之意味。在返城初期，“知青”唯靠此傲支撑奋斗精神，保持住心理平衡。

此傲是“知青”的精神味素。

义——这是“知青”返城之初普遍都愿恪守的做人原则。无论兵团“知青”，还是插队“知青”，返城之前他们都必因同命运而相怜，而相助，而相呵护。因为，对于当地人，“知青”是外来者，是接受“再教育”的对象。倘当地人欢迎并关怀他们，则他们无物以报，唯有奉还感情奉还以义。倘当地人排斥他们甚而歧视他们孤立他们打击他们，则他们相互之间并无任何财富的团结基础，亦只能靠了感情靠了义而更紧密地凝聚在一起。义是“知青”近乎发配的命运对他们的启示。他们在很短的时期内便领悟到了这一点。但事实上，当地人排斥歧视甚至孤立打击他们的事件虽有发生，却肯定是极其个别的现象。就普遍情况而言，无论是兵团的老战士，农场的老职工，还是乡村的农民，当年对“知青”们既不但是欢迎的，也是尽可能予以照顾和关怀的。个别事件不但存在，还很恶劣。我们于此强调的是普遍情况。故时至今日，许多知青念念不忘常系心头，谈起来动声动色的仍是与当地人那一份情。彼此的情中也确有桩桩件件感人之事。而当年欢迎过后来又依依相送过“知青”的农民、牧民、山民，忆起从城里来的“学生娃”们，往往也是此情绵绵。他们会牢记着“知青”教师教过他们的子女，“知青”赤脚医生为他们治过病，或为他们的女人接生。即使对于当年表现很差甚至极差的“知青”，他们谈起来时的态度，也如同是在回忆不懂事的孩子的淘气行为或恶作剧，仁义宽厚溢于言表。无论对于当地人还是对于“知青”，往昔的岁月里，都有着“清晨闻叩门，倒裳往自开。问子为谁欤？田父有好怀”的情义；有看“寒夜客来茶当酒，竹炉汤沸火初红”的温馨；有着“夜雨剪春韭，新炊间黄粱。主称会面难，一举累十觞”的真挚；有着“但令一顾重，不吝百身轻”的古道热肠。我接触过形形色色的当年的南北“知青”。我有充分的根据说，“知青”们最无怨言也最感欣慰的是，当年毕竟和一部分别种样的人民休戚与共过。他们是“知青”们在城市里所接触不到的，完全陌生的。而且，是生活穷苦的，随遇而安的，非常本色的一部分人民。在“知青”们心目中，在今天，对他们身上美好的方面和惰性的方面了解得样清楚。

用一位“知青”的话说——“唯一不后悔的是，曾和那样的一部分人民在一起过。”

返城初期，“知青”们有一种不习惯。深析之，是一种怕。怕那只无形的，划分城市人命运格局的大手将他们抚散。那只大手是导演城市通俗故事的上帝。它重新定位城市人的命运。它几乎毫无规律地，随心所欲地，完全按照自己好恶抛撒机遇。它嫌贫爱富极端势利眼。它只关照离它最近的人。对离它远的人的存在几乎不屑一顾。迅速被抚散的“知青”经常寻找机会靠拢。只要靠拢在一起便不免地彼此谆谆告诫，一定要“相呴以湿，相濡以沫”。仿佛只有这样，才能重新在城市生存下去。仿佛一旦不再是群体，对每一个人都是不安全的。他们希望互相拉扯，希望仍如当年那样互相呵护。因为他们几乎都一无所有啊！然而城市对于他们却另有一番教导。那教导现实得近乎于冷漠，全部内容差不多便是“相忘于江湖”。

城市喜欢在个人身上实验奇迹。

城市从不情有独钟地青睐一无所有的没落群体。

于是，十年后，亦即一九八七年、八八年左右，“知青”们的群体本能意识被城市格局这柄篦子一遍遍地篦散了。城市也完成了对返城“知青”们的十年普及性“初级教育”。

怨的情绪在“知青”们胸中自行地淡化了。都明白，怨是最没意义的。掌上厚趼仍在，胸中块垒犹存，只是返城初期幻想青春补偿，总欲引起社会特别关注和特别对待甚至优待的希望，完全而又明智地泯灭了……

悲还多多少少地、时不时地从情绪中流露出来。但已由总体的悲转变为个人的悲了。有人从疲惫中缓过来了，有人仍没缓过来，仍疲惫着。甚至更疲惫了。有人仍沉湎在当年的悲哀往事或个人的悲惨遭遇中不能自拔。那些往事当然确实很悲哀，遭遇也当然确实很悲惨，但虽属知青情结和话语，但似乎已不再能代表总体，而仅仅意味着是个人的了。十年的时间足以消弭许多事物，足以令人忘却许多最初刻骨铭心的记忆。有那种记忆然而境况好了命运之帆重新张扬起来的，渐渐的不悲了。有那种记忆然而境况仍糟着人生仍寻找不到港湾的，顾不上悲了。终于明白，归根到底，城市不敬重眼泪。他们或她们，尤其她们，开始学会将自己那一种悲严密地封存在内心里，只在特殊的情况下，特殊的人们面前才偶一流露偶一宣泄。返城后的境况不同，使“知青”话语开始多样。有时在同一场合，在昔日朝夕相处的人中，某人欢笑着，某人却在暗暗伤感着。甚至会发生言语冲突、话不投机半句多的现象……

因为，在城市里，在实际的迫待解决的问题方面而非感情慰藉方面，互相帮助显得异常的分量沉重了。沉重得使人轻易不敢承诺了。在都是“知青”的岁月里，我受委屈了受欺辱了你挺身而出替我伸张正义替我打抱不平；你病了我守侍床前体贴如亲兄弟亲姐妹是一回事——而且只要想做到，完全可以做到，几乎人人都能做到。但在城市里，替谁解决工作替谁调动更满意的工作，或帮谁的子女报入重点小学升入重点中学，则非有权力不可。有权力往往也需费些周折甚至费尽周折。无权的权小的心有余而力不足。有权的考虑到那许多周折态度含糊暧昧犹豫也在情理之中。而此时此刻，哪怕一方一再地表示并未“相忘于江湖”，另一方肯定也似乎品咂出了一丝分明“相忘于江湖”的苦涩。

在这十年中，认识的或不认识的，哈尔滨的或北京的上海的，亲登家门或写信向我求助的“知青”为数不少。困扰他们或她们的，无一不是人生的大问题，诸如“正式工作”之“安排”问题、夫妻两地分居问题、子女的户口问题、就学问题……而我当时的表现，每每先安慰，后摇头发愁。既同情对方，也同情自己陷入的尴尬之境。登门者写信者，自然相信会帮助他们的人非我莫属。而且相信，只要我肯帮助，他们的困扰就一定能得到妥善解决。仿佛中国有一个“知青”问题管理部，我是该部部长。如果对方们还拎着点儿“意思”，则我尴尬尤甚。我也往往不禁地要说些感情色彩较浓的话语，以图表现并未“相忘于江湖”。但是最终，我所能做的，仅能做的，也无非就是答应替他们给当地的领导写封信，或当即就给我认识过、耳闻过的“知青”出身的官员写封信。他们有的较为满意，有的很不满意，觉得我不过在变相应付搪塞，从此认定我最是一个彻底“相忘于江湖”的无情无义的家伙。而我却常因自己的转嫁“义务”惴惴不安。十年中我开出了不少空头转账支票，每次都难预测那些收到的人对我究竟作何想法。居然侥幸起作用的时候也不是没有，但极少极少。既是相求者的侥幸，也是我自己的侥幸。

十年中，当年的知青在北京有过几次规模较大的聚集活动，影响辐射至天津、上海、哈尔滨。影响最广策划最成功的一次，当属在中国革命历史博物馆举办的《黑土地回顾展》。这次活动凝聚了许许多多北大荒知青的热忱参与。许许多多的人为此做出了许许多多的努力。那是无报酬的参与。是完全业余的参与。是完全自愿当成自己的事来做的参与。我认为，“回顾展”收集到的林林总总的“知青”实物，以及“知青”日记和书信，对于以后仍有兴趣继续研究“知青”命题的人，颇有参考价值和认识价值。“回顾展”同时也是一次较成功的“知青文物”征集活动。

“回顾展”的绝大部分文字出自我笔下。姜昆们做了局部的删改补充。出自我笔下的文字，总体调子似太沉重和悲怆。姜昆们加入了些轻松和亮色。我认为他们的删改补充是必要的。否则，“回顾展”也许难以成为事实。

这些文字后来全部收入《黑土地影集》。

“回顾展”之后，出版了两部书。一部是《北大荒风云录》，一部是《北大荒人名录》。我是此两部书的编委之一。但我实际上所尽的编委义务和责任甚少，只看过《风云录》中三十余篇的手稿。此书的编辑原则是——保持原貌，不做任何加工。所改仅仅是错字、白字、病句、不规范的标点运用。

我认为《风云录》是一部从多侧面多角度反映当年北大荒“知青”生活的难得的纪实书。其纪实性几乎是不容置疑的。其中多数知青第一次写关于自己知青经历的回忆文章。甚至是生平第一次写所谓“文章”。甚至以后再也不会产生写“文章”的念头。他们和她们，将自己当年的亲身经历，亲身感受，亲身遭遇，真真切切地，虔诚之至地汇入《风云录》中了。

我认为，我迄今为止的一切知青作品的总和，在诸多意义方面，根本抵不上一本《风云录》。

我认为，《风云录》是一本很值得保存的书，相比之下，我的一切知青作品，其实都不值得任何人保存。

我甚至认为，一个人如果了解北大荒知青当年的真实生活的愿望大于读小说的兴趣，那么他或她其实完全不必读我的知青小说，只读《风云录》就够了。

《风云录》中也收入了我的一篇小文。我当时是很不想写的，但编委们非常希望我也写一篇。写完了，我仍不愿被编入，编委们传阅后觉得还可以，恭敬不如从命，我只有依从。

我实心实意地说，我的一篇小文，是《风云录》中内容苍白空洞的回忆之一。这有两个原因：一，作为一名当年的北大荒知青，虽然别人吃过的苦我都吃过，别人受过的累我都受过，但也仅此而已。由于出身工人家庭的先天优势，并不曾受过格外不堪忍受的政治歧视。所以，我的知青经历中，并没什么特别使人同情的遭遇。对于没“上山下乡”过的次代人，我的知青经历似乎新鲜不乏色彩；而相对于知青一代，其实寻常得不能再寻常。二，由于我的职业是写作，此前写了大量知青小说或回忆性“文章”，感受早已耗用，早已没有什么另外的特别值得一写的“个人事件”。并不特别值得写却为写而写，苍白空洞实属必然。

据我看来，一本《风云录》中，普遍写得好的，恰是那些初写者的“文章”。都写得不怎么样的，是我等所谓“知青名人”，以及职业与写作的关系太密切的人。原因，恐怕也如我所述。

《北大荒人名录》则是一本很特殊的书。在中国，在它出版以前，绝没有过那样一本书。它实际上是一本活人的人名索引，一本不折不扣的通讯录。这一点，书名体现得很明确。如果不看书名，信手翻来，有人准会以为是一本电话簿子。它收入了二万八千多人的姓名，以及他们和她们当年在黑龙江生产建设兵团原属师、团、营、连、职务、目前的通讯地址、工作单位、身份、家庭和单位的电话。

为什么要出这样一本书呢？

当时的动机何其的良好何其的富有理想色彩啊！

记得在讨论这本书的意义时，我作过这样一段发言——我们北大荒返城知青的最主要的特征是什么？别人可以指出许多，但我认为是群体意识。西方又叫作“社团精神”。这是好的特征，应该继承发扬。时代骤变，我们许多北大荒返城知青人生失重。所以需要帮助。而我们之间的相互帮助，目前最是义务和责任，亦最可贵。那么这一本《人名录》，就向愿意相互帮助的，尤其是需要帮助的我们的返城知青伙伴，提供了非常之实用的线索。不愿帮助别人的，就不要把自己的名字加上。既加上了，就一定要是真的单位，真的通讯地址，拨通就能找到你的真的电话号码。在这件事上若弄虚作假，既无必要，也很可鄙。

我还说，假如某一天，某一个陌生人叩开了我们在座的谁的家门，他或她手里拿着一本《人名录》，说自己就是通过《人名录》找到你家的，说自己是《人名录》上的哪一个，说自己遇到了什么样的困难，急需什么样的帮助，那么《人名录》的意义就起到了。自己帮得了的理应热情帮助，自己帮不了的理应替对方联系《人名录》上的别人……

当时有人笑着插问一句：“就像旧社会江湖上的人凭‘道儿’中的帖子相互关照？”

我也笑答：“差不多就是这个意思。咱们不是经常自诩都是北大荒‘这条道儿’上走过来的么？姓名上了‘录’，相互关照之时，更须各尽所能啊！”

于是大家皆笑。

当时，大家的动机，的的确确这么简单，这么现实，又这么天真烂漫。

大家当时还热烈讨论，如何成立一个“北大荒知青基金会”，怎样在北大荒知青中卓有成效地开展扶贫和不幸救助活动等等。

应该肯定，这些原始冲动的出发点是良好的、友爱的。

但没有富豪和财团的赞助，仅靠北大荒知青之间凭热忱个人捐款，实在也筹不到多少钱。理想脱离现实，据我所知，“基金会”一事不了了之。也有关注此事的北大荒知青说，后来还是成立了。即使成立了，款项也肯定极其有限，根本不能落实初衷。

两本书发行后，一年内，曾有各地到京的知青登我家门。都是我不认识的。光临时都带着《人名录》。有的有困难求助，我也只能照例写封信，“委托”别人关照。多数并没什么困难，无非见见面，彼此认识认识，共同回忆回忆。

某些北大荒知青，主观地以为，我肯定结交着很多很多的人，尤其结交着很多很多名人和官员。对于他们是困难的事，对于我解决起来易如反掌，一封信或一个电话就能办妥。仿佛社会只不过是单一成分的“知青码头”，而我是知青“袍哥会”中的“舵把子”人物之一。这说明返城虽然已经十年，极少数的知青，似乎只不过由当年“上山下乡”运动中的“插兄”、“插妹”，转而变成了城市中的“插队”者。他们的意识仍停留在昨天，他们在城市中的交往范围仍特别局限。甚至，可能除了当年的知青朋友，仍没有别的朋友。他们还未真正融入城市生活。他们对知青群体以外的人，陌生而又自行地保持距离。从他们身上看出了这一点，当年常使我替他们感到忧伤。

其实，我自己当年在城市中的交往范围也特别局限。除了电影界、文学界、出版界和少数新闻界的人，我当年也基本不主动与别的方面的人交往。我一向的人生原则是，如果我不求人会少活一年二年，那么我宁肯不求人，宁肯干脆少活一年二年。当然，如果少活十年，我也是会四处求助的。但是，我与某些返城知青的命运境况毕竟大为不同。我的工作单位是北京电影制片厂，这在当年是令人羡慕的单位。我是小有名气的作家，而且是北京户口的作家，这也令人羡慕。我的工资虽然不高，但已每年都有稿费收入，而且逐年增加。我的人生已经稳定。眼前暂无困境，以后似乎也不潜伏着什么大的危机。总而言之，我尽量不求人，少求人，比较可以做到。而他们是多么的令人同情啊！尽管返城已经十年了，他们中有人仍夫妻两地分居着；有人由于返城当时的种种特殊原因，夫妻一方仍留在农村、农场或兵团；有人仍无可称之为自己的"家"的小小居住空间，走时一人，返城三口，不得不寄居于父母或兄弟姐妹的屋顶下，而后者们的城市居住空间同样是极有限的；有人的子女仍无法在城市中正常就学……

知青返城的前十年，乃中国粉碎"四人帮"后百废待兴千头万绪的十年，中国几乎分不出精力和能力关怀他们。作出允许知青返城的重大决策，已然显示出了超乎寻常的果断与魄力。倘没有许多干部甚至极高级干部的子女，以及高级知识分子、高级民主人士的子女当初也被卷离家庭、卷离城市，而仅只是老百姓的子女"上山下乡"了，估计决策未必会做出得那么干脆果断，也未必会那么快。按照历史的时间概念看，粉碎"四人帮"与知青返城两大决策几乎可以说是依次做出的。应该承认，在前十年内，中国已尽量做了它力所能及的安置工作。各大城市中适时成立的"知青安置办公室"，皆较为配合地为知青服务着。当然，因为知青们的家庭背景不同，这种服务的区别性必然是相当之大的。对于最广大的老百姓家庭的返城知青，服务的主项也只能是解决工作问题。他们大多数人所面临的选择是建筑行业、环卫行业、低等服务行业和街道手工业作坊式的小工厂。命运迫使他们不得不四处求助。而知青群体是他们在城市里仅有的主要的"社会关系"。他们中大多数人，只能寄侥幸于这一种仿佛带有血缘色彩的、庞大又单纯的"社会关系"。倘言这种侥幸也意味着是一丝希望，那么它是一种不乏热心但是能量有限改变不了什么的希望。在返城前十年，在知青之间，互助的热心的确是一种城市现象。如果谁找到了一份工作，如果那工作单位急需廉价劳动力，那谁就往往会呼啦一下子引来自己十几个甚至几十个当年的知青伙伴儿。这现象当年在城市里极富人情味儿，无私而又义气。

好比如今某些在城市里已经站稳了脚跟的“打工妹”、“打工仔”，恨不得热心地将家乡的姐妹们兄弟们都召集在自己身旁……

在知青返城的前十年中，在革命历史博物馆还没举办《黑土地回顾展》时，知青们以新疆、云南、内蒙、山西、陕西、北大荒等等不同的地域为旗号，以大大小小的当年的群体为单位，实际上不断地举行着集会。集会的动力既有保持感情的因素，也有依持互助的心理需要，还有引起社会关注的本能意识。至于在集会时大发“青春无悔”的感慨，抑或“还我青春”的呼喊。倒是根本不值得“友邦惊诧”更不值得大惊小怪之事。某些据此所作的，仿佛别人都愚不可及，唯自己好生深刻，反省好生彻底的文章，依我看来，倒是有点儿哗众取宠。因为一旦自己稍稍混好了，无视自己广大同类的生存现状，不从同类心理需要的深层加以体恤和理解，指手画脚地嘲为“愚顽”，实在是很讨厌的。

前十年中，凡邀我参加的知青集会，不管所亮哪一地域的旗号，我都尽量参加。我当然从未企图变成什么知青活动家。仅仅当作家，并且当好，我已力不从心。但是我常想，我毕竟也是十年前的知青之一名，虽无实力帮助任何人，一份感情的溶注还是完全应该的。并且，我觉得我比较能够理解自己同类们希望继续保持群体依持关系希望彼此互助的心理需要。那在当年既不但十分正常，也十分的值得尊重。尽管从长远看，是不甚可取也是容易自误互误的。几个人围拢一只火炉是烤火，几十人围拢一只火炉是取暖，几百人围拢一只火炉则只不过是“扎堆儿”了。那“火炉”是心理需要现象，集会是形式现象。

所以，在我参加过的知青集会中，言“青春不悔”的，我从不与之争执。言“蹉跎岁月”的，我深表同感而已。

最早最热衷于知青集会的，往往是返城后境况不良甚至境况艰难的人。综上所述，这是较符合现象规律的。他们非常希望吸引返城后境况令人羡慕的知青参加。而后者们常常借故回避。后者们当初一心重新开始设计自己的人生，对于知青集会并不感兴趣。于是前者们殷殷地动之以情，执念游说。

后来情况渐渐发生了微妙的变化。前者们失望了，索然了，不再怎么热衷了。终于明白，集会一百次，张三还是张三，李四还是李四。境况好的境况更好，境况不好的依然不好甚至更加不好。于是由积极而消极了，由不倦的发起者而仅仅充当参与者了。后者们则开始有兴趣了，由消极而积极了，由被游说而尽量吸引别人了。这也符合着一种规律。所谓"无忧的怀旧"。后者们已不但无忧，而且已具有了不同程度的社会能力，集会由他们发起，比由前者们发起有声有色得多。不必讳言，无论前者还是后者，作为召集者，热忱中既有感情成分，也都有功利成分。只不过体现于前者，功利成分和感情成分不那么分得清分得开。仿佛是水乳相融的。因为那一种功利成分是较单纯单一，完完全全可以直言坦言的——彼此在最基本的生存层面上依持互助。随着时代一年年商业特征明显，知青集会的功利成分多了，显明了，为了消弭显明而暧昧了。所谓功利成分，无不或多或少地体现着发起者或个人、几个人或大家受益的公利意识和动机。起码满足的是号召力、凝聚力，证明的是对一种社会群体的调动能力。而后者们实现功利预测之方式方法和效果，也总是比前者们丰富并易于达到。远非前者们所能相比。功利的成分，也往往不那么单纯不那么单一了。有些不便直言坦言了。说道起来不免地有那么点儿闪烁其词讳莫如深遮遮掩掩了。

"黑土地回顾展"是我以比较积极的态度参与的一次返城知青的大活动。

此后，北京、上海、天津、哈尔滨等城市，以师、团、甚至小到连为群体，组成了其数不少的北大荒知青"联谊会"，也相应地发起过几次活动，但我都没再参加过。据我想来，这些活动还是基本上以联络感情为出发点的。所体现的色彩基本上也只不过还是怀旧。还并未被其他功利目的所左右着。

对于返城知青们的怀旧，世人似乎一向颇多讽意。仿佛返城知青们，都非是“向前看”的积极的社会分子，而是不可救药的“向后看”的令人惴惴不安的城市消极成分。这是误解。那颇多的讽意，更显得大可不必的刻薄和少见多怪。

我认为，一切国家，一切时代的临届中年的人们，一般总是有些怀旧的。怀旧乃是人类较普遍的“中年恐惧症”的表现之一种。某些人只知“老年恐惧症”，而不太注意到大多数人临界中年也是会产生不可名状的心理恐惧的。这种恐惧甚至强烈于人对老年的恐惧。所不同的是，“老年恐惧症”的怀旧内容往往跨越时空，直接地回到童年和少年时期。无人与之交流，他们便独自沉浸着，想象自己是儿童和少年时的忧乐种种。有人与之交流，回忆才顺序连上青年和成年时期。

老年人喜欢回忆童年往事，中年人喜欢回忆青年往事，青年人喜欢回忆少年往事。大抵如此，基本成规律。

也许只有少年是不怀旧的。

对于少年，昨天便是童年。昨天离“现在时”太近，近得难以剥隔。仿佛童年仍在延续着，还没完结，还在“现在时”演绎着相似的情节和故事。所以充分地占有着“现在时”仿佛仍充分地直接地占有着昨天。所以用不着怀旧。

对于少年，明天似乎漫长而遥远，畅想时空广大无边。所以少年不是惯做“昨日梦”的年龄，而是惯做“明日梦”的“季节”。

青年是充满理想、憧憬或欲望、野心的年龄。大多数老年人已完全丧失了对以上诸方面的追求能力和竞争能力。即使仍执迷其中，也毕竟是心有余力不足了。情愿或不情愿的，明智或无奈地进入了人生的“无为”境界。而除了大多数老年人，另外只有大多数儿童类此境界。所以大多数老年人乐于直接地回忆童年和少年。可以叫作“合并人生同类项”。

又，人喜欢回忆自己颇不寻常的经历。不管那是浪漫还是苦难，是人生逆境还是光荣资本。

在知青返城的前十年，他们皆从二十七八岁向三十七八岁匆匆地、毫无驻足稍停之机地疲于奔命地朝身后抛掷着他们的日子。皆不曾从容地消遣过美好的青春。青春对于他们似有若无。青春是他们的昨天。这昨天那么迅速地远离了“现在时”。身在“广阔天地”，他们还不太感觉到那一种迅速，倒是常常觉得度日如年。恰恰是在返城以后，岁月仿佛开始压缩着流逝了。于是大有度年如日之感。几乎皆愕诧于怎么一眨眼就快是中年人了。于是“中年恐惧症”，作为中国的一种“代”的特征，从他们身上表现得格外显明。他们的怀旧，也就常以集体的方式，类似的色彩，并不想掩饰地张扬着。

他们怀旧便是缅怀自己的青春。

他们缅怀自己的青春便是回忆“上山下乡”的岁月。

那岁月里有他们的浪漫，也有他们的苦难；是他们的人生逆境，也常被自己们视为人生资本。

将苦难和逆境中走过来的经历视为人生资本，乃是古今中外人类比较共同的“毛病”。非中国知青一代特有的也不值得投以讽意，更不值得大惊小怪。

但是，虽然返城知青们的怀旧等于缅怀青春等于回忆“上山下乡”的岁月；虽然“上山下乡”乃“文革”运动中之运动——却不等于念念不忘地回忆“文革”岁月更不等于缅怀“文革”。

恰恰是在这一点上，中国返城知青们，首先被某些中国人故意地，甚至可以说是不怀好意地歪曲了，也简直可以说常常遭到不怀好意别有用心的诬蔑和诽谤。那某些中国人，首先是些舞文弄墨者。诸如某些文人，某些记者——他们中自以为深刻，自以为敏感，又专好靠了这两种“自以为”煞有介事地经常吹出一串串是非泡沫的人。他们或她们像些雌雄螃蟹，吐沫自娱，总是企图引起世人对自己的注意。世上本无事，也没那么多所谓“热点”、“焦点”，有时纯粹是他们或她们搬弄起来的。他们和她们还是这样一些人——保全自己达到谨小慎微的程度，在大是非大事件面前一向畏畏怯怯，噤若寒蝉，这就使自己们的存在根本无法令人重视。但又常常沮丧于此，失意于此。那么只剩下一件事可做，便是搬弄是非借以营造泡沫话题。

在知青返城的前十年中，知青们的集会，往往被他们和她们武断地归结为“红卫兵情绪”。仿佛知青们一集会，“造反”又要开始了，“动乱”又要来了，“文革”又要重演了。由于他们或她们煞有介事的、杞人忧天的、故作深刻和敏感的话语鼓噪，颇影响当局对知青集会现象的正确判断和看法。当局本是对知青集会现象暗觉不安的，加之他们或她们煞有介事的分析，于是难免的布置防范，以应不测。因而知青们的集会，倘规模大了点儿，几乎必有公安部乃至安全部的便衣工作人员密切予以关注。甚至，连国外媒介亦受其迷惑，对中国返城知青的集会，做过多次离题万里的荒唐的报导。他们或她们中，有人自己也曾是知青。按理说对知青的集会现象，他们或她们是最能正确理解，最能正确加以分析的。但他们或她们往往偏不，偏要煞有介事地、故作深刻和敏感地向世人以及当局作莫须有之暗示。我对他们或她们是很厌恶的。而返城知青们集会前集会中每每自我宣扬的发扬什么光大什么的“青春无悔”之表现，以我的眼看来，其实也带有故作性、表演性。很大的程度上是持 块盾，既保护自己不受莫须有意味的攻讦，也同时向当局和世人作“平安无事”的回答。后来情况有了好转。因为返城知青的一次次集会，从未给社会造成什么不安定。于是，当局和社会对此现象首先充分理解，他们或她们的暗示自然也就不再被理睬……

“黑土地回顾展”后，我常对《北大荒人名录》心怀几分忧虑。反思我当时支持出版的那番言论，觉自己理想主义的可笑。返城知青显然不能成为永久长存的“城市公社”。一本“人名录”也根本不能成为促进互助的什么“宝典”。社会治安问题日渐严峻，险恶案件多多，倘大量流散世间，落入骗子歹徒手中，会不会被利用了呢？这种警惕性也许同样可笑。但据我想来，有比没有好。因而征求我意见要不要再版加印时，我明确表示了反对意见。

再其后，内蒙古兵团的知青们，出版了一本《草原启示录》。那也是一本很有价值的知青回忆录。

《风云录》和《启示录》，乃关于知青的两本姊妹书。它们的文学性当然会逊于知青小说，但资料价值却远非知青小说可相比。

“黑土地回顾展”和《风云录》、《启示录》的出版，使返城知青们的集会活动此起彼伏。但都是些小规模小群体的集会。

大约一九九二年春节前，北京又在工人体育场举办了“老三届文艺汇演”。

此次汇演的策划最先由东北市场局宣传队和北京的“北大荒知青联谊会”的知青人士们共同提出。我曾被邀请发表建议。

汇演就要租场地，就要租乐器，就要聘请舞台美工，就要制景，就要提前排练……一句话，要钱。

策划者们较为乐观，较为自信，甚至较为兴奋。

他们说北京有多少北大荒知青？至少十万。半数人看，就是五万。每票百元。便是五百万。再保守些估计，即使有半数人的半数看，一笔回收也是相当可观的。

商业运作的色彩，随着人们头脑中经济意识的增长，那么顺理成章地成为许多事情的前提和主导思想。

这其实无可厚非。今天除了政府部门组织和在经费上支持的种种义演，已再没有任何非商业运作的演出。

但当时我发表了言词较激烈甚至可以说情绪有些冲动的反对意见。

我说，卖票我原则上也能接受。但要看谁们来演，演些什么，水平如何？靠当年的知青们演，演些知青宣传队当年的节目，水平不难预见。纵然补充新的节目内容，也必是些匆匆编排的节目，水平还是可想而知。水平注定了不高，怎可向当年的知青售票？北京是大城市，数九寒天，又是晚上，返城知青们从四面八方汇集而来，看了一场水平不高的演出，而且花了钱买的票，心中会作何想法？我不信他们会带着满足感深更半夜在寒冷中久候公共汽车回家……

策划者们说少演几场行不？票价低些行不？

我说不是少演几场的问题。据我估计，最多只能演一场。第二场就会来者寥寥。返城已经十几年了，别一相情愿地将知青们集会的心劲儿估计得过高。大家都是四十好几的人了，当年那份儿知青情结即使不泯，也不必非以这一种方式体现。至于票价，除非以相对的收支平衡为原则。如掺杂获利动机，我肯定是不参与的。也不会为此做什么……

我的激烈言词等于是大泼冷水，气氛为之沉闷。

我说完，也不管别人们的感觉怎样，起身匆匆而去。

后来，他们放弃了策划。可能我的话起了一定作用。尽管我的话当时听来逆耳，但是经他们细细一想，也许认为还是有几分道理的。

大约一个星期后，内蒙古兵团的“首席召集人”马小力和一名似乎是当年插队山西的女知青来到我家。小力是《草原启示录》的总编辑者。她们出示了一份演出策划书征求我的意见。我大略一看，觉得类似我激烈反对过的那一策划。一问，果然便是。原来那一策划被某文化公司接了过去。北大荒知青既放弃了，他们便找到内蒙古兵团的“首席召集人”马小力。出于拓宽对象范围的考虑，将“北大荒知青”主题改为更宽更大的“老三届”主题。

我坦率向马小力重申了我的顾虑和不变的态度。

小力沉思良久，也对我直言：第一，此事必做不可。因合同已签，前期经费已投入，有些节目已开始排练，而且已进行宣传，没了退路。第二，预先没想那么多，但认为我的顾虑不无道理。第三，接受我的建议，摈除一切商业目的，以不售票为大前提。至于资金，她负责“化缘”。有多少钱，做多大事。倘出现超支，亦由她尽量解决。倘经费居然还剩余，以某种方式慰问某些知青。

她的当场决定甚合我意，也令我大为感动。于是我表示愿意参加，并做我力所能及之事。实际上小力再没为此事“麻烦”过我，我除了对节目单提出某些调整和补充意见，根本没奉献过时间和精力，只不过届时前去观看了演出。

入场的人比我预料的要多些。演出者们情绪较饱满，观看者们的情绪也较共鸣。谈不上水平，但是台上台下气氛融洽热烈。节目中当然少不了某些“老三届”当年熟悉的知青“革命歌曲”。刻薄之人也当然有理由据此大加嘲讽。但在我看来，那除了是共同的怀旧，娱乐一场，并不说明别的什么。因为不售票，实际上仅仅意味着一些当年是宣传队员的知青，返城十几年以后，在春节之前，向另一些知青表达一种未相忘的情感。

据我所知，许多在环卫单位和殡仪馆工作的知青，以及他们的子女，被特别优待地安排在一等座位。

对于他们，也许只有在这种活动中，才能不花钱而坐一等座位吧？也只有在这种活动中，才能觉得自己和台上的演出者之间有深厚的情感关系吧？

据我所知，最终结算下来，经费还是超支了。所幸超的不是太多。

至于小力怎么堵上窟窿的，我就不得而知了。

难得马小力那一种开弓没有回头箭的精神和“一切包在我身上”的气魄。

那一场义务演出的义务主持人是王刚。

它是我参加的最后一次知青活动。

此后，我有意识地渐渐远离一切所谓知青话题。北京以及其他各城市的知青，也再没发起过算得上任何社会现象的知青活动。传媒中五花八门的话题层出不穷，“花边儿”炒成大块儿新闻的事例比比皆是，中国已进入空前的泡沫话题泛滥成灾的时代。城市人被此泡沫整日淹没其中，谁都烦得要命但是无处逃避。我每每暗自庆幸所谓知青话题的归于寂然，心想这对知青们首先是天大的好事。不是明星不是演艺圈内人，终于被整体地忘却了，终于不再被整体地说长论短了，也终于都能够面对身为父母身为中年人的现实而“相忘于江湖”，这比总被整体地当成件似有分量其实已毫无分量不关大多数城里人痛痒之事一再地旧话重提老生常谈要强得多啊！

有时候被忘却简直意味着是被仁慈地赦免。

而今年，是“上山下乡”运动三十周年，是知青返城二十周年——会有不甘寂寞的知青发起什么纪念活动么？

我想，肯定不会的。

我想，我的大多数同代人，经历了十年的农村“再教育”又经历了二十年的城市“再教育”，对于自己远逝了的昨天肯定早已是欲说还休欲说还休了。这后十年的欲说还休欲说还休与前十年的欲休还说欲休还说心理况味大为不同。并且，也该终于省悟，改写了各自命运的那件三十年前的大事，原来从任何方面都是无须以任何形式纪念的。不管是多少周年，其实对自己们的“现在时”，都已经毫无必要毫无意义了。

由别人们想着，达到的纯粹是别人们之目的。

自己念念不忘，继续蚀损的纯粹是自己的心智。

我想，即使有人又策划什么活动，那人也许反而非是知青。因为若是知青，当能理解知青们甘于消弭掉知青情结甘于寂寞的心。

当然，书还是尽管出，唱片还是尽管制作，专题片访谈录还是尽管拍摄。

因为许多人毕竟还得做自己职业要求做的事情。

这才是从现在至以后知青话题老生常谈的真相。

但是谁若企图使知青话题又热起来，恐怕演习浑身解数也是枉然了。

而我此篇，将是我关于知青话题的最后一堆文字。

一堆告别式的文字。

终结性的自言自语……

知青与红卫兵

“文革”是知青的“受孕”时辰。

“广阔天地”是孕育知青的“子宫”。

红卫兵是知青的“胎记”。这胎记曾使知青们被上几代人和下几代人中的相当一部分视为共和国母亲教育彻底失败的“逆子”。又好比《水浒传》中林冲们杨志们被发配前烙在脸颊上的“火印”。那是秩序社会的“反叛分子”们永远抹不去的标志。是哪怕改过自新了也还将永远昭告于脸的污点。中国民间有句俗话——“树活一张皮，人活一张脸”。秩序社会的“火印”烙在“反叛分子”们的脸上，是比发配本身还严厉的惩办。比“黑名单”高明。所以，在古代，一个人脸上被烙了“火印”，那么就被公认为是社会异类了。连牛二式的泼皮们，也是可以瞪起眼斥之曰“贼配军”的。然古代的“火印”，并不往任何女犯的脸上烙。以此体现着对女性的一点儿宽大。但是中国当代的知青们，由于经历了“文革”；由于在“文革”中十之八九都曾是红卫兵；由于红卫兵当年的种种恶劣行径和后来的声名狼藉，知青们不分男女，凡曾戴过红卫兵袖标的，便似乎都与“十年浩劫”难逃干系，便似乎都应承担着几分历史罪责了。当代的“火印”，虽非烙在他们或她们脸上，只不过烙在他们和她们自己没法跨越的经历中，却和烙在脸上是差不多的。一看年龄，再了解出身，便可断定他们和她们当年准是红卫兵。于是便使许多中国人不禁地忆起，自己当年曾如何如何怎样怎样地被红卫兵冷酷无情地迫害过。

所以，知青返城初期，尽管命运悲凉，境况艰难，但城市对他们和她们的态度，是同情与歧视参半的。

“活该！自作自受！”

“没有理由抱怨，只有理由忏悔！”

“大多数应该永远驱逐，不得返城！”

“变相垮掉的一代！”

“狼孩儿！整代都是狼孩！”

“中国只能将希望的目光从这报废一代的身上超越过去，直接投注于下一代身上！”

当年我听许多上一代人，包括许多一向心肠宽厚的知识分子和德高望重的革命老人，慨然而耿耿于怀地说过类似的话。

“当年你们为什么要那么凶恶？”

“政治热忱和凶恶行径怎能混为一谈？”

“你们这一代应该被永远牢牢钉在中国历史的耻辱柱上！”

“你们当年的‘革命’方式令人发指！”

当年，我曾听许多次那代人说过类似的话。质问中，谴责与困惑参半。

所以，当年有一首唱出返城知青心理自白的歌——《我是一匹来自荒原的狼》。

歌曰：

我是一匹来自荒原的狼，
城市曾是我家，
我的前身是被逐的青年。
我日夜思念我的亲娘，
只有娘对我们怀着温良……

如今，知青与城市，知青与上几代人与下几代人的牴牾，似乎早已被后来的岁月消除。隔阂似乎早已拆通。政治色彩的代沟似乎早已填平。但是，将绝大多数知青与令人谈虎色变的红卫兵剥离开来，仍是有必要进行的一件事。此事虽然已不再影响知青们的现在，但是对于尽量恢复历史的真实还是应该的。

在一九九四年和一九九六年，我曾两次接受德国两家电视台采访。后一次的摄像，还是名片《紫色》的一位摄影。地点都在“黑土地”餐厅。采访内容都是关于知青和红卫兵。

第一次，矮而且胖的，几乎秃顶，圆头圆脑的德国人自以为是地、言之凿凿地质问：“你们红卫兵当年残酷地杀害了数以千万计的自己的同胞，这是人类近代史上最可耻的一页，而你们从来也没忏悔过，请问你对此……”

在摄像机镜头前，被一个分明怀着政治挑衅心理的德国男人面对面地凝视着，听他以国际法官似的口吻提出审讯般的问题，使我觉得情形不但十分严肃，并且严肃得引起我强烈的反感。尤其是，一想到他来自于一个法西斯主义主宰过的国家，一想到那个自认为世界上最优等的民族，在二战时期对犹太人灭绝人性的屠杀，更觉得严肃中包含着荒唐。

所以我不客气地打断他的话（实际上是打断了替他充当翻译的中国同胞的话。他看去是我的同代人），我说：“先生，请你不要一再用‘你们红卫兵’这样的指谓对我提问题！我这个红卫兵当年没有伤害过任何人！恰恰相反，我曾尽量以我能做到的方式同情过被伤害的人！我负责任地告诉你——不是所有的红卫兵当年都如你所想象的那样是法西斯分子和盖世太保！绝大多数红卫兵，其实没打过人，没直接凌辱或迫害过人，没抄过家，更不一律是杀人凶手！要说可耻，我们两国历史上都有类似的污点！而你们的污点更大。如果说我们的污点中有大量墨的成分（我认为更多的红卫兵是通过‘大字报’的方式伤害了别人），那么你们的污点百分之百是鲜血凝成的！至于谈到忏悔，你怎么知道当年的红卫兵现在不忏悔？我了解的中国红卫兵，其实几乎百分之百地忏悔过！‘文革’中红卫兵并没伤害到外国去，所以只对中国忏悔，没必要对全世界下跪！尤其不必对你们德国人表示忏悔！……”

我早已看出充当翻译的我的中国同胞，一次次“贪污”了我的话。

于是我指着他说："你他妈的要照实翻译！不要因为他付你翻译费你就怕得罪他们！如果你不照实翻译，我起身便走！那么最尴尬的是你！……"

他翻译后，我缓和了口吻，问他是什么家庭出身？

他低声回答是工人家庭出身。

我说："那么你当年肯定也是红卫兵无疑。如果你小子当年打过人，那么你自己回答他，你当年打人时心里怎么想的？如果你当年没打过人，那么你告诉他，没打过人的红卫兵当年确有。在他面前的你我便是！"

他脸腾地红了。

为什么，外国的电视台，采访中国的当代返城知青亦即当年的红卫兵，都偏偏要选择在"黑土地"进行呢？——因为那里四壁贴着毛泽东当年身穿军装，挥起巨手发动"文革"的一幅幅宣传画。

在这样的环境里，他们主观想象"黑土地"是当年希特勒每周一发表政治讲演的诺伊曼咖啡馆。想象在中国，在"文革"结束十七八年后，红卫兵阴魂不散，仍经常以返城知青的身份每晚聚于"黑土地"，一边大快朵颐一边回忆"峥嵘岁月稠"。也许，还进一步想象，秘密策划中国的第二次"文革"……

所以，倒是他们自己的脸上，都有种心照不宣的颇神秘的表情。仿佛他们的摄像机摄下的，可能将是某一天突然变成现实的珍贵的历史资料。

那一天外边下着霏霏细雨。他们甚至可笑地、也有几分难以启齿地请求我再从外往里走一次。我满足了他们这一请求，扛摄影机的德国先生，半蹲着在我前边倒退上楼——我懂电影电视，我知道那是拍我的腿部……

在中国、在北京、在一个雨夜，一双腿沿着狭窄的楼梯而上——镜头一变，空间豁然宽敞，四壁皆当年的"文革"宣传画……

倘再配上如此旁白——“当年的中国红卫兵们，今天以返城知青的身份，经常聚集在这个专为他们开的餐厅讨论中国当前政治，总结‘文革’经验……”云云，那一定是非常能蒙他们本国人的。

我满足他们的请求，实在是因为他们的可笑简直使我觉得可以游戏的心情对待他们的采访。

那一天晚上小餐厅无人用餐。大餐厅里只有两桌人。一位老女人，不是奶奶必是姥姥辈的年龄最长者；六十岁左右的一对夫妇；三十岁左右的儿、媳或女儿和女婿；一个三四岁的男孩儿。分明是一家六口。六十岁左右的父母不可能当过红卫兵；三十岁左右的小两口大约出生于六四年或六五年，那么七七年“文革”结束才十一二岁，也不可能是红卫兵。显然，这一六口之家的每一成员都不可能有什么“红卫兵情结”。他们到“黑土地”用餐，不外乎两种原因——或是离家近，或是专为吃东北菜而至。

另一桌就是我这个中国人和德国的采访者们。而我们到这里来不是为了用餐。于德国的先生们是“醉翁之意不在酒”，于我，纯粹是出于礼貌，为照顾他们的情绪。

德国的先生们大约感觉到了摄入镜头的气氛不够理想，还去采访那一家人，通过中国翻译尽问傻话。比如：

“您们一家为什么偏偏到这里来吃饭?”

“到这里来吃饭是希望引起特别的回忆么?”

“那一种回忆对您们很难忘么？有重要的意义么?”

却遭到了相当冷淡的对待。显然那一家人不高兴他们的用餐受到滋扰。

于是我说：“先生们，我知道你们多么想要获得哪一种回答。让我告诉你们，我这个知青和当年的红卫兵，是第二次到这里。第一次是开会在这里用公餐。据我所知，这里并非当年的知青常来的地方，因为北京有许多比这里便宜的餐厅。出差的外地人倒是常来，因为他们吃的大抵是公款。而相对于公款，到这里来又算低消费。至于用图钉按在墙上的知青名片，我第一次来时就有了。此次来并不见知青名片增加了。至于那些‘文革’时期的宣传画，依我看纯粹是出于商业经营的目的，与有些餐馆悬挂旧上海的月份牌美女的目的没什么两样。总之先生们最好明白，这里根本不是德国当年的诺伊曼咖啡馆。这里根本不是什么具有政治色彩的地方。与北京的一切餐馆饭店毫无区别。先生们的想象不但太主观，而且太好奇。在中国，出现毛泽东的画像，哪怕是他‘文革’时期的画像，与在德国又出现希特勒的画像是完全不同的事。如果先生们对此并不明白，那么意味着你们对希特勒还缺乏起码的认识，对毛泽东的认识也是极其简单肤浅的……”

我看出，我这个被采访者，不但使他们感到一时难以驾驭，同时使他们感到极为沮丧。

……

第二次在“黑土地”接受德国电视台的采访，我预先就通过翻译向采访者们指出了“第三只眼看中国”的误区，而且坦率言明了在同一地方接受第一次采访的感想。我的先发制人打乱了他们的采访计划，他们不再问红卫兵，不再问“文革”，而问中国的“改革”和经济问题了……

从“文革”至今，国外关于中国红卫兵和知青的文章书籍相当不少。似乎具有颇执著的追踪性。只要今天的中国返城知青一有活动，其活动几乎立即被涂上了政治色彩，而且总是与知青们的前身红卫兵联系在一起加以主观评述。国内这样煞有介事的言论虽已不多见，但也不是完全消亡了。

仿佛，有一根脐带，始终若隐若现地将知青与红卫兵各拴一头儿，所谓“剪不断，理还乱”。

我认为，红卫兵该当是声名狼藉的称号。如果居然不是这样，那么中国简直不可救药。

我认为，当年很凶恶的红卫兵，只是极少数。大多数红卫兵，只不过是身不由己地被“文革”所卷携的青少年男女。他们和她们，既不但自己没打过人，没凌辱过人，没抄过别人的家，而且，即使在当年，对于此类“革命行动”也是暗存怀疑的，起码是暗存困惑。

对于大学里的红卫兵，我们姑且不谈。但有一点值得指出——几乎全国一切大学里的红卫兵，都曾分裂为两派。一曰“造反派”，一曰“保皇派”。“保皇派”一般反对打砸抢，反对武斗，反对“触及皮肉”。“保皇派”们高举的旗号是“十六条”。“十六条”是按毛主席的指示以“党中央”的名义颁布的。但毛主席在“文革”初期实际欣赏的是“造反派”，反而并不太喜欢主张严格遵守“十六条”的红卫兵们。所以，江青才敢在大学的红卫兵代表大会上公然说：“好人打好人误会，好人打坏人活该!”并提出了使“造反派”们欢呼“江青同志万岁”的唯恐天下乱得还不够的口号——“文攻武卫”。而哈尔滨军事工程学院当年最大的“保皇派”红卫兵组织“八八团”，乃是由毛主席亲自传旨解散的。以上历史情况起码可以说明，无论在大学里高中里还是初中里，确曾有一批红卫兵，他们的本愿其实只想动笔，不愿动手，只想批判别人的思想、路线，不愿逼得别人家破人亡。总而言之，他们希望以较文明的方式表现自己“关心国家大事”。虽然，他们也是被利用的工具，也客观上起到了对“文革”推波助澜的作用，但主观上毕竟与很凶恶的红卫兵有区别。

“老三届”，是指“文革”开始之前，已经读到了初三初二初一、高三高二高一的学生；“新三届”，是指“文革”中由小学升入初中或由初中升入高中的学生。“新三届”中，有相当数量的学生，红卫兵“造反有理”的两年内是小学生。是红小兵。即使也“造反”过，对他人对社会的危害毕竟不那么大。只有极少数“文革”中的初中生后来升入高中。他们升入高中后，“上山下乡”已开始。红卫兵运动的气数已进入尾声。他们的红卫兵劣迹，是在升入高中以前。亦即在身份是

“老三届”的“停课闹革命”的两年里。而他们并未能如愿以偿读完高中，很快也难幸免地“上山下乡”了……

所以，除却大学不做分析，中学高中红卫兵们的劣迹，主要发生在“老三届”中，“新三届”的同代人，显然比较冤枉地受了红卫兵狼藉名声的牵连。其大多数当予以平反。

在“老三届”中，以我的中学母校哈尔滨二十九中为例，略作回顾，便见分晓。我所在的初三（9）班54名学生中，仅一人在某次批判会上打过某位教俄语的男老师一次，另有一二人参加过抄家。因为他们在班里是太少数，所以我的记忆很牢固。打过老师的那名同学，当年是我们一些关系较好的同学之一。而且，正因为关系较好，又因为那次批判会是本班级范围内的一次极小型批判会，所以有人敢于公开喝制。当然，公开而严厉喝制的，是我和另外几个他的朋友。事后我们都很生他气，数日内不愿理他，并且告知了他母亲。他母亲又将他狠狠训了一顿。近几年我回哈市，与中学老同学相聚时，共同忆起当年事，他们都不免自言惭愧。我们全校三个初中年级共一千二百余名学生，屈指算来，当年有过凌辱师长打骂师长劣迹的，组织过参加过抄家的，最多不超三十人。而且几乎一向是他们。他们中有平素的好学生，也有名声不太好的学生。好学生，唯恐被视为旧教育路线的“黑苗子”，故“决裂”特别彻底，表现特别激烈，希望通过“造反”，校正自己的形象，重新获得“无产阶级教育路线”对自己的好印象，依然是“苗子”。至于那些名声不太好的学生当年的真实想法，据我分析不外乎三种：一，投机。过去我不是好学生，现在好与不好的标准不同了，甚至截然相反了，我终于可以也是了吧？不就是“革命”不就是“造反”么？比功课方面的竞争容易多了，也痛快多了。“该出手时就出手”，不“出手”白不“出手”，“革命”鼓励如此，何乐而不为呢？二，泄私愤。过去我怎么不好了？哪点儿不好了？原来不是我不好，是过去的教育路线教育制度不好，是老师们校长们教导主任们过去不好。原来我受委屈了，始终被压制啊！有毛主席撑腰，现在该轮到我抖抖威风了。哼，他们也有今天！三，自幼受善的教育太少太少，受恶的影响太多太多。心灵或曰心理有问题。那恶的影响也许来自不良家庭成员的怂恿或教唆，甚至可能干脆是从父母那儿继承的。也许非是来自家庭，而来自家庭学校以外的某一恶环境。他们其实并无什么投机之念，也颇不在乎自己给哪一条教育路线哪一种印象。只不过快感于自己心灵中恶的合法又任意的释放。你若问他对哪位师长曾怀恨在心么？他们极可能大摇其头道没有的事儿！而这又可能是真的。但他们就是抑制不住地非常亢奋地去凌辱人伤害人打人。那时他们体验到无法形容的快感。这些人是最冷酷最危险的红卫兵。如果“革命”号召用刀，他们便会公开杀人取乐。像日德法西斯当年屠杀我们的同胞屠杀犹太人一样。恰恰是这样一些红卫兵，后来绝少忏悔，甚至于今也不忏悔。谈起自己当年的行径往往狡辩地说：“当年我被利用了，上当受骗了。”

在“文革”中，有另一种现象也很值得分析研究，那就是——凡重点中学的红卫兵，有高中的中学的红卫兵，和各大城市的女中的某些女红卫兵，以及最差的中学的红卫兵，其“革命”皆表现出严重的暴力倾向。

哈尔滨市的几所中学当年又叫“工读中学”。其学生成分较为复杂。有就近入学的，也有落榜后扩招的学生，还有经过短期劳教问题的少男少女。社会看待这类学校的目光难免带有成见甚至偏见，这类学校的学生也常常敏感到自己们是被划入另册的。所以他们的“造反”不无对社会进行公开报复的意味儿。前边分析到的心灵或曰心理有问题的学生，在这类学校较其他学校多。所以这类学校注定了是中学“文革”运动的重灾区。

重点中学的红卫兵一向心理优越。故戴上了红卫兵袖标，依然要证明自己的优越，依然要以“革命”的方式体味那一种优越的感觉。加之这些中学既曰重点，当然办学方针上“罪名”更多，因而给了这些中学的红卫兵们更其大的“造反”理由和空间。

好比这样的一种情形——幼儿园的阿姨问某些受偏爱的孩子：“阿姨处处优待你，你怎么偏偏带头调皮?”

孩子回答：“正因为你处处优待我，所以你有罪。”

他不是不喜欢被优待，而是带头“调皮”时，能体味到区别于其他调皮孩子的别一种优越感。这别一种优越感比一向被优待的优越感更能使他获得心理满足。

上高中是为了考大学。尤其重点中学的高中生们，一脚大学门里，一脚大学门外——“文革”正是在这种个人前途攸关的时候明明白白地告知他们：“革命”积极的可以继续上大学。高考制度废除了，上大学完全不需要考试，只以“革命”的表现来论资格。“革命”特别积极的，甚至可以直接培养为革命干部队伍的接班人。表现消极的，那只能怪你自己白上高中了。这已经不是教育制度的“改革”问题，而是不折不扣的政治诱导了。又，在全国各大城市，凡有高中的中学，几乎皆各级重点中学。这类学校的红卫兵“革命”精神高涨，实属必然。在这类学校，高中红卫兵是主角，初中红卫兵只不过是配角罢了。

至于女中的某些女红卫兵们何以特别凶恶，我多年来一直想不大明白。但是我亲见过她们抡起皮带抽人时的狠劲儿，凌辱人时的别出心裁。仿佛在这一点上，要与某些凶恶的男红卫兵一比高下。

真的，我至今也想不大明白。或许，仅仅要以此方式引起男性们对自己们是不寻常之女性的性别注意？与如今某些女性以奇装异服吸引男人们的目光出于同念?

当年，普通中学的红卫兵，往往大多数是“革命”行为不怎么暴烈的红卫兵。

似合乎着这样的逻辑——平庸的环境中多出“平庸之辈”。

我的中学母校恰是一所普通中学。

我这个红卫兵在“文革”中不争的“温良恭俭让”，还因我的哥哥是从这所中学考入全市的头牌重点高中继而考上大学的。从校长到教导主任到许多老师，都认识我，知道我是他们共同喜欢的一个毕业生的弟弟，就是逼我，我也不愿做出任何伤害他们的事。我下乡后，每年探家，甚至落户北京后每年探家，差不多总是要去看望我哥哥当年的班主任……

还有一些中等专业学校的红卫兵们，“革命”的暴力倾向当年也有目共睹。这可能是由于，他们的身份将很快不再是学生。而他们其实留恋学生身份。红卫兵是他们以学生身份所进行的最后的人生表演。因为是最后的，所以格外投入。而且希望一再加场。

当年哈尔滨市电力工程学校某红卫兵组织叫作“红色恐怖造反团”。它不但自认为是绝对红色的，而且确实追求恐怖行为。此红卫兵组织当年使许多哈尔滨人闻之不寒而栗。

还以我的中学母校为例，三十余人虽然只不过是一千二百余人的四十分之一，但也足以使一所中学变成他们随心所欲的“革命娱乐场”。母校的校长、教导主任以及数名老师遭到过他们的凌辱。比如被乱剪过头发，被用墨汁抹过“鬼脸”，被抄过家。

而起码有半数学生，在那一种情况之下不得不呼喊口号，以示自己对于“文革”并无政治抵触。这实际上也等于直接支持了他们，间接伤害了被伤害者。有几次，我是这类红卫兵之一。仅仅为了一份合格的“文革”鉴定，我虽然违心但是毕竟参加过所谓批斗会。

一次挂牌子、戴高帽、弯腰低头的批斗过程中，突然有一名手拿墨汁瓶的学生走上台，台下的学生还没有反应过来他究竟要干什么，被批斗者们的脸上、身上都已变黑。

刹那间台下极为肃静。

那是发生在我的母校的第一次公开凌辱师长的行为。那一名学生“文革”前因某种劣迹受到过处分。

台下刹那间的肃静说明了许多学生当时的心理状态。他们不但震惊，同时产生了反感。

我当时的心理更是如此。我在《一个红卫兵的自白》中对这件事作过较详的描述。

于是台上的学生在那一阵异常的肃静中振臂高呼“造反有理，革命无罪”之口号。

台下呼应者寥寥无几。

有名女生怯怯地喊了句：“要批判思想，不要凌辱人格！”

她的声音立刻被台上的口号压住……

当然，挂牌子、戴高帽、弯腰低头也是对人格的凌辱，但却似乎在大多数“文革”中人的接受范围以内，并不认为过激。

亲眼目睹了数次凌辱事件以后，我的心理对此现象竟渐渐麻木了，反应不像第一次那么敏感了。仿佛也属于“革命”的常规现象了，所谓见多不怪了。

我想，大多数“文革”中人，其心理渐趋麻木的过程和我一样。

又一次，我与几名同班同学到我家附近一所中学去打篮球，见操场上围了一圈那所中学的学生——有一个人颈上被拴了链子，被抹了“鬼脸”，狗似地被牵着绕操场爬，还在被踢着被喝着的情况下学狗叫……

那人是那所中学的校长。

我和几名同学见状转身便走。我们都是老百姓家的孩子。我们的父母都很善良。我们的心灵中无恶。对于我们所憎恶的现象，我们也只有默默转身走开。因为你根本不可能制止得了。你的制止在当年也肯定不同于现在提倡的见义勇为，反而会使遭凌辱的人雪上加霜。

保守一些估计，平均下来，倘每所中学有五十名凶恶的红卫兵，那么全哈尔滨市近八十所中学，就是一支四千余人的具有暴力倾向虐待倾向的“队伍”。算上中专、大专、大学的同类红卫兵、再算上各企业各

机关单位的同类人，将是一支三万余人的“队伍”。相对于二百余万人，三万余人仍只不过是七十分之一。

但就是这三万余人，就是这七十分之一，也足以使整个城市乌烟瘴气，全面混乱，人人觉得危机四伏，做梦都担心某一日在毫无心理准备的情况下突然被宣布为“革命”对象甚至“革命”的敌人。正如一首古词中所写：“唢呐唢呐，直吹得鸡惊狗跳鹅飞罢!”——“文革”的宣传鼓动，便似那词中的唢呐……

那三万余人，七十分之一，乃当年生逢其世的“造反英雄”。仿佛天下者是他们的天下，国家者是他们的国家。除了毛主席本人，没有任何权威可限制他们的几乎任何“革命”行动。而毛主席在北京说：“乱是好事，暴露了敌人，乱了敌人，锻炼了小将自己。”

当年，哈尔滨军事工程学院“红色造反团”的头头们，因不断制造武斗在北京接受周总理调解时，甚至趾高气扬，根本不将周总理放在眼里。

当年哈尔滨红卫兵人数对比，思想对比和心理对比的概况，我认为，基本上也就是全国学生红卫兵的概况。

当年，最凶恶的红卫兵依次“活跃”于以下城市——北京、长沙、武汉、成都、哈尔滨、长春，以及新疆、云南、内蒙古……

而北京有着为数最多的军人家庭的红卫兵。他们的凶恶甚于一切红卫兵。他们的“革命”在许多方面模仿他们父辈当年的革命，以“革命”是“急风暴雨式的暴烈的行动”为理论。而这理论亦正是他们的父辈当年遵循着夺取政权的革命理论。

所以，当年我对北京军人家庭的红卫兵，是心存厌憎的。因我无法分出当年的他们谁个凶恶，谁个人道，便只有一概地厌憎。当然，于今想来，他们中肯定也是大有区别的。也许，《阳光灿烂的日子里》的男主角们，便算是不怎么凶恶的了吧？

当年北京的某些女红卫兵，比全国其他一切城市的女红卫兵都心狠，颇敢往死里打人。她们中当年有人的行径肯定关乎命案。甚至，可能惨死于她们手中的不止一人。

有次与舒乙先生谈起他父亲老舍，舒乙说：“你能想到么？当年肆意凌辱我父亲的，打他的，大多数是些中学的女红卫兵呀！按年龄还是些少女啊！……”

我说：“红卫兵和红卫兵不太一样。”

他说：“那倒是。有次又有些红卫兵闯入我家，就是些比较温良的红卫兵。‘文革’中养花不是属于资产阶级生活方式么？可她们并没毁掉我家的花。临走还在门上贴了一张告示——‘这家的老太太是画画的，可以允许养花，警告任何红卫兵组织不得采取极端行动’……”

舒乙先生说时流露出几分感慨的样子。

如果，将当年某些极凶恶的红卫兵比作盖世太保，比作党卫军，其实是并不夸张的，一点儿也不算耸人听闻。

我下乡不久，当了男知青们的班长。因为最初连队总共十几名男知青，也就只有一个男知青班。我的知青知己是不但和我同校且同班的同学杨志松，他如今在《健康报》工作。除了我俩，其他男知青来自三四所中学。有一名“工读”学校的高二的男知青，胸前一片狰狞可怖的疤痕。据我后来所知，便是下乡前在武斗中被火药枪喷射的。和他同校的一名初二的知青，曾神秘地向我透露——他是一名有恶迹嫌疑的红卫兵小头目，下乡纯粹是为了躲避追究。半年后他从我们连队消失了，据传是被恢复神圣使命的公安部门押解回城市去了……

一天中午，我正午睡，被杨志松拖起，让我去制止知青的打人暴行。离知青宿舍不远的院子里，住着一名单身的当地男人，五十余岁，被列为“特嫌”人物，出入受到限制和监视。我班里的三四名知青，中午便去逼供。等我和杨志松走入院子，他们正从屋里出来，一个个脸上神色颇不安。为首的，一边从我们身旁走过一边嘟哝：“真狡猾，装死！……”

我匆匆走入屋里，见床上的人面朝墙蜷缩着，不动也无声息。

我走近叫了他几声，他仿佛睡着了。我闻到了一股屎尿味儿。时值盛夏，我见他的裸背上有几处青紫。

我追上班里那三四名战士，喝问他们是不是打人了？

他们都摇头说没打。

“没打他身上为什么好几处青紫?!”

我心头不禁冒火，拦住他们，不许他们走。

为首的终于交代：“他不招嘛，所以，只轻轻打了几下……”

我不认为这是小事，立即转身赶去指导员家汇报。

半小时后，连里的干部和卫生所的一名医生，都赶往那屋子。

那人已经死了。

他们打他时，往他口中塞了布。所以，尽管那院子离知青宿舍很近，但午睡中的我，却并没听到一声哀叫。那件事使我相当长的日子里内心自责。因为我是班长，有三四名知青不在宿舍里睡午觉，我却没想到问问他们究竟干什么去了……

连卫生所医生开的死亡诊断是“突发性脑溢血”。

然而我清楚，医生清楚，连里的干部也清楚，那人实际上是被用木棒活活打死的。

我要求连里严厉惩处那几名知青。连干部们出于自身责任的种种考虑，只给予了他们口头警告。为首者，还是副班长。我又要求连里起码撤销他副班长职务，否则我不再担任班长。连干部们见我态度强硬，只得照办。但从此那几名知青对我耿耿于怀，而我也不再对他们有一点儿好脸色……

我当了小学教师以后，知死者是我一名学生的亲“大爷”。不久，又知死者根本不是什么苏修特务……

“黑土地回顾展”结束，一些北京知青与一些外地知青相聚叙旧的场合下，有一名外地知青谈到他那篇收在《北大荒风云录》的文章时说——当年我们思想太单纯太革命了，所以就难免做下了些错事……

恰巧，他那篇自述性的文章我看过——他下乡后，在一个冬季里，将一名老职工一个“大背”摔进了满着冰水的马槽里，那老职工当即昏晕在马槽，全身浸没水中……

只因为那老职工偷过点儿连里的麦子喂自家的鸡……

几天后那老职工死了……

我问他：“你如今忏悔了？”

他说：“是啊，要不我能写出来么？”

而我之所以那样问他，是因为我读他的文章时根本没读出什么忏悔的意味儿。写自己当年的暴力行径绘声绘色，最后的一行忏悔也只不过是用文字公开重申——自己当年太革命因而太冲动了……

我又说：“你当年的行径和思想单纯与‘革命’二字有什么关系？”

他一怔，反问：“那你说和什么有关系？”

我冷下脸道：“只和你的心理有关系！证明你内心原本就有一种恶。至于为什么有，你最应该自问！你现在还没找到正确的答案，证明你的忏悔根本算不上忏悔！……”

我说时，连连拍桌子，四座因而不安……

今年，当我们整代人回忆我们差不多共同的经历时（即使我们自己并不愿回忆，也还是要被别人一再地劝说着进行回忆。甚至，由别人替我们进行回忆。因为这回忆多多少少总会带些经济效益），我们几乎一致地，心照不宣地，讳莫如深地避开这一点——三十二年前，在我们还不是知青的两年前，我们的另一种经历另一种身份是红卫兵。

而红卫兵曾给许许多多家庭许许多多中国人造成终生难忘的伤痛。

它不但声名狼藉并且是“文革”暴力的同义词。

的确，它是我们的“胎记”，是我们脸上的“火印”。

它几乎使我们整代人中的每一个一旦遭遇“文革”话题则不免地羞愧无言。就如林冲们杨志们一旦被人正面注视，立刻明白别人在眈眈盯着自己脸上的什么。

而依我想来，“文革”话题在中国，也许将比知青话题更长久。起码，将会是你中有我，我中有你，共存共亡的两个话题。似母子关系。

而我最终要说的是：

第一，不是整整一代人中当年凡戴过红卫兵袖标的，皆凶恶少年或残忍少女。

第二，所以这一代人中的大多数，亦即接着成了知青的人中的大多数，应被从以后的“文革”话题中予以解脱。事实是，这大多数，其实并不比当年全中国的大多数人更疯狂。

第三，疯狂的红卫兵有之，凶恶的残忍的红卫兵有之。倘他们于今仍自言“当年太单纯太革命了”，那么意味着他们仍毫无忏悔，仍在狡辩；倘我们作为同代人替他们说，则意味着我们仍在替他们刷洗劣迹。而想想我们当年面对他们的凶恶和残忍做过配角和观众（全中国人几乎皆如此!)，由我们替他们刷洗劣迹又是多么具有讽刺性质!倘由以后仍热衷于“文革,”话题的人仅从政治上去分析，那么不但不能得出更客观更接近真相的结论，也根本无法将他们和大多数区别开来……

最后，我将知青与红卫兵连在一起分析，乃是要达到这样的目的，倘我们的次代人或我们的儿女们今后发问：“你们自己是不是觉得自作自受呢?”——返城二十年间，这难道不是我们常常听到的冷言冷语么?

而我们可以毫不躲闪地、坦率地、心中无鬼地迎住他们的目光回答说：“我们大多数的本性一点儿也不凶恶。我们的心肠和你们今天的心肠毫无二至。我们这一代无法抗拒当年每一个中国人都无法抗拒的事。我们也不可能代替全中国人忏悔。‘上山下乡’只不过是我们的命运，我们从未将此命运当成报应承受过！……”

知青与知识

据我所知，“知识青年”之统称，早在“五四”之前就产生了。那时，爱国的有识之士们，奔走呼号于“教育救国”。于是在许多城市青年中，鼓动起了勤奋求学以提高自身文化素质，储备自身知识能量，希望将来靠更丰富的才智报效国家的潮流。用现在说法，那是当年的时代“热点”。许多不甘平庸的农村青年也热切于此愿望，呼应时代潮流，纷纷来到城市，边务工，边求学。

那时，中国读得起书的青年有限。好在学科单纯，且以文为主。读到高中以上，便理所当然地被视为“小知识分子”了。能读能写，便皆属“知识青年”了。而达到能读能写的文化程度，其实只要具备小学五年级以上至初中三年级以下的国文水平，则就绰绰有余了。那时具备初中国文水平的男女青年，其诗才文采，远在如今的高中生们之上。甚至，也远非如今文科大学的一二年级学生们可比。

那时，“知识青年”之统称，是仅区别于大小知识分子而言的，是后者们的“预备队”。而在大批的文盲青年心目中，其实便等同于知识分子了。

他们后来在“五四”运动中，起到过历史不可忽略不提的作用。虽非主导，但却是先锋，是恰如其分的主力军。

建国后，城市首先实行中学普及教育。文盲青年在城市中日渐消亡，“知识青年”一词失去了针对意义，于是夹在近当代史中，不再被经常用到。它被“学生”这一指谓更明确的词替代。

即使在“文革”中，所用之词也还是“学生”。无非前边加上“革命的”三字。

“知识青年”一词的重新“启用”公开“启用”，众所周知，首见于毛主席当年那一条著名的“最高指示”——“知识青年到农村去，接受贫下中农的再教育，很有必要。”

于是一夜之间，六十年代末七十年代初的几届城市中学生高中生，便统统由学生而“知识青年”了。

这几届学生当初绝对不会想到，从此，“知青”二字将伴随自己一生。而“知青”话题成为永远与自己们的经历自己们的命运密切相关的中国话题。

细思忖之，毛主席当年用词是非常准确的。在校继读而为“学生”。“老三届”当年既不可能滞留于校继读，也不可能考入大学（因高考制度已废除），还不可能就业转变学生身份，成了浮萍似的游荡于城市的“三不可能”的“前学生”。除了一味“造反”，无所事事。而一味“造反”，既不但自己们烦了，毛主席也开始烦他们了。

“三不可能”的“前学生”，再自谓“学生”或被指谓“学生”，都不怎么名副其实了。

叫“知识青年”十分恰当。

区别是，“五四”前后，青年为要成为“知识青年”而由农村进入城市；“文革”中，学生一旦被划归“知识青年”范畴，便意味着在城市里“三不可能”。于是仅剩一条选择便是离开城市到农村去。情愿的欢送，不情愿的，——也欢送。

至今，在一切“知青”话题中，知青与知识的关系，很少被认真评说过。

其实，“知青”在“前学生”时期所接受的文化知识，乃是非常之有限的。于“老三届”而言是有限。于“新三届”亦即“文革”中由小学升入中学的，则简直可以说少得可怜了。

“知青”中的“老高三”是幸运的。因为在当年，除了大学生，他们是最有知识资本的人。他们实际上与当年最后一批，亦即六六届大学生的知识水平相差不多。因为后者们刚一入大学，“文革”随即开始，所获大学知识也不丰富也不扎实。“老高三”又是不幸的。其知识并不能直接地应用于生产实践，主要内容是考大学的知识铺垫。考大学已成泡影，那么大部分文化知识成了“磨刀功”。而且，与大学仅一步之遥，近在咫尺，命运便截然的不同。即使当年，只要已入了大学门，最终是按大学毕业生待遇分配去向的。五十余元的工资并未因“文革”而取消。成了知青的“老高三”，与“老初三”以及其后的“新三届”知青，命运的一切方面毫无差异。他们中有人后来成了“工农兵学员”或恢复高考的第一批大学生，但是极少数。

更多的他们，随着务农岁月的年复一年，知识无可发挥，渐锈渐忘，实难保持“前学生”活跃的智力，返城前差不多都变成了文化农民或文化农工。

他们和她们，当年最好的出路是成为农村干部、农场干部或中小学教师。

我所在的兵团老连队，有十几名“老高三”，两名当排长，两名当了仅隔一河的另一连队的中学教师，一名放了三四年牛，其余几名和众知青一样，皆普通“战士”。有的甚至受初中生之班长管束。

我当了连队的小学教师后，算我五名知青教师，二男三女。除我是“老初三”，他们皆“老”字号的高一高二知青。

我与“老”字号的高中知青关系普遍良好。他们几乎全都是我的知青朋友。在朝夕相处的岁月里，他们信任过我，爱护过我。我是一名永远也树立不起个人权威的班长。在当小学教师前，一直是连里资格最老的知青班长，而且一直是在特殊情况下可以自行代理排长发号施令的一班长。故我当年经常对他们发号施令。他们有什么心中苦闷，隐私（主要是情爱问题），皆愿向我倾吐。而我也从内心里非常敬重他们。他们待人处世较为公正，在荣誉和利益面前有自谦自让的精神，能够体恤别人，也勇于分担和承担责任。前边提到的那两名当中学教师的“老高三”，一名姓李，一名姓何，都是哈尔滨市的重点中学六中的学生，都有诗才，而且都爱作古诗词。说来好笑，我常与他们互赠互对诗

词，有些还抄在连队的黑板报上。讽刺者见了说“臭”，而我们自己从中获得别人体会不到的乐趣。他们中，有人曾是数理化尖子学生，考取甚至保送全国一流理工大学原本是毫无疑问之事。也有人在文科方面曾是校中骄子。

如当不了中学老师，数理化在“广阔天地”是无处可用的知识，等于白学。最初的岁月，他们还有心思出道以往的高考题互相考考，以求解闷儿，用用久不进行智力运转的大脑。

而他们中文章写得好的，却不乏英雄用武之地。替连里写各类报告、替“毛著标兵”写讲演稿、替知青先进人物写思想交流材料、为连队代表写各种会议的书面发言……包括写个人检讨连队检讨和悼词。

写得多了，便成了连队离不开的，连干部们倚重的知青人物。

于是命运转机由此开始。往往很快就会被团里、师里作为人才发现，一纸调函选拔而去，从此手不粘泥肩不挑担，成了“机关知青”。

我也是靠了写，也是这么样，由知青而小学教师而团报导员的。也做了一年半“机关知青”。

而“机关”经历，既不但决定了他们后来与最广大的知青颇为不同的命运，也决定了他们与那些智商的优异在校时偏重于数理化方面的知青颇为不同的人生走向。

首先，“机关”经历将他们和她们培养成了农村公社一级的团委干部、妇女干部、宣传干部，甚至，主管干部升迁任免的组织部门的干部。倘工作出色，能力充分显示和发挥，大抵是会被抽调到县委地委去的。在农场或兵团的，自然就成了参谋、干事、首长秘书。

其次，“机关”教给了他们和她们不少经验。那些经验往往使他们和她们显得踏实稳重，成熟可靠。而任何一个中国人，若有了三至五年的“机关”经历，那么，他或她在如何处理人际关系的学问方面，起码可以说是获得了本科学士学位。

以上两点，亦即档案中曾是知青干部的履历，和由“机关”经历所积累的较为丰富的处世经验，又决定了他们和她们返城后被城市的“机关”单位优先接受。

何况，“机关”当年还将上大学的幸运的彩球一次次抛向他们和她们。

根本无须统计便可以十分有把握地得出这样的结论——作为当年的知青，如今人生较为顺遂的，十之七八是他们和她们。

我指出这一点，绝不怀有任何如今对他们和她们心怀不良的意图。事实上我一向认为，他们和她们的较为幸运，简直可以说是十年“上山下乡”运动本身体现的有限之德。否则，若将几千万知青的人生一概地全都搞得一败涂地，那么除了一致的诅咒也就无须加以分析了。

那些智商优异在校时偏重于数理化的知青，如果后来没考上大学，没获得深造的机会，其大多数的人生，便都随着时代的激变而渐趋颓势。甚至，今天同样面临“下岗”失业。

我常常忆起这样一些“老高三”知青。后来也曾见到过他们中的几人。一想到他们是学生时特别聪明特别发达的数理化头脑，被十年知青岁月和返城后疲惫不堪荜路蓝缕的日子严重蚀损，不禁地，顿时地替他们悲从心起。

我曾问过他们中的一个——还能不能对上高中的儿子进行数理化辅导？

他说翻翻课本还能。

又问——那，你辅导么？

他摇头说不。

问为什么不？

说怕翻高中课本。一翻开，心情就变坏，就会无缘无故发脾气。

接着举杯，凄然道——不谈这些，喝酒喝酒。

于是，我也只有陪他一醉方休。

以上两类知青命运的区别，不仅体现于“老”高三“老”高二“老”高一中，而且分明地也同样体现于“老”初三中。

但那区别也仅仅延至“老”初三，并不普遍地影响“老”初二“老”初一的人生轨迹。初二和初一，纵然是“老”字牌的，文化知识水平其实刚够证明自己优于文盲而已。

继“老三届”其后下乡的几批知青，年龄普遍较小，在校所学文化知识普遍更少。年龄最小的才十四五岁，还是少男少女。我们儿童电影制片厂几年前拍的一部电影片名就是《十四五岁》。广电总局规定——主人公年龄在十七岁以下的电影，皆可列为儿童影片。当年的少男少女型知青们，其实在“文革”中刚刚迈入中学校门不久便下乡了。

他们和她们，等于是在文化知识的哺乳期就被断奶了。这导致了他们和她们返城后严重的、先天性的“营养不良”，也必然直接影响了他们和她们就业机遇的范围，并且历史性地阻断了他们和她们人生的多种途径。如今，他们和她们中的相当一部分成了“下岗”者、失业者。返城初期，在他们和她们本该是二三级熟练工的年龄，他们和她们开始学徒。当他们和她们真的成了熟练工，他们和她们赖以为生的单位消亡了。

一部分，在知识哺乳期被强制性地“断奶”了；一部分，当攀升在教育最关键的几级阶梯的时候，那阶梯被轰然一声拆毁了；只有极少幸运者，或得到过一份后来不被社会正式承认的“工农兵学员”的文凭，或后来成为中国年龄最长的一批大学毕业生。高考恢复后他们和她们考入大学的年龄，和现在的博士生年龄相当。

这便是一代知青和知识的关系。

这便是为什么，中国科技人才的年龄链环上中年薄弱现象的根本原因之一。

所幸知青中的极少数知识者，在释放知识能量方面，颇善于以一分“热”，发十分“光”。

所幸中国科技人才队伍，目前呈现青年精英比肩继踵的可喜局面，较迅速地衔接上了薄弱一环。

曾说知青是“狼孩儿”的，显然说错了。

曾夸知青是“了不起的一代”的，显然过奖了。

断言知青是“垮掉的一代”的，太欠公道。因为几乎全体知青，在长达三十年的时间内所尽的一切个人努力，可用一句话加以概括，那就是——有十条以上的理由垮掉而对垮掉二字集体说不。事实证明他们和她们直到今天依然如此。

也许，只有“被耽误了的一代”，才是客观的评说。

“知识就是力量”，——对于国家如此，对于民族如此，对于个人亦如此。

面对时代的巨大压力，多数知青渐感自己是弱者。并且早已悟到，自己们恰恰是，几乎唯独是——在知识方面缺乏力量。

他们和她们，本能地将自己人生经历中诸种宝贵的经验统统综合在一起，以图最大程度地添补知识的不足。即便这样，却仍无法替代知识意义的力量。好比某些鸟疲惫之际运用滑翔的技能以图飞得更高更久，但滑翔实际上却是一种借助气流的下降式飞行。最多，只能借助气流保持水平状态的飞行。

如果你周围恰巧有一个这样的人存在着，那么他或她大抵是知青。只有知青才会陷入如此力不从心的困境，也只有知青才在这种困境中显示韧性。

那么，请千万不要予以嘲笑。那一种精神起码是可敬的。尤其，大可不必以知识者的面孔进行嘲笑。姑且不论他或她真的是不是知青。

知识所具有的力量，只能由知识本身来积累，并且只能由知识本身来发挥。

知识之不可替代，犹如专一的爱情。

至于我自己，虽属知青中的幸运者，但倘若有人问我现在的第一愿望是什么，那么我百分之百诚实地回答是——上学。

我多想系统地学知识！

有学识渊博的教授滔滔不绝地讲，我坐在讲台下竖耳聆听，边听边想边记那一种正规学生的学法……

知青与知青文学

长期以来——自从最初几篇知青题材的小说问世后，文学期刊界、出版界、作家们和评论家们，及社会学界和新闻界，一致形成着一种主观的、错误的，并不符合实际情况的判断。那便是，认为在许多城市中，尤其许多大城市中，存在着一个人数极其可观也极其热忱的读者群体，而他们都是返城知青；认为他们都像蜂蝶觅花丛一样，一嗅到花粉的芬芳，便会嗡嗡一片地飞去，沉湎于知青题材的小说、诗歌、散文、回忆录中不愿旁顾。

于是“知青文学”的命名诞生。

于是“知青文学”现象经常成为话题。

当然，如果根本否认返城知青爱读知青文学，也不够实事求是。但，这些爱读知青文学的返城知青，数量远比以上各界人士估计的少。不止少一些，而是少许多。

进言之，如果确有所谓“知青文学”的读者群体，那么其主要成分也非是返城知青，而是另外一些人。

与我关系熟稔的返城知青不算少。有些是在知青岁月中曾与我朝夕相处过的亲密的知青朋友，有些还是我的中学校友和同窗。

不消说，都是男性。

某一日我屈指掐算了一下，他们大约有一排人。如果扩大而论所有我认识的以及泛泛接触过的返城知青，约两个连。

在与我关系亲密者中，亦即那大约一排人中，仅三五人读过我的两篇获奖知青小说——《这是一片神奇的土地》和《今夜有暴风雪》。《雪城》如果不是因为后来拍成了电视剧，他们根本不可能知道我还写过那么一部长篇。而读过我最初几篇知青小说的人，乃因职业与文学发生着或直接或间接的关系。比如是编辑、是记者。还有人是在上“业大”时读的。当年我的两篇知青小说列入各文科“业大”分析教材，他们读是为了完成作业。

这约一排人中，半数有我签了名赠送他们的我自己的知青小说集。

他们从不因此而给我面子翻阅。

我也一向识趣，从不与他们谈文学，更不会傻兮兮地试问他们读后之感。

和他们在一起不谈文学使我轻松，使他们自如。我和他们，一向十分珍惜不谈文学的另一种美好，一向恪守不谈的相互默契的原则。

真的，旧交偶聚，不谈文学，只谈儿女的学业情况，谈父母二老的健康情况，谈身为男人的家庭义务与责任，谈工作压力和生活烦愁，互吐衷肠，彼此宽慰，不亦乐乎？

我和他们在一起，将说这些叫作“聊点儿正题”。

我和他们“聊正题”，他们就觉得我依旧可爱，依旧是当年的好朋友。若我侃侃地谈文学，他们就用极其陌生的眼光看我。分明的，意识到我是彻底地变了。

幸而我并未变得那么令他们感到陌生，甚至，感到讨嫌。

至于那两个连的当年的男知青，他们中大约有一个班的人主动向我讨要过我的书，当然言明要我的知青小说集。倘没有，别的书也凑合。另外大约有一个班的人，自己买过我的书，来我家时，也要求我签上名。这大约两个班的人，都不是由于喜欢我的知青小说才要买，而是为他们的儿女、他们的侄儿侄女甥男甥女，或他们的妻子他们的同事他们的朋友乃至他们单位的头头脑脑所要所买。也有的，为了带着我的签了名的书求人办事儿。倘送礼，轻了，觉得拿不出手；重了，往往违心违愿。而将作家的签名书当礼，送者显得免俗，收者也收得坦然。实在是好方式。而且，我简直认为是该大力提倡的方式。想到我的书居然还能被当礼送，我差不多总是有求必应，高兴又爽快。倘他们要了我的书买了我的书，还对我说些认真拜读之类的话，则我倒反而觉得不自在了。

某些人一向以为，我这“永久牌”的“知青作家”周围，肯定经常被些曾是知青又对“知青文学”情有独钟的读者厚爱着。

安有其事！

不错，我的确受到着不少过去的知青朋友厚爱。但他们给予我的种种厚爱和关怀，其实仅对我这个人本身，仅表现在对我们之间曾有的友情的无比珍惜。至于文学，于他们而言，只不过是我的职业。他们并不爱屋及乌，连我的职业也另眼相看。而我，也从未对他们产生过“不道德”的要求。

在他们中，我的职业是特殊的。特殊而又远离他们的兴趣。这特殊，每每也使我在他们中难免的有时倍觉孤独。

他们对我的职业的最中肯的话一向是“谨慎点，干你们这行的容易犯政治错误。尤其你那一套文学主张。别认真、别傻，犯不着。”

于是我常思索，文学的读者群究竟是哪几类人呢？又是怎样形成的呢？

于是便陷入回忆。

凡人，不分男女，幼年时都爱听故事。爱看连环画。而故事和连环画，是人与文学的初级接触。仿佛小男孩儿对小女孩儿强烈又单纯的好感。

我儿子二三岁时，每晚都缠着我或妻翻连环画讲故事给他听。

“再讲一遍嘛，再讲一遍嘛……”

一册《十兄弟》，薄薄二十几页，一晚上他竟磨着他妈给他讲了九遍！

"后来呢？后来呢？……"

他妈打着哈欠说："完啦，没有后来啦，该睡觉啦！"

儿子听了别提多么的沮丧。他希望那故事是永远也讲不完的。

人在幼年时与文学的初级接触真是入迷得动人哪！

儿子上小学四年级后，不再需要我和妻子讲给他听，开始自己看了。于是，我和妻子当年保存下来的一些小人书，成了他的第一批文学读物。我和妻子常感慨于我们各自能从"文革"前将那些小人书保存到"文革"后，而且保存得那么好。我们当年都未想到应该为我们的下一代保存，只不过是作为一种我们当年认为的珍稀之物加以妥善保存罢了。

儿子上中学后，开始自己买书，开始与同学们相互借阅。

初三起，儿子不再看一切文学色彩的课外读物。

上高中后，儿子与文学的初级接触彻底结束。不是因为我和妻子强迫他那样，而是根本没有了接触的精力。

有时，我们忍不住将一本值得他读的书推荐给他，他则很烦地问："我有时间看吗？"

我们只有哑然……

我举我儿子为例想说明的是——许许多多的人，由于个人、家庭、社会、时代等某一种原因或综合原因，与文学的关系，截然终结在与文学的初级接触的阶段。只有少数人以后又续上了与文学的关系，岁月沧桑而不再中断，成为文学的执著读者和终生读者。文学依赖于他们的众寡而兴衰。大多数人与文学的关系，青少年时期一旦中断了便一辈子永远地中断了，或者自己没兴趣再续上了，或者仍有兴趣但没条件也没心情续上了。我们知道，一个人成为文学的始终如一的读者，也是需要一些起码的条件起码的心情的。对于他们，与文学的初级接触，成了青少年时期与文学的短暂的"初恋"。

我上小学四五年级时，班里有六七名爱看小人书的同学。当年，一名小学生买一本小人书是奢侈的事。尽管一本小人书最贵才两角几分。

我上中学时，班里仅有三四名喜欢读小说的同学。同小学相比，与文学发生初级接触的同学不是明显多了，而是少了。这因为小人书已经不能给予中学生更大的阅读满足，而买一本三十二开的“大书”，自然是一本小人书定价的数倍，也自然是更其奢侈之事。你无我无，大家全无。估计全校读文学作品的学生，充其量不过二三十人。我对这个数字是比较有把握的。因为当年我像一条专善于嗅“书香味儿”的猎狗，哪个年级哪个班级的学生可能有书与我交换了看，是会被我凭着敏锐的嗅觉发现的。

“文革”一开始，全中国一切古今中外的非“马恩列斯毛”类的书，几乎全都付之一炬了。每座城市的重要图书馆，都保护性地封门上锁了。一封一锁，便是十年。于是全中国人的读书习惯，都被硬性地改造掉了。

我不晓得我中学母校当年那二三十名喜欢阅读文学书籍的同学，如今是否仍是文学书籍的读者？须知我的中学母校当年在哈市不是一所喜欢阅读文学书籍的学生少得可怜的学校。比起有高中的中学会少些，比起无高中的中学只多不少。因为我的中学当年成立过“故事员同学会”，曾向全市推广过如何引导学生阅读文学书籍的经验。

姑且以千分之二三十推而广之地概算，在当年三千余万知青中，也不过就有五六十万人与文学发生过初级接触。十年的知青岁月，是除了“毛选”无书可读的岁月。那五六十万知青中，后来十之七八也渐渐丧失掉了读书习惯。就好比迁往南方生活的北方人，渐渐改变了冬天戴棉帽子的习惯。

五六十万的十之七八是多少，不言自明。

正是她们，后来成了全国知青文学的第一批知青读者。之所以用“她们”而非“他们”，乃因这些返城知青中女性居多。她们再后来又分为两类女性：有的因对知青文学的敏感关注而成为广义的文学书籍的读者。她们从知青文学中获得到的，不仅是知青经历的寻寻觅觅而已，也同时是少女时期与文学恋情的重续，这又是由她们与文学的初级接触而奠定的。有的则并没与文学发生过初级接触。她们捧读知青文学主要因为，甚至仅仅因为她们曾是知青。“知青文学”四字对于她们而言，重在“知青”，不在文学。她们将知青文学当成与自己发生密切关系的文字式“老照片”。并且，往往想象作品中的女主人公的命运便是自己或接近于自己在知青岁月中的命运。甚至，往往认为自己在知青岁月中的命运比知青文学中的女主人公的命运更值得同情，更忧伤凄婉，更动人感人。确实，她们中大多数人在知青岁月中有相当坎坷甚至极为坎坷的遭遇。她们往往视某些知青文学为自己间接的命运自白书。她们几乎只关注知青文学，对别种文学书籍缺乏兴趣。与自己的命运发生间接自白效果的知青文学，她们认为好，否则觉得不好。她们至今差不多仍这样。知青文学中的某类，是连接她们与文学的一条极细极细的红丝线。但她们觉得不细，而是一条汩汩通过血液的血管。一条动脉。

她们在不再是少女的年龄，与文学发生着初级接触。而且，主要是由于“知青”二字。而且，几乎甘愿地停滞于初级阶段。

这种关系当然也是十分令人感动的，又令人感动又令人揪心。

但她们为数有限，毕竟构不成一个各界人士想象的庞大的知青文学读者群。若知青文学读者群主要是由她们构成的，则显然是她们和知青文学的双向的憾事。

知青中的“老”高中们，当年是很有人读过一些古今中外的世界文学名著的。返城后他们与文学的关系分为三类——第一类受家庭和生活所累，虽并无什么孜孜以求的事业主宰着人生精力，却也不再接触文学了（包括知青文学）；第二类考上了大学，毕业后活跃于仕途，或埋头于理工科专业，也惜时如金，不读“闲书”；第三类或者也考上了大学，又恰恰属文科专业，便仍与文学发生瓜葛。但他们实际上并不因曾是知青而偏爱“知青文学”。相反，他们往往比较的轻慢知青文学，往往显出很不屑的样子。他们越评论家起来，学者化起来，资深记者起来，对“知青文学”似乎越瞧不上眼，所评所析所议，往往比不是知青的同行更尖酸刻薄。他们认为自己是权威发言人，权威批评者，认为自己怎么说都有理。别人也不免地这么认为。他们通过对知青文学的终审垫高自己的地位。

当然，还有第五类人，他们可能并没进入大学，一直在寻常的单位里从事着寻常的工作。但这并不妨碍他们与文学发生第二次接触。这是较高阶段的接触。视野远比他们青少年时期与文学的接触宽阔。评判水平也不能同日而语。他们既不拒绝知青文学，也不只读知青文学。

如果有谁统计一下便会确信，在“老”高中们中，又与文学发生第二次接触的人其实是不多的。发生了的，大抵在第三类人和第四类人中。然而，并不能据此认为他们是知青文学读者群中的主要成分。而应该确切地说他们是中国文学的较高层次的读者群中的主要成分。

那么，构成知青文学读者群主要成分的，其实非是返城知青，又究竟是哪些人呢？

说来或许有人不相信——其实，主要是七十年代末至八十年代中期初高中生、大学低年级生、各行各业中的青年，以及比以上三者加起来的数量少得多的一小部分知青。而且，仍以女性为主。

据我看来，在全世界，爱读文学类书籍的女性，肯定比男性多几倍。这其中的原因，前边涉及了一些，更深层的分析，应属另一话题，此不赘述。知青文学的冷热，其实是随着他们和她们阅读兴趣的转移而变化的。

我的几部知青小说有幸被拍成了电视剧。十个对我说他们和她们看过我的“作品”的人中，大约有九个指的是那些电视剧。

但他们和她们肯定并不知道，那几部电影电视剧能被他们和她们看到，是很经过几番抗争的。

电影《这是一片神奇的土地》和《今夜有暴风雪》当年曾被勒令下马停拍……

《雪城》几乎不许播出……

《年轮》曾明令不许参加评奖……

原因都差不多是——调子太低暗，未表现理想，咀嚼苦难等等。

而另有不少评论者，嘲讽我在作品中张扬虚假理想，掩饰苦难，玩味失落的崇高……

我的知青作品确曾给过我一些浮名，但也常使我陷入左枪右戟不得不横着站的两难之境。来自官方的否定和指责，我还较能承担，起码有申辩的权力。来自评论的，我则常常不知该怎样对待。一味沉默，似乎打算以沉默为盾，乏对批评的虚心反应。若申辩苦衷，则简直就等于是拒绝批评了。

故我差不多总是要在这些作品发表后，写上那么一二篇小文章，以近于检讨的性质，自言创作能力的十分有限。这当然是回报评论的反应。而又有人就将我的这类文章剪贴了复印了，寄往有关部门，归纳道："看，他并不惭愧于自己张扬理想和崇高的缺乏冲动，而是在那里公开叹息自己再现苦难的力不从心！……"

只有普通读者和普通观众显得厚道非常。因为他们既不操审查之权，也不以评论为业。心血来潮，几页信纸一个信封一张邮票，便将充满善意的褒贬直截了当明明白白地寄给了我。多少年来，我对此心怀感激。

事实上，我的知青小说，目前为止，仅占我创作总量的五分之一左右。

《雪城》后我不再涉笔知青题材，某种程度上，是为从那一种横着站的两难之境脱身。

《年轮》于我，初衷非是重操什么知青题材的旧业，而是写一些曾当过知青的城市中年人今天的生活形态。

我回头看自己的全部知青小说，没有自己满意的。有些当时较满意，时隔数年，越来越不满意了。恨不得重写。重写是不可能了。改写

都没法儿改写了。唯一自我安慰的，乃当时写的真诚写的有激情。即使浅薄，即使幼稚，那一份儿创作的真诚和激情也是值得自己永远保持的啊！

而此种自我评估，也是我对目前为止的，中国一切知青文学的总体评估。

知青生活形态差异太大。有兵团知青，有农场知青，有插队知青；有南北地域造成的差别，也有南北人情造成的差别；有年龄造成的差别，也有政治出身造成的差别；有人数多寡造成的差别，也有工资和工分造成的差别……

任何一位作家，不管他有没有过知青经历，主观性强些还是客观性强些，企图通过自己的几篇作品或几部作品反映几千万知青当年的命运全貌，都是不太可能的。

一切知青文学组合在一起，好比多棱镜，它所折射出的是七色光。最主要最优秀的知青作品，也只不过是多棱镜的一个侧面罢了。

知青终所应该产生史诗性的作品。

但是目前还没有产生。

也看不出将要产生的任何迹象。

然而我坚信，数千万城市青少年当年轰轰烈烈卷裹其中的“上山下乡”运动，是文学蕴藏内容极其丰富的矿脉。前期对它的创作采掘，有点儿像“开发热”。我是太追求眼前效益的急功近利的采掘者之一。这并不意味着破坏了它的“资源”。对于文学，不应有什么“资源”保护法和保护区。只不过我们孜孜以求，却都并没有采掘出它最有价值的那一部分。它后来的沉寂是好事。埋藏久些，形成的矿质更高些。也许十年以后，也许二十年以后，或会有知青题材的上乘之作问世。也许出自于当年的知青笔下，也许作者根本非是知青。但肯定不会是我。甚至，我认为，也不会是和我一样，从知青小说而开始文学道路的一批知青作家们……

时值“上山下乡”运动三十周年的今年，一定会出版不少知青题材的书籍。每一种都会有较好的销路，但哪一种也不会独领风骚。反馈到我这里的信息是——内容类似的编选较多，角度新颖独特的极少……

买这类书的照例是以下人：

初中、高中、大学低年级女生……

很少一部分大学低年级男生……

近年涌现的书籍收藏者……

很少一部分当年的女知青……

以及生活较为稳定的当年的男知青，他们是为儿女而买。

他们大抵会对儿女们这么说：“给，认真读读！读了，你就会了解爸爸混到今天是多么的不容易。你知足吧你！……”

自己，却很可能不看……

知青与改革开放

就整代而言，返城知青是中国“改革开放”之相当重要也相当主要的促进力。甚至，是推动力。起码，可以这样说——他们中返城后获得了公开发表言论的条件和机会的人，在“改革开放”的最初几年，几乎无不主动地、积极地、热忱地、不顾个人得失地为“改革开放”鸣锣开道大声疾呼过。

这乃是因为，“文革”使他们对中国的“昨天”有所反思。那反思由于自己们当年不幸成为后来备受谴责的角色而比普遍的中国人痛切。也由于“上山下乡”的经历而对中国贫穷落后的真况极为了解。在从城市到他们落户的农村、边疆这一巨大半径上，他们曾多次往返，所见疾苦种种，所闻民怨多多，非一般中国人能相比。何况，他们还曾亲身与当地人民在那深重的贫穷落后中长期奋斗过。中国要变，中国不能不变这一强烈的思想，早就形成于他们头脑中了。

如果说粉碎“四人帮”是中国救亡求兴的第一件大事，那么知青返城当然是紧随其后的第二件大事。没有第一件大事的发生便没有第二件大事的发生，而第二件大事的发生直接改变了知青们本身的集体命运。所以，除了极少数当年成为“四人帮”社会基础的知青，大多数知青不可能站在“改革”的对立面。区别仅仅是，有人在较高的思想层面支持和拥护“改革”，有人在切身感受到的利益本能层面支持和拥护“改革”。

倒溯起来，不少知青是“四人帮”政治专治时代的早期思想反叛者。“林彪事件”后，对中国前途的大怀疑在知青中广为弥漫。我参加过的一次“兵团创作学习班”，当年便因传播“反动政治谣言”而遭遣散。我自己当年由团宣传股被“下放”到木材加工厂抬大木，直接的内控不宣的罪名，乃是因为在一次学习会上，公然提出质疑——“毛主席既然早在三十年前就深知林彪其人，为什么还树他为副统帅和接班人？不是拿中国的前途和命运当儿戏么？”

后来震撼全国的天安门“四五”运动中的许多“反诗”，作者是知青。

值得一提的是，这些知青，多数并非所谓“走资派”儿女，亦非因父母受迫害而参与，更不是因自己成了知青而泄私愤。恰恰相反，前两类知青当年几乎没胆量“乱说乱动”。比较敢于“舍得一身剐”的反而是某些普通劳动者家庭的知青子弟。他们当年如果投靠“四人帮”，卖身求荣改变命运绝非难事。“四人帮”当年也大量需要和招募那样的青年。但他们拒绝与“四人帮”共舞。他们身上所体现的，是与自己，与自己的父母与自己的家庭诸利益完全无关的“政治道义冲动”。

他们是为国家命运而参与政治的。

也是为别人们的命运别人们父母的功过别人们家庭的不幸而参与政治的。

与那些别人相比，他们原本对政治并不感兴趣也无热情。所谓“路见不平一声吼”而已。

这些平民阶层的知青子弟们身上，当年相当突出地弘扬一种朴素的，平民的政治道义感。

返城后，他们中不少人，为彻底否定“文革”、“真理标准”的讨论，邓小平的复出自觉自愿地充当民间政治义士的角色。他们当年人微言轻，但他们的呼声响亮而激烈。

他们中有人如今成了“家”，成了官员，但他们的各种声音，总体还是纳入在支持和拥护进一步“改革开放”的语言体系的。

大多数返城后成了各行各业普通劳动者的知青，“改革”初年也在各行各业中唯“改革”之大计方针是从，任劳任怨，相当富有利益自我牺牲之精神。他们似有足够分量的砝码，在时代天平上起不容忽略的稳定作用。

近年，他们中许多人的利益一部分一部分地失去着，许多人“下岗”待业乃至彻底没了工作。

他们心中有苦，嘴上有怨，但大多数默默接受时代牺牲者的命运，几乎无人鼓吹骚动。

报载——某企业将裁员，一日厂里贴出了一份“号召书”，上写——“曾当过知青的工友们，让我们像当年‘上山下乡’一样，集体‘下岗’吧！既然必得有人‘下岗’，我们不‘下岗’还能企盼着谁们‘下岗’？……”

于是几十名曾当过知青的工人，纷纷噙泪在“号召书”上签了名。

使人不禁地想到那句话——“我不下地狱，谁下地狱”？

也使人不禁地为之肃然、怆然、心愀愀然。

前一类成了当代思想“精英”或准“精英”的知青，面对自己同类们的如此命运，以思想观点分为以下两类：

一类每每说：“改革残酷，时代无情，牺牲一批人的切身利益在所难免。优胜劣汰，置之死地，而后能生者则生，生不了的谁也顾不了谁了，只有认命。”

这是某些最早“相忘于江湖”的知青。我曾听他们当我面那么说过。表情和口吻都极其冷漠。

但那样的实话我永远说不出口。

因我很难彻底地“相忘于江湖”。同时毫无“相濡以沫，相呴以湿”的能力。

我公开承认另一类很难彻底地“相忘于江湖”的思想“精英”，话题一接触到同类的命运，每每长叹连声道：“不改革不行啊，却没想到改革出这么个始料不及的局面……但那也得继续呀，苦了我们的兄弟姐妹们了……”

似乎，“兄弟姐妹”们的命运，是由于自己的过错造成的，听来有几分内疚的意味儿。

他们可能依然是高调“改革”派。思想也和第一类人一样。只不过写文章发表时，笔下措词谨慎了，调子尽量低就了些，怕自己“四面楚歌”的当年的知青同类们看了反感。其实呢，自从他们渐成“精英”，同类也就渐与他们疏远了。“相忘于江湖”，倒是先从同类们开始的。他们的文章都发表在同类们不会看到的报刊上。而且，除了与自己当年同连同村的知青，更广大的知青并不晓得他们是同类。所以，顾虑多余，倒也可爱。

至于已经“下岗”的、待业的，多数自行斩断了与一切知青旧友的往来，在城市的各个角落隐姓埋名地四处奔波地寻找养家糊口的再就业机会，前面提到的诸如“北大荒人名录”之类的书，于他们的再就业毫无用处。

即使他们，你若问对改革开放的看法，他们也并不发什么恶毒的诅咒。通常的说法是：“唉，谁让咱们摊上了呢！与解放前相比，可能还是强多了！解放前哪儿会有再就业工程呢！”

人们完全可以相信，他们就是走投无路像古代小说中写的那样领后插根草标自卖自身，也是不会采取什么对抗“改革”的行为的。

这真是中国的福气。

也真是中国改革开放的福气……

知青与老一辈无产阶级革命家

总体而言，知青一代，对老一辈无产阶级革命家将永远是心怀崇敬的。将会心怀着这种不同程度的崇敬老去，死去。

当知青一代也在中国消亡了，中国近当代革命史，便会显得是离中国人十分遥远了。

知青一代，是现实与那革命史之间的自然过渡段。他们最虔诚地公认那革命史的非凡性。它自身从未间断的反复的宣讲，刻在他们思想中的痕迹也最深。它是刻在他们头脑中的第一行思想。它本身厚重的非凡性史诗性，非他们的新中国成立后所经历的任何大事件可相提并论。虽然，他们的头脑中后来也刻下了另外许多行思想，但都不及第一行那么深。史诗性的历史，必定造就出独具风采的民族精英。后继者不可能再经历类似的史诗性历史，因而不可能具有同样的魅力与风采，也就不可能获得他们同样的崇敬。

每一个国家每一个民族，都具有某一段或某几段史诗性的历史。世界也是这样。而这一点，使一个国家一个民族乃至全世界后来的历史似乎都显得平庸，使后来的领袖们注定了皆成缺乏史诗性的历史中的匆匆过客。无论他们自己多么想要伟大起来都不可能。他们的名字几乎只能在他们是领袖之时，而在同时代人的头脑中楔进位置。一旦不是，不久便会被淡忘。他们的名字只能在同时代人的头脑中揳入位置，不可能刻下深痕。更不可能被下几代人铭记。

但曾叱咤风云于史诗性的历史中的杰出人物不同。他们的名字本身太有分量。那不同寻常的分量使他们指点江山过的那一页历史沉甸甸的，即使翻过去了，后几页他们已不存在的空白史页上，仍深深地凹陷着他们的名字的压痕。写在后几页史上的文字，不管密度多么大，记载多么炫耀，都无法覆住掩住那深深的压痕。

全世界的情形都是如此。

也许，有人会指出——“文革”中，除了毛泽东，红卫兵亦即后来的知青们，分明是参与迫害老一辈无产阶级革命家的罪人，怎么今天反而大言不惭地标榜起崇敬来了呢？当年连周总理都一反再反，何谈崇敬？

不错，“文革”中北京街头出现过“百丑图”——除了毛泽东、周恩来、林彪，以及“中央文革领导小组”几位，老一辈无产阶级革命家几乎尽数囊括，而且皆被肆意丑化。当然也包括德高望重的朱老总、民心同情的彭老总、深受爱戴的陈毅、贺龙等大元帅。

“百丑图”是北京红卫兵当年的“杰作”。

具体说，是北京红卫兵中一小撮军队高干子女的“杰作”。

他们背后显然有人指使。

他们的恶意，也不能说便是全体北京红卫兵的态度。

当年，我随一批东北红卫兵“大串联”到北京，在北京街头见过一张“百丑图”。回忆起来，似乎贴在西单十字路口的巨大广告招牌上。

那一批东北红卫兵大多数住在地质部礼堂。他们到北京的第二天晚上，便与负责接待的北京红卫兵展开激烈的辩论。他们白天到市里去皆看到了“百丑图”。于是“百丑图”成为辩论内容。东北红卫兵强烈谴责北京红卫兵打倒一大片，从而等于否定了中国革命史。北京红卫兵以“两个司令部”为据，嘲笑东北红卫兵对“中央路线斗争”一无所知，只配老老实实向北京红卫兵学习和取经。唇枪舌剑一番之后，北京红卫兵见镇压不住东北红卫兵，搬来了援兵。记得是什么附中的红卫兵，男男女女近百人，其中不少手握军皮带。东北红卫兵也在百人左右，感到受了威胁，于是皆怒。于是酿成一次武斗……

我离开北京到成都，在成都街头也见到过同样的“百丑图”。不过我见到的当天就被许多成都的百姓和红卫兵自发地撕掉了，还逮住几名张贴的北京红卫兵围斥了许久。第二天便发生了成都人民与到成都“煽风点火”的北京红卫兵之间的暴力冲突。后来谓之曰“成都人民广场事件”。我是那事件从始至终的目击者。据我想来，“百丑图”也是那事件的起因之一种。

我从成都回到哈尔滨，家乡人说，北京红卫兵也在哈尔滨张贴过“百丑图”，但如在成都一样，不但被撕掉了，几名张贴者且被狠揍了一顿……

可以这样讲，丑化老一辈无产阶级革命家的“百丑图”，产生于北京，但实际上并没能如一小撮北京红卫兵所愿在全国张贴得到处都是。相反，在许多城市受到了当地人民的抵制。

不但“百丑图”是一小撮北京红卫兵的“杰作”——挂牌子、戴高帽、剃鬼头、涂黑脸、游街、喷气式，也无不首先“发源”于北京，由北京红卫兵将此类“革命”方式传播于外省市。中国不是一夜之间同时乱起的，而是先由北京乱起的。当年，哪一省哪一市乱得晚了，乱得还不够，便有一批批北京红卫兵赶往“指导”，如同顾问或特派员。连我那一所普普通通的中学母校，当年也有两批北京红卫兵去气使颐指地进行过“紧急革命总动员”。当年的社论中，通栏大标题是“首都小将为革命煽风点火”。

我这里当然不是要仅仅将北京红卫兵“极左”化，而将别省市的红卫兵正确化。事实上，极“左”之于当年的青少年，犹如流感，任由发展。传染不但是大面积的，而且是迅速的。我仅仅想指出它的传染是有阶段性的。并且想指出，即使当年，即使同是红卫兵，对老一辈无产阶级革命家的崇敬，也仍是暗怀在大多数人心中的。

我下乡后，连队里发生过这么一件事——某北京青年，闲来无事，画漫画解闷儿，于是在小笔记本上先后画了朱德、彭德怀、陈毅、贺龙等老帅的丑化头像，被哈尔滨知青发现，当即予以严厉呵斥。连许多上海知青天津知青也表示了极大的愤慨。而哈尔滨知青与上海知青，在我的记忆中，很少有在某件事上统一过态度的时候……

再以后，知青中常流传一些政治“段子”，内容差不多总是“四人帮”如何向老一辈革命家发难，老一辈革命家如何使“四人帮”们陷入狼狈不堪无地自容之境……

也流传着关于刘少奇、彭德怀、贺龙的下落，以及关于周总理、邓小平、叶剑英、陈毅的身体健康情况。

而这些政治信息，又大抵是北京知青返京探家带回连队的。说明经过短短几年的反思，对老一辈无产阶级革命家的崇敬，又是那么自然地在大多数北京知青的心目中复归了。哪怕他们当年是亲笔临摹过亲手张贴过“百丑图”的红卫兵……

三十年后的今天，绝大多数知青，能以较历史的、较客观的、较“一分为二”的态度看待毛泽东在中国历史上的功过。普遍的知青，仍不否认毛泽东的伟人历史地位，仍对毛泽东某几方面的伟人魅力表示赏服，即使谈到毛的“过”，一般也都是从给国家和人民造成的大损失方面议论，而并不多么耿耿于怀地抱怨给自己这一代人的命运带来的苦难。并且，一般不会以特别刻薄特别不敬的口吻妄贬之。

“毕竟做过全中国人民的伟大领袖啊，即使不伟大了，也总不至于渺小吧？后人们怎么评价，咱们也决定不了，可咱们这一代，不应该由于领袖有了严重的缺点，就在他死后将他贬得一无是处啊！”

我的一位知青朋友说过的这一番话，我觉得，似可代表绝大多数知青对毛泽东的当前态度。

知青一代，随着年龄的增加，中年将逝，老年将至，总体而言，看待自己曾经历过的中国诸多历史问题的目光，是变得越来越带有谅解性了，也可以说是变得越来越厚道了。

但，这并不等于说他们已集体地丧失了对现实的敏感反应。

他们最不愿看到的，是曾造成过中国巨大损失的某些弊端，比如假大空话，比如浮夸业绩，比如官僚主义、文牍主义、形式主义，比如大表演大包装的大过场，比如新条件下新方式下进行的个人崇拜意味儿的宣传……

谈到这些，知青们往往也是皆摇其头不以为然的。

因为他们经历过。

他们会嘲曰："何其相似乃尔！"

会引用毛泽东的话概评——"历史的经验值得注意！"

看到比自己年轻的人为了名利，虔诚地热切说些不三不四的话应景表态，他们会私下里相互议论："多像当年我们中的某些人啊！当年我们中的某些人太傻，目的性不明确。他们现在多懂事多精明多现实啊！他们也许比当年我们中的某些人还可怕吧？因为他们现在内心里想要的，比我们当年想要的大不一样，而且多多了！……"

对于周总理，绝大多数返城知青的崇敬程度高于对毛泽东的崇敬。对两位伟人的这一种崇敬程度的差异，不是他们返城以后开始的，甚至，也不是他们下乡以后由于自身命运的失落造成的，更不是今年以来一系列关于周恩来生平事迹的专题片所影响的。所有那些专题片只不过又从返城知青们内心深处重新唤起了不泯的崇敬。

对两位伟人的崇敬程度的差异主要是由对"文革"意义和动机的怀疑形成的。而这一种怀疑，在他们"上山下乡"以前，在打倒刘少奇以后，在"文革"的第二、三年，就暗暗形成在他们中某些有思想的人们的头脑中了。

归根结底，在当年是对个人崇拜的悄悄地反动。

在后来是对个人集权的反思。

周恩来在为中国人民任劳任怨、全心全意服务方面，确实做到了鞠躬尽瘁、死而后已。恰如那一句诗所形容的——“春蚕至死丝方尽”。

知青一代谈起周恩来，犹如印度人谈起他们的“圣雄”甘地。

在当年，亦即一九七六年天安门广场“四五”运动前，某些忧患国家前途的知青，对周恩来也曾有过一个时期的“不满”——希望他以非常方式力挽狂澜，最果断地解决“四人帮”。

这乃是一代人当年思想中的一个历史秘密。

所以周恩来逝世以后，当年在许多中国人包括许多知青的头脑中，造成了一片前所未有的寄托空白。

他们曾有这样一种暗自的心理准备——只要周总理在北京一拍案一挥手，将群起响应粉身碎骨肝脑涂地万死不辞。

不是为了改变自身的知青命运，而是为了拯救国家于危亡边缘。

这体现于知青亦即前红卫兵们的头脑中，是一种非常矛盾的思想。他们真的想造反了，但不是冲着伟大领袖去的，是冲着“四人帮”去的。为了和“四人帮”决一胜负，他们需要周恩来这样的统帅者。在胜利了以后，他们愿意重新膜拜毛泽东为伟大领袖。甚至，愿意在全中国的每一座大小城市，为毛泽东塑高大的金身塑像，以取代那些铜的、玻璃钢的或大理石的……

这一历史秘密，这一种非常矛盾的思想，当年在不少中国人，主要是中青年人头脑中产生过。

所以，周恩来的逝世，不可避免地引发了“四五”运动。那是一场自发式的、爆发式的反对专治、呼喊民主的政治运动。在那一场运动中亲自到过天安门广场的知青是有的，但为数极少，大抵是探家的北京知青，或途经北京因故滞留的南方知青，比如上海和杭州知青。但南方知青一般对政治心悸胆怯，只不过作为旁观者，不敢有什么具体行动。而探家的北京知青，有人不止一次在那一场运动中去过天安门。

那一年我在复旦大学读书。

后来我的北大荒知青战友在信中告诉我，黑龙江生产建设兵团也对探家的北京知青进行过政治审查。有从北京带回“四五”诗抄者，遭到了严厉的制裁。

尽管在“四五”运动中亲自到过天安门广场的知青极少，但“广阔天地”里的许多知青，头脑深处的思想，是与“四五”精神遥相呼应的。

返城后，知青间坦诚交代当年头脑中的一级政治“隐私”时，无不感慨自己当年政治思想的幼稚。认识到，如果当年中国真发生了自己们头脑中所祈之事，那么中国必定四分五裂，后果不堪设想。今天中国什么局面，也就完全说不定了。以毕生之心血和精力维护中国完整统一的周总理，又怎么能以中国的最大前途冒险呢？他认为自己没有这样的权力，又是多么符合像他那么伟大的成熟的政治家的至高原则。当年他也只能更多地争取为国家为人民全心全意服务的权力。如果当年连他也最终丧失了这种权力，那么中国肯定陷入另一种不堪设想之境。两种不堪设想，对中国的后果都将是可怕的。所以，一举粉碎“四人帮”，只能是在毛主席逝世以后发生的英明果断的大事件……

想明白了这样一些道理之后，对于周总理就依然崇敬了。

除了周总理，知青一代非常崇敬的，还有朱德、彭德怀、陈毅、贺龙、聂荣臻、徐向前等老一辈无产阶级革命家。

如果进行一次知青一代中的民意调查，我几乎可以肯定地说——除了周总理，彭德怀必是第二个备受崇敬的人物。

一代知青崇敬他，是由于他延安保卫战与“抗美援朝”战争中的赫赫战功，更是由于他刚直不阿，为民请命，不怕丢官，敢讲真话的品质。

具有这种高贵品质的共产党人，无论过去还是现在，毕竟太少，而不是很多。

对于知青一代，中国的革命史，的的确确是一部充满英雄色彩的史诗性历史。无论后人如何评价这一段历史。总之，它是史诗性的历史。总之它是充满英雄色彩英雄主义的历史。总之，谱写那一页历史的杰出人物们，起码像希腊神话中的俄底修斯们一般，若完全抽掉政治因果，也依然具有美学意义上的不可重复性、不可比拟性，以及可歌可泣的传奇性……

然而，也正因为如此，知青一代看后继政治家们的目光、标准是很不容易降低的。

所幸知青一代就要老了，下一代会有下一代客观公正的标准，会以下一代愿意的目光看……

知青与时尚

总体而言，知青一代，与时尚基本无关。

时尚无非两类——文化的，或物质的。文化时尚意广容杂。从听西洋交响乐到逛庙会，从因足球生气的男人到文眉涂眼影涂指甲趾甲的女人，都算是。千般百种，雅俗并存，举不胜举。物质时尚却相对单纯得多，再怎么花样翻新，似乎也永远摆脱不了衣、食、住、行四大方面。而且，受着各自经济基础的制约，分野是很巨大的。某些时尚注定了只不过从来都是富人们的时尚，平民和穷人们可望而不可即。以他们的眼看，不是时尚，而是富的标准。比如名车、别墅和出国旅游。某些平民和穷人的时尚，常被富人们嘲之曰“心理需要的冰淇淋”。比如假首饰和仿名牌。仿名牌其实也就是伪名牌的别一种说法。

时尚的追随者们往往又以年龄划类，比如青年的时尚、中年的时尚、老年的时尚。

就当前而言，同居和未婚而孕是青年“时尚”之一种；婚外恋和离婚是中年人的“时尚”之一种；为下一代下下一代全心全意服务鞠躬尽瘁死而后已是老年人的“时尚”。

小蜜是老板的时尚，“傍款”是靓妹倩女的时尚，考“托福”是大学生的时尚，“炒”新闻是记者的时尚，签名售书是作家的时尚，“跑官”是“公仆”们的时尚……

许多种社会现象，最初可能会受到针砭，最终却会变为时尚，形形色色的人们仿之效之唯恐不及，唯恐落伍。中国如此，世界也差不多如此。

知青一代的青年时期，当然也就是我的青年时期，中国是世界上最不允许时尚滋生的国家。一切或可称得上时尚的事物，刚露端倪，还未形成现象，便被“革命”的剪刀毫不留情地齐根剪除。往往接着刨出根来，踏之唾之，以儆效尤。

我使劲儿想，归纳了以下几种，不知算不算知青一代的青春时尚？

一、“思想汇报”。当年曰人除了血肉之躯，另有三大政治生命，且宝贵过血肉之躯——入队、入团、入党。入不了队则入不了团，入不了团则入不了党。而入不了党，则意味着有一件比生命本身要紧得多的事一辈子也没完成。所以入队也是相当要紧的。若小学六年级了居然还没戴上红领巾，家长觉得脸上无光，自己也觉得仿佛是“异类”。

所以，当年从小学生到中学生到大人，写“思想汇报”是常事，是普遍现象，是“政治时尚”。

学“毛著”同样是。

“斗私批修”，“灵魂深处爆发革命”也是。

当年文化便是政治，政治全面文化，充满在中小学课本的字里行间。故这一种“政治时尚”，也可以认为便是当年的“文化时尚”。

二、由于塑料工业的产生，塑料头绳代替了女孩儿们传统的毛线头绳；塑料凉鞋将女孩儿们一向穿的布底扣绊鞋从商店柜台挤下去；“涤卡”、“的确良”被视为比“平纹布”、“斜纹布”高级的衣料……大概，这些便是知青一代当年的物质时尚了……

三、“文革”中，少女穿男装，学生穿无章军装，“消灭”长辫子，全国“一刀齐”，更是风靡不衰。实难分究竟是文化的，政治的，还是物质的时尚。或可认为是集三者之大成的“综合时尚”。

四、“上山下乡”运动初期，许多学生争着到离城市最远，交通最不便，自然生存环境最恶劣，人烟最稀少的地域去，曾是一种由衷追求的时尚。而且，一旦去到了，接着就比赛谁坚持不探家的日子最长久……

如果这可以说是一种不失可爱的“革命时尚”的话，除了孔繁森式的榜样，现在的许多“革命干部”是比之惭愧的……

返城后，喇叭裤、披肩发、蛤蟆镜曾在中国各大城市“引导新潮流”，而知青一代正疲惫不堪地四处找工作，几乎无人被“导”入过那潮流……

转眼，知青一代四十多岁了，五十来岁了，中国的文化时尚和物质时尚日新月异，丰富多彩起来。而除了少数人，广大知青一代是更加疲惫了。没心情也没经济实力“时尚”一把。

我们不难发现这样一点——在今天，在城市，追随文化时尚，往往是比追随物质时尚还高的消费。

比如看球赛，听音乐会是时尚，“肯德基”、“汉堡包”也是时尚——但一场球赛的门票也许几百元，能买成箱的“肯德基”和“汉堡包”。

广大知青一代，不为自己，也得为儿女算这一笔账。文化的时尚虽“雅”，但他们宁肯在时尚方面超物质的“俗”。

物质的东西并不都“俗”。甚至可以反过来说都不“俗”。武器当然除外。武器也有双重属性，自卫时体现为好东西，侵略时体现为恶东西。而恶乃极“俗”。除了武器和毒品，我们简直举不出另几种东西，是人类迄今为止所创造的“俗”的东西。故以引号括之。相比于物质，文化的俗现象却是很多的。因为是真俗，所以就不用引号了。比如卖淫和嫖娼，东方西方都有其专题之史。已经被著史了，能否认是文化么？

这个世界上，有着不少种文字的《妓女史》、《婢女史》、《嫖妓秘录》之类的书。以中国五千余年的文化中为最多最详。妓而闻名、娼而立传的文化现象，在中国以及全世界也是举不胜举的。“笑贫不笑娼”一句话，既不但是“妓女文化”的经典总结，而且是由文化概括的意识形态。又比如专授人以奸诈狡猾之术的经验，不是被“雅”称为《厚黑学》么？已经“学问”化了，还不是文化么？

故文化并不皆“雅”，甚至可以说垃圾很多。文化的色情现象不比物质的“白色污染”令人类的生活干净。但古今中外，色情文化一直到现在几乎依然是一大批一大批的人明恋或暗恋的文化。只见有人为色情文化雄辩滔滔，却没人反对治理“白色污染”。对“白色污染”以及一切工业污染的治理也是比较容易取得一致态度的。全世界都十分重视这方面的立法。但对色情文化的立法不但遭到一次次强烈对抗，而且即使立了法，往往也形同虚设。只能采取睁一只眼闭一只眼的态度。所以，对文化的“雅”是很需要加以区分，又不得不以引号括之的。

酒文化的实践者们清醒着的时候，气氛往往是雅的，只要醉了一个，场面立刻俗不可耐。

“三陪”在某些男人那儿，也是当文化当时尚沉湎着的。灯光暗下来，包房的门关上以后，他们开始狎亵行为了，情形不但俗不可耐，简直可以说丑态百出。

女侍的裸胸服务，在某些男人们看来也是美妙得不得了的时尚，巴不得及早正名为正宗的“雅”文化，醉翁之意，自然不在文化而在酥胸白乳。就算有一天列入“雅”文化了，其前提却是将女性的性尊严商业化了的现象……

知青一代从前所逢之时代的文化匮乏，以及由此造成的自身文化享受的缺憾，与当代的文化品质雅俗参半，芜杂泛滥，以及当代青年由此造成的自身文化享受的抉择难境，和捧熊掌而顾鱼的两全心理，相映成趣，各有其“代”面对物质之时尚和文化之时尚的窘状。

于知青一代是人被时尚抛弃的窘。

于当代青年是被时尚玩于股掌的窘。

总体而言，知青一代的多数现在孜孜以求的是物质以及物质的时尚，心中殷殷向往的却大抵是文化的时尚。

因为如果左邻右舍家里都有了VCD，唯自己家里没有，为着不羡慕别人家，自己家也得及早攒够钱买一台。买了，也就为家庭尽到了时尚的义务。至于看时装表演那一类文化时尚，自己没去，完全可以想象别人也没去。别人家里明明摆着VCD，别人的儿女明明拥有电脑，想象别人家没有是不解决问题的。自欺欺人可也，欺儿女不可。而儿女对于当了父母的知青一代，自认为最不可欺。自认为欺之有罪。

知青一代对物质时尚的关注重于对文化时尚的关注，差不多都是为了儿女。只能将对文化时尚的向往之心留作自己难以成真的梦。

他们所向往的文化时尚，一般而言偏好于雅。这是由青少年时期受的正统教育决定的。它当年以负的方式灌输于他们的头脑，如今却得出正的追加值。文化满足方面什么都见识过的孩子长大了想满足从没见识过的。孩子从没见识过的当然是少儿不宜的。于是长大了迫切地急着补上这一缺课。文化满足方面几乎什么都没见识过的孩子，长大了想满足最基本的。或是从最基本的满足开始追求。而最基本的文化，传统意义的也罢，时尚意义的也罢，一般都是最大程度保持文明内核的文化。

与知青一代相比，当代青年之大多数，表面孜孜以求的是文化，内心里殷殷向往的是物质。

因为文化时尚提供五花八门的快乐。许多种文化快乐过时不候。今天还是最佳风景，明天就成过眼烟云。所以必须赶场一样去追，才不至于错过。

又因为文化时尚的快乐受岁数限制。比如“蹦迪”。非年轻不可，老了跳不动。也经不起那一种强烈的音乐对耳膜的摧残。比如结伴郊游至夜野宿，未婚男女青年一夜风流不足为怪，也不足论道。是年龄的特权。哪怕回来的路上就吵翻了。或并不吵，却好像彼此之间什么特别的事都没发生过，又恢复到单位或公司里的一般同事关系。而有了家室的中老年人，就基本上没这特权。想向青年学习，那也得偷偷的，没了青年们的潇洒和坦荡自然。

还因为当代青年从自己父母身上，包括从知青一代身上，悟到了青春的宝贵，总结了什么都可以辜负，但是千万别辜负自己青春的人生原则。那原则基本上可以叫作“及时行乐”。这其实也不见得是一种多么有害的人生观。只不过保守，只不过不全面。由于不全面而保守，由于太现代而累。从积极的角度理解，工作之余，事业之外，倘其乐不邪不恶不危害他人，及时“行”之，倒也可取。

当代世界，几乎每天都在以商业的名义挖空心思地制造着如此这般的花样百出的文化时尚。中国也不例外。以满足当代青年在文化标榜之下对时尚快乐的吞食。并且，此类快乐越来越趋于平价。

至于物质，它所满足的不仅仅是人的快乐，而是享受的级别。高级别的物质享受皆是高消费。当代青年既还为青年，一般没有经济实力达到。所以权作向往，储存意愿中。通过对文化时尚快乐的追求，渐渐地迂回地接近那物质享受时尚的高级别的目标。

比如通过“傍款”的时尚，接近美女香车的目标；通过与洋人“友谊”交往的时尚，接近做洋太太洋夫人的目标。

当然不都如此。典型不止相对于普遍。

知青一代中，也有命境富贵了之后而忘乎年龄的前提，急急于在两类时尚方面都“猛药恶补”的例子。

某次我参加一部影片的首映式，放映结束后举行影迷座谈。

青年群体中，不期然地站起一位中年女士，肥胖的身躯紧裹着束瘦的旗袍，椅背上搭着貂皮大衣。染成紫色的发，文过的眉，涂得猩红的唇。一只大而软的白手比来划去，红指甲晃人眼目。她侃侃而谈，从制作水平到剧本水平到表演水平，一一道来，足足说了二十几分钟。

她一身的物质时尚。

而参加影迷协会，充当影迷，又是何等文化的时尚啊！

两类时尚集于一身。

只不过以她的年龄，充当影迷未免迟了十几年；将自己的头发和脸搞到那么现代的程度，也未免缺少明智。

后来别人向我介绍，她竟是我的北大荒知青战友。

我内心里倒一点儿也没有取笑她，但在她面前一时觉得大不自然，甚至有点儿不知如何是好。同时，内心里涌上一种酸楚。

知青一代与时尚的关系，在她身上最为典型地体现出喜剧性的悲剧意味儿……

知青与消费

整代而言，知青们属于当今城市里的低消费群体。

因为，他们绝大多数都是工人阶层。而工人阶层，无论“国有”的还是“集体”的，正承受着中国“改革”负面的巨大压力。不直接承受这压力，不能完全体会究竟什么叫时代“阵痛”。

世人看到知青中出了些名人，出了些干部，则就错误地认为，知青一代很有出息。有不少人据此得出更错误的结论，仿佛知青整代地垄断着中国的优越行业了。

其实，所谓知青中的名人，无非指几个作家，“一小撮”文艺从业者，以及二三新时代的较成功的商人，加上一切成了科长、处长乃至局长的人，加上一切受过高等教育，出国留学过，并学有所成归国谋求个人事业发展的人，总数肯定在百分之十五以内。

这些人常常被社会赋予知青代表性或自言“我们知青一代”如何如何。比如我以前也爱自我标榜这一种可笑的不切实际的感觉。

而百分之十五比之于百分之八十五，就“代”的运况来说，是没有资格的。

百分之八十五的返城知青如今的运况，决定了他们只能是城市里的低消费群体。

目前的下岗者、失业者中，相当一部分是他们。即将“下岗”失业的人中，注定了有更多的他们。所幸尚未“下岗”、尚未失业的他们中，十之七八是中国城市中最低的工资收入者。

比上一代，旧体制曾许诺的微小福利，正渐渐地从他们身上化为乌有，使他们瞻前顾后两茫茫。

比下一代，由于自身知识资本和技能资本的先天弱势，在“改革”带来的竞争机会中力不从心，往往迅遭淘汰。

由于已做了父母，钱对于他们比以往任何时期，甚至比是知青的时期更重要了。面对刺激消费的种种广告，他们不得不窘数钱钞。

即使他们目前的运况好几倍，也不太会成为一味儿向高消费“看齐”的群体。而仍将是非常理性的消费群体。

这乃因为，他们中大多数是当年拉扯着父母的破衣襟长大的。后来自己又经历过几乎同样的艰苦生活。他们对于物质的要求太容易达到心理满足了。他们早已变成了从意识本能上拒绝高消费的人，变成了意识本能上的“朴素人”。

一个当代青年，如果中了一百万彩券，他会怎样呢？

想必，首先会买辆车。接着，对家宅进行豪华装修。然后，用几身名牌衣着彻底改观自己的社会形象……

而返城知青中的某人，则也许会低头瞧着百万彩券陷入寻思：

我有了一百万就真的应该买辆小汽车么？

我真的需要把家装修得像三星级宾馆客房么？

一身名牌的我一定就比现在衣着普通的我更让不认识我的人另眼相看更让熟悉我的人觉得亲切么？……

这种消费意识的差别，是代沟之一种。知青一代与次一代之间的“代沟”，在许多方面，比他们与上一代人之间的“代沟”更显明。在消费意识方面，尤其显明地体现出上一代人敝帚自珍，能将就，善凑合的“基因”特征。

无论广告怎样怂恿和诱惑，普遍的他们，都是不太敢超前消费赊贷消费的，仿佛视此等消费方式是诓人自杀的陷阱。

他们是城市中令商家大摇其头无可奈何的消费群体。商家有千条妙计，他们自有一定之规。

当然，那百分之十五中，也不乏消费意识非常贵族的人。但我们循他们的消费意识觅他们从前的自我，定会顿悟——原来他们小时候的生活水平就比较贵族，或接近准贵族。他们如今的贵族式的消费，其实也体现着另一种“基因”的特征。他们或她们当年的下乡，仅仅意味着是落难。与大多数知青之间过去的共性本就极少，今天的反差自然更大。

知青与儿女

整体而言，知青一代中，少有娇宠儿女的父母。因为自己是小儿女时，一般都不曾被娇宠过。但这并不意味着他们对儿女缺乏责任感和爱心。如果与父母辈当年对自己们的抚养之恩相比，他们对儿女们的抚养责任感和爱心也简直可以说无微不至。父母辈当年因儿女多而难以尽到之义务，他们今天因是独生子女的父母可以尽得格外周到。

却毕竟不同于娇宠。

区别是，当他们以爱心关怀儿女时，潜意识里总难免的涌动着这样一种愿望——想使儿女明白，儿女多要求是不可取的，父母多给予则是正常的。

而儿女们又总是不太能明白要求给予和父母主动给予到底有什么两

样。比照别家的父母与儿女的关系，或许得出相反的结论，认为自己实际感受到的一点儿也不多。

于是，往往成为知青一代父母与儿女心理上两相讳言的隔膜。不厚，但是隐约存在着。

知青一代父母常企图这样教诲儿女：你们多么幸福！你们还可以更幸福一些！我们高兴使你们更幸福一些。但你们必须承认，你们幸福着。

而儿女们比照自己的同代们，也打算虚心体会一番幸福着的感觉，却总也不大能真切地体会到。因为幸福的感觉是越向优越比越少的东西。而他们正处在一个人人从小就被诱导着向优越比的时代。

这是知青父母心口的微疼。它每每转变为暗恼。

所以，知青一代的儿女们，普遍不会向父母们要求什么，渐渐养成了默默的被动接受的习惯。给予多时并不认为多，给予少时并不抱怨少。给予多少，颇为知足地接受多少。随着年龄的增长，终于体恤到父母的不容易。

知青父母对儿女的最大寄托是——考上大学，成为受过高等教育的人。

这又不意味着便是望子成龙。

因为他们中大多数实际上并不幻想儿女将来出人头地，一辈子名利双收荣华富贵。

他们的寄托专执一念地强烈地体现为这么一种思想——知识虽然不能使人富有，但足可使人不自卑。

这与自己们虽然具备许多长处甚至是宝贵的长处，却终因知识的缺憾常觉卑于人前有直接心理关系。

知青父母们一般不鼓励儿女们的各类明星梦。在那些休息日带着儿女们上演艺班的父母中，一般见不着知青父母的身影。他们对由明星而名人而贵族的现象，颇能漠然视之。

他们的儿子如果英俊女儿如果漂亮，他们也还是要督促儿女发奋读书立志求学，往往会坚决反对儿女们靠了英俊和漂亮而产生的巧走人生捷径的念头。作为父母，自己头脑中更不会产生此念，甚至会认为此念鄙俗。

倘儿女们也对自己的知青经历冷嘲热讽，那么必是对知青父母的最严重的伤害。

昨天是“三·八”妇女节，中央电视台的一台专题节目中，有位三十来岁的姑娘接受采访时说——“我自己的事情是第一位的，是最重要的。永远是第一位是最重要的，这是我的人生观。”

之后还插播了一位女青年怀抱吉他自弹自唱的片断。

歌曰：

管他别人怎么样

只要自己很快乐……

想来，她们成为母亲后，定会如此这般地教育儿女。

但知青父母中，肯定较少有人向儿女灌输类似的人生观。

时代激变，形形色色的人有形形色色的活法。只要不恶，每一种活法都有正面的道理。或许，连知青父母们，也早就开始承认以上两种生活态度最合时代潮流。尽管如此，他们似乎还是不太会那么样教育自己的儿女。即使心里想要那么样教育，但往往话到唇边，难以启齿。总归觉得，似乎不该是父母教育儿女的话。如果自己那么样进行教育了，仿佛很可耻。

但此种教育，自己不进行，社会和时代也在以各种方式进行着。并且，轻而易举地，就将自己儿女们的思想认同争夺了过去。

知青父母们从前试图反争夺，但近年终于意识到了自己注定的失败，也就只有放弃争夺，由之任之。反正，能明白自己的事情是第一位的，是最重要的，而且永远，也不失为一种明智的活法。凡明智的，不是必有积极的一面么？

他们意识到，传统的人生观之教育内容，在今天已显得极不合时宜了。所以，想要对儿女进行教育前，每每三省再三省，为的是在自己头脑中首先判断出对错。而一遇反驳，则每每三缄其口，更加感到自己们思想的不合时宜，甚至悲哀地感到自己们思想的不可救药。

这一种现象，乃以往时代通过知青父母的教育思想折射在他们儿女身上的影子。此影子越来越被当代思想的耀眼光芒所逼淡。

知青父母们，瞧着在许多方面与自己差别越来越大的儿女们，有时简直不知究竟该高兴还是该忧虑。

而儿女们往往暗示——当然该高兴！

将来，谁要发现五六十年代中国人的特征，那么只能从知青一代的儿女们的身上去发现了。据我想来，只有他们和她们身上，还有一两片鳞，模糊不清地具有那一种特征。其余一概之中国人，除了性别姓名符号和外貌，头脑里和内心里的状况都会变得雷同化、类同化。就像一种基因的克隆人一样。

都将是同一时代的克隆的产物……

知青与中国离婚率

众所周知，中国离婚率逐年上升。离婚和结婚已变得同样寻常了。甚至，离婚比结婚还寻常。结婚总还需要房子，需要经济储备，需要一番热闹作为广告形式。而离婚则不需要这些。离婚只需要一方想离就实际上开始离了。若另一方并不情愿，无非是夫妻双方“冷战”一个时期，而最终获胜的必是想离的一方。因为最终的结果必是无难临头也各奔东西。或在“持久战”后离，或在“速决战”后离。

故前两三年，有一种社会玩笑，两个中国男人见面，常半真半假地问：“离了没有？”

就像老辈人见面习惯于互问："吃了没有?"

足见某些男人内心里是多么巴望离婚。欲念强烈的程度不亚于对性冒险的向往。

每有这种情况，两个男人久别偶见，一方问："离了么?"

一方满面自喜地答曰："离了。"

于是另一方目瞪口呆。他不过是开玩笑。没料到对方真的实践成功了。

这时若留心观察问的一方那表情，怔愣中说不定会有几分妒意，几分失落。

好比有心无肠地随口问别人："中奖了么?"

而得到的回答不容置疑："中了，头奖，一百万。"

但是返城知青中的男人们之间基本上不开这一类玩笑。离婚对于他们，仍是人生一件极其严肃的事。有时严肃得无比严峻。

大约从前年起，非是返城知青的男人们之间，也不怎么开那类玩笑了。因为有关方面的统计表明，在上升着的离婚率中，女性首先"发难"甚至"突然袭击"的现象显增。时代宣告离婚不再是男人的传统特权，它似乎更喜欢将这一特权交予女人们了。当然，那几乎皆是在社会地位、才貌或经济方面拥有优势的女人。有时代撑腰，她们能代表同性姐妹向男人们进行报复，何乐而不为?

所以，一个男人如果还没深没浅地对另一个男人开那一类玩笑，也许会惹恼对方。因为对方可能正是一名女性报复的"牺牲者"。

总体而论，以目前流行的种种离婚理由作为理由的话，至少知青一代中的三分之一对夫妻的某一方不无离婚的理由。

因为知青一代的结婚，几乎都或多或少地带有"包办"的色彩。"包办"者当然非是父母，而是时代。当年的时代，像一只巨大的手，以不可抗力将许许多多男女青年的婚恋故事彻底改写了。好比一部旧戏的戏名——"乔太守乱点鸳鸯谱"。有的虽遭"包办"，但幸而般配。

有的极不般配，但也只得顺从时代之命。仅只出身一条，当年就曾使不少有情人难成眷属。

知青一代中大多数人的不赶离婚之时髦，使人联想到谌容的一篇小说——《懒得离婚》。

“懒得”二字，于知青一代而言，不完全意味着无奈，似乎更意味着一种明白。

那么，对于离婚，知青一代究竟明白些什么呢？

其一，明白《真爱又如何》——这也是一篇上海女小说家的小说。

在今天，真爱和假爱实难分得很清。假作真时真亦假。真爱转变为不爱，往往由真爱之开始就发生着了。离婚自然都是起于向往真爱的念头。眼见真爱并不可靠，自然“懒得”离婚。

其二，知青一代由于自身在激烈的社会竞争中每每处境艰难，收入低微，常倍觉委屈儿女。为儿女保全一个完整的家，差不多是重大责任，都不忍在这一点上再伤及儿女。

其三，离婚是家的分裂，但象征家之实体的房子却无法分裂。他们不像富起来了的人，一旦离婚反而图个独居宽敞。他们若离婚，一方便无处可居，必流落街头。这关乎基本人道，也关乎基本人权，他们和她们，都更不忍。

其四，小说家余华说过这么一句话——“相依为命比海誓山盟还重要”。真爱不那么靠得住，海誓山盟才显得重要。连海誓山盟也靠不住了，相依为命的意义就突出了。既能相依为命，必有某种情愫为基础。于知青夫妇们而言，那情愫乃是在共同的命运共同的知青岁月中缔结的。它的成分其实比爱在当代的状态更单纯。当年它几乎完全以彼此的好感为前提，几乎不掺杂任何地位和经济因素的相互吸引。某些情况之下政治对某些相爱的知青男女起离间作用。但越到后来，政治的离间作用越被相爱的知青男女共同轻蔑。

前边提到知青们的婚恋被时代那只无形的大手所抚乱，主要是指他们和她们的初恋而言。如果没有“上山下乡”运动，初恋也许比较顺理成章地发展为终成眷属的夫妻关系。但“上山下乡”运动使他们和她们像被大风吹散的蒲公英种子，天南地北各落一方，聚首之期渺不可求，缘分也就终于被时代硬性地钳断了。又，知青们到了渴望相爱的年龄以后，男女之间选择的范围是极有限的。普遍只能在各自所属的知青群体内进行。群体大些，范围则大些。群体极小，范围则小。跨群体相爱的可能性非常例外。选择的范围既极有限，爱的理想程度也就无法强求。所以相当一部分知青男女，结为夫妻乃是因为再也承受不了身心孤独的压迫。诚如俗话说的——“有个伴儿总比没伴儿强”。不求琴瑟和谐，但图彼此呵护。

正是这一点，决定了不少知青夫妻之间的关系先天不良。但也正是这一点，决定了那一种相依为命的情愫旷日持久渐渐弥补了先天不良。它含爱的成分也许不那么浓，但它有些另外的成分，却是当今的爱中开始稀少的。又诚如自己们所说的——“良心加感情，奉陪到白头”。

良心便是当今的爱中开始稀少的。

当今时代，流行着以金钱抵良心的方式。

普遍的知青除了工资，没多余的金钱，故恪守良心，如同保护唯一的财产。

而良心是这样一种事物，恪守也升值。以升值的良心为黏合剂，当今大多数知青夫妻之间的关系，虽然旧陋但却很耐磨损。好比“解放牌”胶鞋，即使不时兴了，毕竟的，曾是名牌。

知青一代如果不是这样，中国城市离婚率，定会再翻几倍……

最后要说明的是——我在此文中，频用“他们”和“她们”，仿佛我自己非是返城知青似的。不用“他们”和“她们”。那么便得写成“我们”了。而我又明摆着比大多数活得顺遂，并不面对“下岗”和失业的烦愁，起码，目前还未面对。故我是特例。在许多方面，不能代表普遍。自谓“我们”，虽显着亲，却有冒认之嫌。

故用“他们”和“她们”，近距离内作扫描状，带着感情作客观状，以局外人似的口吻说道同类之事——这总比明明不能代表普遍而又偏要自作多情地强调共同的“血缘”背景好。

我这么认为……

中国社会各阶层分析（节选）

前　言

此书写于 1996 年，某些章节曾发表于报刊；1997 年成书出版，至今十三年了。

十三年中，未曾再版。

倒也不是遭遇过禁止，也不是没有出版社肯于再版。事实上希望再版此书的出版社真是不少，但我自己却一次次拒绝了。

原因单纯，我对自己这一部书的看法越来越不怎么样。我对自己其他书的看法也有不怎么样很不怎么样的，但那“其他”大抵是小说。小说家们十之八九都写过不怎么样很不怎么样的小说，即使不怎么样很不怎么样，由于成为自己某一时期写作状况的证明，只要别人以为还有点儿再版的价值，自己往往也就悉听尊便了。

然而我这一部书却非小说。究竟算是哪一类书连我自己都说不明白。时评类的？沾那么一点儿意思吧。

我认为，时评类的书另有评价的标准，比如冷静、客观、公允、详实的依据等等。当然，若有预见性，并且预见得较准，最好。总而言之，时评类的书，一般以充分的理性表述为上。

而我这一本书，它的情绪色彩太浓了。

故当年有人批评我“不务正业”。

小说家而写非小说类的书的例子不胜枚举。我对“不务正业”的批评是不以为然的。

当年也有人批评这本书呈现了显然的“仇富心理”。

而我当年不满也很忧虑的，其实不是富人们本身，而是造成咄咄逼人的贫富悬殊现象的种种“体制”问题。

正因为不满很强烈，忧虑也是发自内心的；又不愿被讥为“杞人忧天”，所以成心用了一种调侃的文笔来写。结果不但情绪色彩太浓，也同时缺少了一部好的时评书应有的理性庄重，那么意义自然大打折扣了。

现在我正做着对自己的作品进行“抢救”的事情。也就是说，明知自己的某一部书不怎么样，但希望通过修改，“改判”其“死刑”，尽量使之“重见天日”。

在修改过程中，我对自己这一部书的不满一次次使我停止下来——因为十三年后的今天看十三年前的自己的这一部书，荒唐印象每每产生。比如十三年前的富人与今天的富人们相比，富的概念是太不一样了；十三年前我这种人的工资才六七百元，普遍国人对工资的诉求与今天相比差距也太大了；十三年前“下岗”是中国城市剧烈的阵痛，而今天这种阵痛基本熬过去了；十三年前农民们的生存负担已快将他们压得喘不过气了，而今天的农民们之命运有了很大的改善……

而最主要的是——十三年前许许多多的中国人像我一样，对于中国当年之现实是极其悲观的，而十三年后的今天，大多数中国人对中国的社会心理主调，应该说已走出了悲观的阴影……

何况，我此书中片面的、偏激的、浅薄的文人之见比比皆是，改不胜改。最后也就只有不改，随它那么样了。

我还是决定让它“重见天日”的。起码，看了此书的人可以了解到，竟有一个写小说的家伙，对于我们中国诸事，十三年前“不务正业”地想了那么多，自以为是地公开发表了那么多看法。

在有几章的后边，我加了些今天重新来看来想的补白。

在此前言中，我最想补的有以下两点：

一、对于从政的、从商的，成为形形色色的知识分子的中国人，他们中有一个群体是特别值得独辟一章来进行评说的，即——知青群体。十三年前我没这样写，现在认为实在是大的遗憾。

我对“上山下乡”运动再没多少话可说。一言以蔽之，不论对于他还是对于中国，那都是没有另一种选择的事。

但“上山下乡”客观上却使当年的广大中国城市青年与中国的农民尤其最穷苦的农民紧密地同时也是亲密地（总体上是那样）结合了十余年之久。这使他们对于“中国”二字具有了更全面的认识，也使他们对于“人民”二字具有了感情化的了解。

我的朋友秦晓鹰曾任《中国财经报》的社长兼主编；也是干部子弟，当年是山西插队知青。

十三年前我写这一部书时，我们曾一起开过一次什么座谈会。

会上，他讲过这样一件真事：返城开始后，有一名高干子弟终于可以返回北京了，十余年来他一向住在一户农民家里，房东大爷和大娘送了他一程又一程，硬往他兜里塞鸡蛋，非让他带回北京一篮子大枣……夕阳西下时分，已走出了很远的他不禁地再一次回望，但见大爷和大娘的身影仍站在一处土崖边，之间隔着一道道沟堑。那一时刻，那一名高干子弟，不禁地双膝跪下，痛哭失声……

晓鹰对我讲的这一件事，给我留下的印象太深太深了，以至我又对别人讲过多次，并写入了我的电视剧新作品《知青》中。

那一名高干子弟，他返回北京又成为高干子弟后，会变吗？

又变回高干子弟“本色”的例子是不少的。

但，因为有着十年“上山下乡”那一碗粗饭垫底儿，以后无论身份怎么变，地位怎么变，对“人民”那一份儿深情厚谊非但没变，反而化作人性深处的“琥珀”；这样的“知青后”也是不少的。

那么，不管他们是从政了，是经商了，还是成为形形色色的知识分子了，都必然会是人文化了的从政者，人文化了的经商者，人文化了的知识分子。

进言之，他们将会使中国的政治、商业和文化变得“有良心”。

倘无对人民的真感情，我不知所谓“人文”是什么“文”……

二、在我这一部书中，对于歌星们（当然也包括歌唱家们）多有不敬之词，这也是极使我忐忑不安的一点。

十三年后的今天我想说，作为中国这个大家庭中的一个汉族成员，我在此对他们和她们，郑重地表达我的大敬意。并且，因我书中当年写下的某些调侃的、戏谑的词句，郑重地表达我的真诚歉意。

因为我后来意识到，歌星们，尤其是汉族歌星们，正是他们和她们，在一个重要的方面改变了，甚至可以说“改造”了汉民族。

我强调“尤其是汉族歌星们”，并非是要张扬一种“大汉民族”的狭隘意识，而仅仅是想指出这样一种事实，即——古代的汉民族，虽然不是一个善舞的民族，但也确曾是一个能歌的民族。

想想吧，连那时的樵夫和渔父、养蚕娘和采茶女都喜欢高歌低唱，证明汉民族也曾是一个多么爱唱的民族啊！但是越往近代过渡，爱唱的汉民族，分明的越不爱唱了。国难深重的近代，纵还有些歌流行着，也大抵是些悲情的歌或愤激的歌。又往往的，是由一些人唱给众多的人来听的。一九四九年以后，汉族所唱的歌，渐渐变得极端政治化了。抒情的歌是极难产生的。以至于，汉民族要唱一首抒情的歌，要么是一九四九年以前的，要么是其他兄弟民族的，要么是外国的……

而今天，汉民族又变得空前能歌了！

尤其在城市里，到了春暖花开后的季节，街头歌者，公园里的歌

声，往往的，真叫是此起彼伏。

一个世界上人口最多的民族，如果居然是一个不爱唱歌的民族，那真叫是世界性的遗憾了！

现在好了，我们又恢复了爱唱的本能了。

而我认为，汉民族的这一种本能的恢复，与二十世纪八十年代后一代代汉族歌手的贡献是分不开的。

大情怀也罢，小情调也罢，普遍情感也罢，人性私密情感也罢……总而言之，爱唱就比不唱好，唱出来就比压抑着好。

举凡一切与人情有关的情怀、情愫、情感、情调、情绪，三十年来，我们的汉族歌手们，几乎全都引领着我们汉民族唱遍了。

我们太有理由感激他们了。

而且，以我的眼看来，扫描中国大文艺状况，恰恰是通俗歌曲的品质反而优上一些。

因为，通俗歌曲中几乎什么都唱到了，就是没有一首通俗歌曲是唱权术计谋的。

也正因为如此，通俗歌曲反而做到了最大程度的“人性化”，而不是使人性狡猾和阴险……

二〇一〇年九月四日于北京

引　言

一

任何比喻都有缺陷。

在此前提下，我将生产力比作一柄梳子。它处于落后的世纪和时代，梳齿稀少。因而只能通过其对社会的必然作用，将人类分成极有限的群体。那便是。且只能是——阶级的群体。

阶级是人类群体的胶和现场。胶和它的是较为共同的“阶级意识”。存在班定意识，归根结底，胶和它的是较为共同的经济状况，以及较为共同的经济要求。

落后的生产力，决定着经济基础的虚弱。虚弱的经济基础，难以满足各阶级的普遍的经济要求。纵观历史，我们有充分的根据得出这样的结论—— 一般而言，它只能满足扩大化了的统治阶级的要求。亦即统治集团本身，和它所唇齿依存的嫡戚阶级的经济要求。为了维持这一种满足，它必然地，也不得不榨取其他阶级的经济利益。

于是阶级矛盾产生。

阶级矛盾迫使在经济利益方面受到榨取的阶级更加胶和在一起。

于是形成阶级的意识对立。

落后的生产力这一柄梳子。是梳不开胶和在一起的阶级的群体的。它对社会的梳理，相反只能使阶级更加明显。好比齿稀齿缺的梳子，梳不开胶和成缕的头发。

一百个人分成三个群体，则每一个群体都有足以认为自身强大的方面。人数少的也许以统治地位的优势而自认为强大。赤手空拳的也许以人数众多而自认为强大。

历史的经验告诉我们，这一种阶级的对立一向是人类大的危险。

某些特殊情况下，此危险顺理成章地爆发为阶级斗争。

在生产力落后的世纪和时代，阶级斗争是传染性极大极快的“疟疾”。

发达而先进的生产力，决定着经济基础的雄厚盈实。雄厚盈实的经济基础，是以商业的空前繁荣为标志的。空前繁荣的商业是冲压机床。它反作用于生产力，是使生产力成为一柄梳齿排列紧密的梳子。甚至可以说，已不再是一柄梳子，而仿佛是一柄——篦子。

繁荣昌盛的经济时代，对人类社会而言，乃是效果最理想的“洗发剂”。阶级这一缕胶和在一起的头发，遇此而自然松散开来。经生产力这一柄篦子反复梳理，板结消除，化粗为细。

于是阶级被时代“梳”为阶层。

于是原先较为共同的“阶级意识”，亦同时被时代“梳”为“阶层意识”。

人类社会由阶级化而阶层化，意味着是由粗略的格局化而细致的布局化了。

格局是极易造成相互对立的存在态势。

布局是有望促成相互依托的存在态势。

而这是人类社会的一大进步。一大幸事。

较为共同的“阶级意识”，是人类的一种初级意识，反应敏感，逻辑单纯，导致暴烈而又孤注一掷的行动。无论对于统治阶级还是被统治阶级，都是这样。

中国历史小说中的某些民间英雄口中最经常喊出的号召是——“弟兄们，反了吧!”

于是一场轰轰烈烈的农民起义便往往发生。

法国国王查理十世迷信专政，曾对他的宠臣塔莱朗说：“对波旁王朝而言，在王座和断头台之外别无选择。”

以至于深感忧虑的塔莱朗不得不提醒他：“陛下，在下一次民众起义之前，您起码可以选择乘驿车‘临时出走’这一条路。”

阶级一经细分为阶层，便很难重新胶和在一起了。好比钢化玻璃一经破碎，便很难再复原一样。

一百个人若分成三十个群体，则每一个群体都不再强大。而当面包和黄油是一百零五份甚至更多份时，尽管分配的不公和不均匀可能依然存在，却肯定会被大多数群体相对的心理满足所抵消。

如果一个人手里拿着一份儿，瞪视手里拿着两份儿的人大声疾呼：

“弟兄们，反了吧!”

他可能一点儿也引不起共鸣。

发达而先进的生产力，是必然会与民主与法治携手并进的。

一般而言，将会由民主和法治来解释某一个人为什么该得两份面包和黄油。完全不需要通过“造反有理”的方式解决。

只有手中一份儿面包和黄油也没有的人，才似乎有权那么大声疾呼。

在生产力发达而先进的时代，一无所有的人必是少数。这样的时代，比以往任何时代，都更加明白有责任，有义务，有使命关怀和体恤一无所有的人们的存在。最重要的是，它有能力。因为有能力渐渐富有经验。

由阶级而细分为阶层的社会不再发生阶级斗争。

生产力发达而先进的时代不再产生“革命”的英雄和“革命”的领袖。

发达而先进的生产力对社会进行的每一次梳篦，其实都意味着是对一条“革命理论”的无须言说的否定。

那一条“革命理论”是——“阶级斗争是推动人类历史前进的动力。”

即使从前是，以后却不会再是……

对于中国而言，生产力正在摆脱落后，经济基础正在摆脱虚弱，商业时代正方兴未艾地孕熟着，阶级正日愈加快地分划为阶层……

故曰阶层分析，而非阶级分析。

二、关于“官僚资产阶级”和“官僚买为阶级”

日本、韩国、中国香港、中国台湾、新加坡、印度、美国、英国、法国、德国，几乎我接触过的每一国或地区的作家和记者，甚至包括比利时和挪威这样的对他国政治不感兴趣的国家的记者和作家，都曾向我提出过一个共同的问题——中国有“官僚资产阶级”和“官僚买办阶级”么?

我的回答是——过去有。比如蒋家王朝时期的“四大家族”。现在没有。

他们当然都不相信我的话。都大摇其头，认为我在说谎。仿佛我是一个被中国官方收买了的既得利益者，或是一个因胆小而不敢讲真话的人。

我每每向他们表白我绝非他们所认为的那种人。

但他们还是不相信我的话。他们往往追问——那中国人常说的“官商”和“官倒”是什么意思?

我说——那其实是一些替国家从事商务活动和贸易活动的官员。

他们说——那为什么你们中国人总好像对他们很有意见?很谴责?

我说——其实所谓“官商”和“官倒”，只是一种身份的界定之称，并不包含着贬义。当我这么解释时，我便开始怀疑我自己了。因为我知道，在某些情况之下，“官商”和“官倒”确实包含着“意见”的成分。确实是有别于人们谈论商业部门的一位局长或贸易部门的一位部长的。

语言障碍，翻译的词不达意，我的回避心态和对方们抱住不放的怀疑，使每次就此话题展开的交谈都格外吃力。在我这一方面，似乎是遭遇激情，在他们那一方面，分明是无人喝彩。结果差不多总是——我在他们眼里更加是一个扭曲得不敢讲一句真话的中国人了。

若想对他们解释清楚“官商”非“官僚资产阶级”。“官倒”非“官僚买办阶级”，是比对盲人讲明白白鹅和天鹅的区别还费劲儿不讨好儿的事。

有一次，我与一位法国记者开门见山，诚不相疑的交谈，才算解释明白了一些。他是我一九八六年访法时结识的。他中国话讲得很地道。

我告诉他，大约是在八十年代初期，中国曾一度允许。并且提倡和支持某些国家机构和政府部门进行规定范围内的商业经营。目的是为了鼓励和推行“精简机构”，使被从岗位上精简下来的人们积极“创收”，以其“创收”补充办公经费，减轻国家和人民的负担。同时自给自足地提高国家公务人员的福利待遇。应该说，这初衷是好的。但是弊端也很快暴露出来了——商业经营的明显的实利性，使相当一批国家公务人员心态浮动，纪律涣散，趋益逐利，不但使他们自身的形象在公众面前受损，也严重影响了国家机关和政府部门的职能形象。同时，极易形成滋生腐败的温床。证明弊端大于良好初衷的例子不胜枚举。比如一位处长离职经商，一笔生意做成，其“创收”数目。可能是一个国家机关或政府部门全体公务人员一年的工资加办公经费的几倍，十几倍。于是他功劳大大的。全机关或全部门上上下下都不免感激于他。因为都得从他的“创收”中获得相应的利益。

原先骑自行车上班的这一位处长，于是有资格买一辆专车代步了。这名正言顺，属于工作需要。局长的车也许是国产的，而他的车可能是进口的。因为他此时的身份是“总经理”、“董事长”、“老板”什么的，而非国家公务员，所以他购车一般不受“控办”的限制。也不受干部配备专车条例的限制。如果局长小心眼儿，不能忍受一个曾是自己下属，本没资格乘坐专车之人，仅因身份一变，竟开始坐上了比自己的车高级的车，那么一种新的矛盾内容便由此产生了。如果处长会来事儿，将自己买的高级的车交换给局长去坐。并且局长高兴地接受了他的美意，那么局长实际上变相地违犯了干部配备专车某一条例的限制。并且，这种美意一向是要求回报的。回报的性质，将极可能是局长手中的大权在原则问题上的“灵活”和“变通”。某些官员，就是这么样开始，最终一头从座椅上栽倒的。所不同的是，他们非是栽在彻头彻尾的奸商的名下，而是栽在自己的下属，甚至可能曾是自己以往最信任、最赏识、最器重的下属的手里。

公款宴请，公款陪娱，公款礼赠，一切对国家公务人员明令禁止的公款消费，由于以上那一位处长的身份已然有所改变，似乎便都成为商务往来中的正常现象，也不受公务人员纪律条例的限制了。

我们分析一下那一位处长的双重身份是很有现实意义的。许多如他一样的人，其实是非常珍惜自己的处长级别的。那意味着他们的另一半生命，绝不肯同意被“吊销”。他们离开他们的办公室时，不管是情愿离开的还是不情愿离开的，前提往往都是——保留级别。而这一要求又几乎是一向会得到恩准的。

于是，他们在商人中，被认为是有权的人。起码是，有不可低估的权力关系的人。他们在官吏中，是有钱的人。又因那钱非是属于他个人的。因而几乎随时可以被“共产”一下。问题只在于他高兴不高兴。而他一向总是颇为高兴颇为大方的。不花白不花。所谓“八路军花新四军的”，谈不上舍得舍不得。

我们分析一下那一位处长经商成功的“经验”也是很有现实意义的。他的主要“经验”归结起来大抵只有两条——“名牌效应”和“背景效应”。他曾供职的国家机关或政府部门。是他所经常要打出的“名牌广告”。也是他所要经常暗示的可依赖的“背景”。他的全部经商才干和能力，往往不过是将两种效应都利用足，都发挥充分。

在中国商业时代刚刚来临的时期。由于人们对彻头彻尾的商人的警惕心，对他们便往往信任有加了。这使他们畅行无阻。如鱼得水。也使他们经商的成功率很高。他们贷款容易，买进卖出容易，信息来源准确，反馈迅速。游刃有余于市场经济和计划经济之间，双向受益，双向得力。

但是，老百姓困惑并发出质疑了：“这些人哪儿还像共产党的官员呢?”

商人们也愤愤然了:“这是不公平竞争!”

于是“官商”和“官倒”之说由此诞生。

实事求是地说：“老外”们在中国嗅到了“意见”和“谴责”的气味儿，并非因他们的鼻子出了毛病。

而国家也关注到了种种事与愿违的弊端。不久便颁布了法令——禁止国家机关和政府部门进行经商活动。禁止国家公务人员尤其国家干部同时兼任商业职务。个人和国家机关和政府部门，必在规定时日内与商业活动“脱钩”。

这是中国进行的一次权与商的剥离。

法国记者问：这一次剥离彻底么?

我回答：比较彻底。此后我个人再没接触到一个既是商同时又是官的中国人。

当然，我也承认。我的社会接触面是相当局限的。

他认为并不像我肯定的那么彻底。他扳着手指一一向我道出他的根据。看来他对中国了解得不少。

而我只能向他强调—— 一名国家机关或政府部门的官员，如果他想当什么“总经理”或“董事长”，那么他就必须放弃官职。起码是必须放弃官权。一个公司隶属或挂靠某国家机关或政府部门的现象目前仍然是存在的，但它的法人。按照国家禁令，是不可以参与那一国家机关或那一政府部门的职权行使事务的。比如电影厂可以开办各类公司，这有利于“堤内损失堤外补”，但是作为党政机关的电影局原则上就不可以。电影厂的厂长，名片上可以印着身兼下属某公司“董事长”之类，但电影局长就不可以。尽管他们同属国家公务员委任序列。企事业单位和国家机关的本质区别，使同属国家公务员的他们也被区别对待。《人民日报》、《光明日报》乃国家事业单位，允许下属各类公司，这有利于中国报业走向集团化。但是它们的老总们却不允许身兼下属任何公司的商业职务。因他们的身份属于中组部任命的较高级官员。也没听说两报的直属上级国家机关中宣部，曾开办过什么公司。

我对法国记者解释到这里，联想到了不久前发生的一件事。我的一位知青朋友，曾任北京某刊下属某公司的副总经理。那是全国最具权威色彩的政治理论刊物，历来享受部级待遇。春节前夕，公司要如期归还一笔银行贷款，数目是五百万。如期归还了，可以向银行接着贷出。银行方面答应的似乎是一千万。但是公司陷入三角债务，一时无法盘活，便由总经理M向“娘家”暂借。第一把手不在，他找的是一位主管财务的领导成员。他们私交颇好，但对方虽主管财务，权限却仅在批用五十万以内。超过五十万，需领导班子开会形成集体决议。

于是私交起了作用。

一方越权批借了。

一方保证数日内，也就是银行的二次贷款一兑现当即调还。

他们不但是在一起共过事，而且都是年轻有为，深受领导赏识的干部。只不过后者不再是干部，而是总经理了。

但是春节后。银行开业，事务多多，二次贷款一拖再拖，并未如期到位。尽管已作好了业务报表。

杂志社那一边，第一把手却已从党校归来，主持日常工作了。

越权批借者。自知所担责任重大，岂敢继续隐瞒？

五百万非是小数，第一把手未知犹可，一知震愕。如今携款潜逃案多多，不得不防。于是速派人去银行了解实情。

这一了解，使银行对公司本身的偿还能力心存怀疑。于是二次贷款取消。

二次贷款一取消，公司借“娘家”的五百万更还不上了。

于是批借者越职过失罪成立。

于是借款者以骗取巨额公款嫌疑罪收审待判。

事系五百万，没人承担罪责是不行的。

投进个人腰包显然不能完全开脱掉罪责。

于是公司业务瘫痪。

公司说——“娘家”不派人去银行了解就好了，二次贷款一到位，

"娘家"的钱不就能还上了么?

"娘家"说——巧舌如簧骗了社里的巨款偿还贷款，反而有理了么?五百万谁能当耳旁风，听了也不去了解了解实情?

公司说——负债经营。是商业常事。"娘家"怎么那么不相信我们有能力度过暂时的难关?

"娘家"说——你们又贷一千万。如果又纠缠到三角债里去，或者干脆赔光了。最终还不是得社里替还么?你们倒提醒我们得赶紧封了你们的账，细查一查。否则。有朝一日，我们社里的领导都成了负债的被告，我们还蒙在鼓里呢!……

这一件事。尤其这一位国家的部级杂志社之首席领导者的话（他的话我并没有亲耳听到，是从别人口中间接听到的），对于一切下辖商业公司的国家事业单位，都意味着是一种警告——在商业时代，商业是诸冒险游戏中最具冒险性的。向往由一个或几个公司的苦心经营甚至是惨淡经营，形成经济基础支撑住一个事业单位的存在，最终达到谢却国家拨款的想法，实乃理想主义太浓的想法。而被一个或几个公司的失败经营连同自身拖入负债累累的淖境，却是极其可能的。

我并没有对法国的记者朋友讲这件事以及我的思考。我只不过希望他明白，"比较彻底"并不等于"百分之百地彻底"。这种事实上的不彻底性，目前仍遗留着甚至保持着某些国家机关或政府部门与"商"字的半明半暗的、暧暧昧昧的关系。一些具有"官商"或"官倒"身份的人，也依然暧暧昧昧地存在着。但是，他们的数量比前几年确确实实少多了。并且，他们绝对地与"官僚资产阶级"和"官僚买办阶级"不是一回事儿。后者们从商所获的钱财，无不打上私有的烙印。而他们从商所获的钱财，毕竟属于公有性质。他们往往有支配权，却没有占据权，起码在股份制转化以前没有占据权。尽管股份制被中国某些经济学家的喇叭吹奏了一阵，但是某些国家机关或政府部门或事业单位的官员，对由他们的隐形的手所制约的公司，一般都是不甘心使其从公有性质变为股份制的。通常情况下，他们倒宁肯考虑聘什么能人来承包那些公司。因为承包是有时间性的，届时可以收回。而股份制是一种性质的改变，一经改变几乎意味着永远。他们中相当一部分人认为，股份制其实是一种变相的化公有为私有。在这一点上他们大多数比较保守。

我自以为已经向法国的记者朋友解释得很清楚很明白了。他那双浅蓝色的眼睛专注地凝视着我，听我喋喋不休地尽说尽说时，不停地点头，仿佛“听君一席话，胜读十年书”，从我的话中受益匪浅似的。

我说完了，他反客为主地替我往茶杯里续水。

说得口干舌燥的我，端起茶杯刚喝了一口，不料他又慢条斯理地操着一口近乎油滑的北京腔调打击我的热忱：“梁，尽管你解释了这么半天，尽管我有点儿明白‘官商’、‘官倒’并不就是中国的‘官僚资产阶级’和‘官僚买办阶级’了，但我仍然坚持认为——你们中国确实存在着‘官僚资产阶级’和‘官僚买办阶级’。”

轮到我研究地凝视着他了。

我缓缓放下茶杯，讪笑了一下，挖苦地说：“哥们儿，你的话倒把我搞糊涂了。你既承认我向你解释清楚了，你又坚持你自己的看法，你不是自相矛盾么?”

他表情郑重地说：“哥们儿，‘官商’、‘官倒’并不就是中国的‘官僚资产阶级’和‘官僚买办阶级’，这是一个话题。这可能是别人有兴趣和你讨论的话题。但我对这个话题并不感兴趣。我所感兴趣的是——你们中国究竟有没有‘官僚资产阶级’和‘官僚买办阶级’？这是另一个话题。恰恰对这另一个话题，你讳莫如深，绕避不谈。说了半天，不过是‘梁顾左右而言其他’。哥们儿，我对你今天的表现很不满意!”

事实上我并非讳莫如深。在他居京三年多的日子里，我至少已在家中接待过他七八次了。而且，在一个春季还陪他郊游过。我想，我们几乎算是朋友了。在他面前，我一向并不隐瞒自己的什么观点。我们之间的交谈，尤其是就中国话题展开的交谈，从来都是坦诚直率的。在我这方面，既没用过“无可奉告”之类的外交辞令，更没有过“顾左右而言其他”的时候。

他使我愕异，正如我使他感到不满意。

我瞪着他说：“亲爱的，你今天怎么了？为什么这么急赤白脸的？”

他也瞪着我说：“你骂我？你骂我，我就只好告辞了。”

我说：“你不是经常自诩是中国通么？那怎么从我的话里听出了骂你的成分？”

他说：“急赤白脸难道还不是羞辱人的话么？”

我说：“这四个字怎么是羞辱人的话呢！不过是一种形容嘛！看来你的中文水平还有待进一步提高。”

于是我找了笔和纸，写下“急赤白脸”一词，逐字对他讲解。

默默听完我的讲解，他不太好意思地笑了，说那就算你并没骂我吧！

我板起脸说：“什么叫‘就算’呢！你欲加之罪何患无辞嘛！不过我不计较，咱们单刀直入吧！你是不是又带了你写的什么文章要让我看？”

他这位老外挺勤奋。经常写些中国见闻感想寄回本国，发在报刊上。政治经济文化教育商业旅游民俗民情，方方面面，无所不谈。据说颇受法国读者欢迎。他立志要当一位“中国当代国情研究专家”。他认为从中法关系良好发展的前景看，当那样一位专家，在法国的社会地位会越来越高。他觉得对他成为专家较重要的文章，曾带着来我家请我过目，虚心听取我的意见。他的文章一向先用中文写毕，然后自译成法文，每每中法两种文字同时发表。

经我点破。他沮丧着脸，从纸夹中抽出几页纸给我看。

那文章的标题是——《从“官商”、“官倒”的存在，看中国新生的“官僚资产阶级”和“官僚买办阶级”的形成》。

我严肃地说：“你这篇文章不能以这样的标题寄出去发表。你得相信，我不是暗中拿了共产党的津贴才劝阻你。以你们外国人的眼睛看中国，有时难免误区，甚至盲点。我是中国人，我看中国，可能会比你们外国人的误区小些。何况我并不打算当中国国情专家，同样的文章发表出去，即使被看出了误区，也不太影响我一个小说家的创作生涯。读者只当一个小说家的信口开河罢了。但你可是想当中国国情研究专家的人啊！正如我刚才不厌其烦地对你解释的——‘官商’和‘官倒’现象的存在，确实和‘官僚资产阶级’和‘官僚买办阶级’有本质的区别。等同而谈，牵强附会。标题就牵强附会的文章，怎么可以署上一位准中国国情专家的大名发表呢？你们外国人一向又对调研性文章认真得很，发表了对你不是得不偿失么？”

他感受到了我的诚恳。

他嘟哝道：“你几番话报废了我多日的心血，我不恨你恨谁呢？”

我不禁笑了，说：“你其实应当感激我才是。因为我及时保全了你这位未来的中国国情研究专家的名分。”

他收起他那几页纸后说：“那么咱们现在来谈我更感兴趣的第二个问题——中国究竟有没有‘官僚资产阶级’和‘官僚买办阶级’？你要简单干脆地回答我——有？还是没有？”

我说：“没有。”

“没有？”

他的脸一下子涨红了，站起身，像瞪着一条丑恶的幼虫似的低头瞪着我，连连说：“撒谎！撒谎！你在撒谎呀你！你……你们中国人怎么可以这么毫不在乎地撒谎呢？你明明知道是有的，是客观存在着的。我也不是一个到中国来的瞎子聋子，我毕竟已经在中国生活了三年半多了！难道我知道的，你这个中国人竟一点儿都不知道么？好，好，今天算我自讨没趣儿，咱们拜拜吧！”

我说："你坐下。"

他不坐，一副话不投机半句多，拔脚便要走的样子。我扯了他一下，他才重新坐下。

我说："其实，我最近也经常思考你提的问题。因为经过了思考，所以我回答没有。我甚至认为，回溯半个世纪的历史。不但中国没有所谓'官僚资产阶级'和'官僚买办阶级'。世界上其他国家可能也没有。这两类人，以形成阶级的群体概念存在，在任何国家都是不太可能的。因为，阶级一词应该是一个较为广大的概念。这一概念需要起码多的数量构成的群体支撑着证实着才不显得空洞。你等着，我拿一样东西给你看……"

于是我起身去翻出了一本《毛泽东选集》合订本，带回到他身旁。《毛泽东选集》合订本的第一篇文章。便是毛泽东那篇对中国产生了近半个世纪深远影响的《中国社会各阶级的分析》。

我指着说："你看，毛泽东在他这篇著名的文章中，将中国革命的首要对象列为地主阶级和买办阶级。"

我翻到《中国革命和中国共产党》一章，又指着说："你再看，毛泽东在他这一篇文章中间——谁是中国革命的主要对象或主要敌人？他的回答是——帝国主义国家的资产阶级和中国的地主阶级。看来毛泽东这位农民出身的革命领袖，最痛恨的就是地主阶级了。我当年是知青时，通读过毛的这个合订本。在我的记忆中，毛这个合订本中，似乎从未用过'官僚资产阶级'和'官僚买办阶级'的提法。他经常的提法是军阀、官僚、买办、地主阶级。他为什么就不那么提呢？我想，肯定连他当年也明白，那种提法在概念上是不确切的。官僚者可能是资产阶级或买办阶级地主阶级出身。也可能身为官僚以后，运用手中的特权，更加肆无忌惮地聚敛家族资产，从事买办经济活动，扩大土地占有面积。但若说这样的官僚们多到了形成一个阶级的程度，那是难以想象的。因为不待多到形成一个阶级的程度。国家的统治集团也许就已经被推翻了，或自行瓦解崩溃了。因为那样一个官僚集团是根本没有办法长久统治一个国家的。任何一个国家的公众，可能不得不容忍一些官僚资产者和官僚买办者官僚地主的存在。却不可能，也无法长久容忍这样的一个阶级的存在。因为那一种压迫，将是人民根本无法承受的。这一道理，是连封建统治阶级都明白的。对于这一点，蒋介石当年又何尝没有防患于未然之心呢？他也担心他的官僚们以暗聚家私为第一能事，以为官廉正不知为第几嘛！蒋经国在上海'打老虎'，他最初是赞同和支持的。他自己不出面由儿子出面是一个策略。他以为儿子会较他更容易做到铁面无私。事实上当年血气方刚的蒋经国也是打算替父亲扫荡一批贪官污吏的。只不过一打便打到了'四大家族'的至爱亲朋身上，而蒋介石的统治又是要依赖于他们的，不得不出面干涉，使儿子的护法哨棒高高举起，却落不下去了。不但陷儿子于大窘之境，也使他最初赞同和支持的'打老虎'运动偃旗息鼓，不了了之。蒋介石还亲自下令处决过一些严重影响他的党国形象的贪官污吏。这是有历史记载的。因为他也想做长久统治中国的君主嘛。上防下憎，使……"

"使官僚资产者们和官僚买办者们，根本不可能有条件形成一个阶级——你是这个意思吗?"

他打断了我的话。

我说："对。我是这个意思。"

"就像某类草，它们可能这里那里一丛丛地生长出来，但根本连不成一片草场?"

我点点头。

"根本?"

我说："你别在字词上非要和我辩个天大地大。如果没有制约和惩罚，如果制约并不明朗，惩罚并不严格，像中国这样一个官僚密度重重叠叠的国家，又处在向商业时代转型的阶段。官僚资产者们官僚买办者们，其实是很可能形成阶层、甚至阶级的。在有些局部地区，整个县、市的官员，狼狈为奸，沆瀣一气，形成贪污、受贿、走资、巧取豪夺的权力集团，恰恰说明了可能性的存在。这样的例子举不胜举。但另一方面，中国的法治的权威毕竟在渐渐树立起来，成熟起来。监督的方式毕竟渐渐多了，作用毕竟渐渐大了。举报的责任也毕竟渐渐变为一种公民意识而深入人心，所以又渐渐形成着不可能性的依据。可能性和不可能性并存，就我个人而言，我不过认为可能小，不可能性大罢了。”

“大到根本不可能?”

“根本两个字可不是我说的。是你反问我时你说的。”

“你刚才自己也亲口说过。”

“是么? 那我现在承认，‘根本’两个字我用得有些绝对化了。只要存在着几分可能性，就不可以用‘根本’两个字。”

“变相的‘官僚资产阶级’和‘官僚买办阶级’存在不?”

他一副“宜将剩勇追穷寇”的模样。

“目前?”

“目前。”

我明知故问:“‘变相的’怎么理解?”

“比如，父辈为官员，儿女间接利用父辈的权力，并且打着合法的招牌，为自己的家族暗敛私财。”

我一时沉吟，不知该如何回答。

“你如果摇头，或者说‘不’……”——他从手拎包里取出了一个小本子，准备随时翻开，索根引据地驳我。

我说:“亲爱的，你不必翻你那小本子。并且，请把它收起来。你是‘老外’，我是中国人。你居京才三年多，我居京二十年了。你知道的，我差不多全知道。你不知道的，我知道的也不少。但我仍然认为，他们的数量，针对于十二亿人口的中国，是构不成一个阶层的，更构不成一个阶级。”

他眯起眼睛望着我，想了一会儿之后说:“我终于明白了。”

我说：“我很高兴你接受了我的看法。”

他说：“你别高兴得太早。我还没彻底接受你的什么看法。我只不过明白了，我们原来在对阶级和阶层的理解上存在着很大的分歧。你认为，阶层和阶级的概念，需要由一定数量的人群构成，是么?”

我问：“难道你不这样认为么?”

他说：“我当然不这样认为。阶级是由社会地位和经济地位所决定的。阶层是同一阶级中的等级差别而区分的。怎么能以人的数量多少而论呢？如果按照你的观点，那么你倒说说看，在你们中国，究竟一个什么样的数目，才可以被认为已经构成了一个阶级或阶层呢？一万？几万？十几万？还是几十万？百万人以上?”

他这一问，居然把我问得一时语塞。

“是所有的阶级或阶层都以大致相同的数量存在才能被认为已经构成了，还是不同的数量？如果大致相同，岂不荒唐？因为地球上目前还没有一个阶层人数大致均等的国家。这并不像你们中国小学校里按照男女生比例配划班级那样可以由人的意志来决定。如果数量不同，又为什么不同也可以被确认呢？那被确认的内容，是不是恰恰推翻了你以人数分阶层的观察的不正确呢?”

我不但语塞，而且懵懂，更加不知如何回答才好了。

那一天，他与我辩论了一下午才离去。辩论的结果是——我承认我过分片面地强调以人数为前提来作为是否正视一个阶层的存在是机械论了一点儿；他承认他若企图评说中国目前已存在着“官僚资产阶级”和“官僚买办阶级”，无论本意的还是变相的。仍缺少足以说服人的立论资料。

我们在这样一点上达成了初步的共识——在中国，在目前。明目张胆的官僚资产者和官僚买办者，尽管很少很少，尽管一经证据确凿的揭发和指控便大抵会落得个身败名裂的下场，但变相的，似乎合法化了的，由儿女和至爱亲朋们间接“操作”。目的在于为家族暗敛私财的商业现象。已成为“中国综合症”之一症，“中国特色”之一种。

他坚持认为他们已然形成了阶层。

而我认为他们只不过组成了一些形形色色的利益群体，还没有扩展到配冠以阶层这一概念的地步。

最后他用了一个法语词给他们下一个妥协性的定义，由他译成中文是“阶层分子”。

见我对他的法语式命名大为困惑，他进一步解释遭——“分子”二字不是我们中国人习而惯之的社会学方面的“分子”二字，如果我那样认为就曲解了他的意思了。应当成物理学和化学方面的“分子”二字去理解。他说这些“分子”的存在，一遇适当的条件，必然发生“分子组合”，那么必然形成我这个中国小说家不甘愿正视，甚至有点儿讳莫如深的那一种阶层。

我洗耳恭听后哭笑不得。想不到和他这个中国话说得极溜儿，一心成为“中国国情专家”的“老外”认认真真，讨论什么学术问题似的讨论了一下午，我竟还是给他留下了个文过饰非、巧舌狡辩的下场。

我这可是为谁们蒙受不白之冤呢?

我为谁们暧昧为谁们心口不一呢?

他走后，我坐在沙发上陷入长久的沉思。以我的浅薄的知识，析古剖今。不知怎么，便由中国共产党联想到了大明第一任皇帝朱元璋。由建国初期中国共产党人枪毙刘青山、张子善一事，联想到韩国判处贪污受贿的前总统死刑，联想到朱元璋亲自制定的《大明律》。

《大明律》可以认为是大明朝建国初年昭告天下“反腐倡廉”的宣言。其中吏律、户律、礼律、兵律、刑律和工律，乃是针对六部官员的。而尤以律官的吏律条款严厉——大臣私自许官者，斩；结党营私者，斩；应奏不奏者（当然包括报喜不报忧者），或笞、或杖、或罢官、或斩；官商勾结，搞权钱交易者，官越高，罚越严，轻者革职论处，没收家产，重者砍头。

我记得我还是个孩子的年龄，看到一本关于朱元璋的连环画。讲的是他限定官员，不论功劳多大，职位多高，身份多重要，储姬纳妾不得过三。而他的一名好色又年轻的宠臣，虽已纳三妾，但家中仍窝藏两个娇娆丽人不遣出府去，且夜夜听她们歌唱看她们舞蹈，寻欢作乐。朱元璋得知后，不给替他求情的百官一点儿面子，下旨杀了他。

这故事当年给是孩子的我留下极深刻的记忆，非是因为明朝律官的严厉，而是因为连环画上的两个丽人画得那么美。朱元璋为了维护他的《大明律》的威严性，竟连两个美人儿也杀了。

当年是孩子的我，多么替那官那两个美人儿难过啊！

而朱元璋的爱婿，驸马都尉欧阳伦自以为是皇亲，目无法纪，指使奴仆私自贩菜出境——在今天叫作“非法贸易”或曰“走私”，也令朱元璋大怒，不顾女儿的哀哀哭求，连皇后的面子都不给，竟将爱婿也“斩立决”了。

成年之后。尤其腐败盛行的这些年，才渐悟法对国的无比重要性。于是每每想到卡龙达斯。感慨他以身殉法的壮烈。

卡龙达斯是公元六世纪古希腊的一位伟大的立法者。在他制定的诸多法律中，有一条是公民不得携带武器参加集会。

有一次卡龙达斯不慎佩剑走进了一个会场，当即有人指责他践踏了自己制定的法律，该受到严惩。

他庄重地说：“向宙斯发誓，我会维护这一条法律的。”说罢，毫不犹豫地拔出剑来，自刎而死。

每想到这则历史记载，我总替卡龙达斯的死惋惜不已，甚至不平，有点儿憎恶那个当众指责他的人。

一个伟大的立法者，显然比我们常人更加深知法的神圣性，因而才不惜以自己的死向我们后人进一步申诉这一点。

近日报载湖南省岳阳市进出口商品检验局领导班子三名党组成员。七名局务会成员中，除一人外，全部贪污受贿。一个乡，一个县，一个局，一个市的最高级官员集体贪污受贿之案例，仅近三年以来，在中国大约已几十起了。中国官员的腐败，正以塌方式的现象接连不断地呈现着。与世界上其他法制国家相比，这实在是令中国汗颜的事。

如上的一批贪官污吏的存在，以及他们的在经济领域内依仗父辈权势与奸商勾结牟取暴利的子女们的存在，的的确确证明着“官僚资产者阶层”和“官僚买办者阶层”日趋形成的可能性。

这是一种夸大了予以评说会被斥为“左”，而轻描淡写地予以评说甚至态度暧昧地替之掩丑则等于揣着明白装糊涂的现象。

而若根本没人来说，那么这样的社会某一天涣散而沙化是一点儿都不奇怪的。并且，简直还很活该！

所幸质问之声不曾间断。公开的质问和不愿公开的质问，不是少了，而是渐多渐大起来。

三

在我修正此书的日子里——北京和各地正在召开“两会”。报载，北京市检察院在向“两会”所作的报告中公布，二〇〇九年一年提起公诉的百万元以上的贪贿案便有四十七件。

多乎哉？

少乎哉？

白痴才会认为，仅有那么四十七位贪官，他们悉数都被绳之以法了。

这四十七之确数，想来该是多大一个群体中的“倒霉者”呢？

东窗事发的这些，和深潜未现的那些，该是一比几的比例呢？

这么一想，并且推及全国的话，我觉得，他们究竟够不够得上一个阶层，自己倒真有点说不准了。这也是在我与我的法国记者朋友唇枪舌剑的辩论中，时时置我于被动之境的两难之点。

站在这个两难之点上的一切大小官员，一切知识分子，乃至一切中国人，除非矢口不谈腐败二字，若谈，自己们首先就都难免地尴尬了。

作为一种思想方法，分清“九个指头和一个指头”是对的。

但“一个指头”肯定不是“一”啊！

它显然是代数中的X。

谁能较为说清，如此这般的X，它所代之数是多少？

谁又能肯定地证明，所谓“九个指头和一个指头”不是“社会能见度”不高情况下的比例，而实际上是“八个指头和两个指头”、“七个指头和三个指头”、“六个指头和……”

不愿想下去。

谁敢言“社会能见度”已很高了么？

如果不高是一个事实，谁又能限制别人推测的自由呢？

而“社会能见度”，这又是只有民主才能解决的问题。

所以我这一部书，不管再怎么修正，也只能是所谓文人的“印象书”。我也只能写到这个份儿上。

我的法国记者朋友真诚地希望我和他共同写一本分析当前中国社会各阶层的小册子。我谢绝了他的好意。我怕我们会在写的过程不断地发生不愉快的争论乃至争吵。我请求他牺牲他计划内的中国版权，支持我单独写。他以友情为重，同意了。

以上便是我决定写这一本小册子的始末。

第一章　当代资产者阶层

在商业时代，没有资产者阶层是匪夷所思的；没有买办者阶层也是匪夷所思的。好比水族馆里没有鲨鱼，没有鱼或没有鲸，没有海豚。也好比动物园里没有狮、虎、豹、熊、狼、象。它们是水族和兽纲中最不可或缺的种类。没有它们的存在，水族馆不算是水族馆。动物园又何谓动物园？资产者阶层和买办者阶层，是商业时代繁荣链上最重要的一环，是商业时代的酵母。

没有他们的存在，商业时代只能是一种幻想，一种传说，一种愿望。

恐慌于他们的存在的人，是“叶公好龙”式的人。我们有理由反对的，只应当是“官僚资产者阶层”和“官僚买办者阶层”的滋生、形成和存在。而且必须毫不动摇地加以反对。因为这两个以官僚为母体，受孕于资产者阶层和买办者阶层的“杂交阶层”，对于权力的腐蚀性是无可比拟的，对于普遍的商业原则的破坏性是巨大的，同时必定等于对全社会的公平意识实行强奸。它们使商业委身于权力，因而使商业的行径近乎于“偷汉子”。它们使权力卖淫于金钱，因而使权力形同暗娼。结果是商业和权力，同时变得下贱、卑鄙又肮脏。一个“官僚资产者”和“官僚买办者”层出不穷的社会，哪怕他们还没有形成为阶层，都是在本质上难以真正建设起所谓“精神文明”的。他们对全社会的污染和危害，一点儿也不逊于黑社会和流氓团伙。虽然他们表面看起来比黑社会斯文，比流氓团伙体面。

中国的资产者和买办者们，当然已经阶层化了。

资产者中，也当然不乏由我的法国记者朋友定义了的“阶层分子”。对于他们，实际上没有什么格外再加以分析的必要。因为他们的私有财产，主要是依赖于父辈权力的大小而聚敛的。其过程往往简单得令人咋舌，几乎完全没有什么真正的商业的意义可言。“中国特色”在这一点上具有极大的讽刺性。在中国经济秩序还没来得及形成的几年里，他们往往很容易地就能从银行贷出大笔款来，而且往往是无息的或低息的，然后迅速投机于最初的股票买卖或房地产买卖。对于他们没有所谓风险可言，因为他们得天独厚，信息灵通，买入顺利，卖出及时。在别人来不及反应和动作时，他们已然作出了反应实行了动作。当别人被“套”住时，他们早已携利别往。当一些地方呼吁建立经济秩序的声浪高涨时，他们的身影早已出现在另一些有机可乘的地方。

对于他们，“游戏规则”差不多总是滞后产生的东西。而所谓机会，总好像是有人专门为他们创造的；或者，为他们预留的。他们的后边，似乎有一个“机会服务团队”，或曰“机会黄牛党”。

二十世纪九十年代，中国一个沿海小市营造起了开发热潮。我曾在那里见到过他们匆匆而来匆匆而去的身影。因为那在当时是中国又一个提供地皮炒卖大好时机的地方，所以几乎成了他们的一个“会师地”。我是应邀去参与一次电视剧策划的，他们是为地皮炒卖这一种商业“游戏”而去的。他们中的某些人，甚至有半大不大的官员陪同，充当“高参”一类角色。我到后黄金地段皆已有主。那当然是一纸空文就了结的事。他们转手倒卖地契，旋即乘机回归，坐收其利。一亩地价翻涨五六十倍甚至近百倍，他们“创收”之丰可想而知。短短的数日内他们便暴发了一次，并且同时享受了一次愉快的旅游观光。

然而这一切都是在合法的范围以内进行的。只不过这种合法进行的商业“游戏”，是别人没法儿也没资格“玩儿”的罢了。

如今那小市的开发热早已冷却，因为地价在炒的过程中涨得失去了开发利润。当然也有人倾家荡产在那里，不过绝不会是他们中的某些人。

钢材、木材、煤炭、石油、水泥、烟、酒，凡是曾一度紧俏过的商品，哪怕属于国家调控物资，几乎都为他们中这一些人或那一些人所染指过。“卖批件”、“卖条子”这一种现象，在中国曾经是见惯不怪之事。王宝森不是挪用过两千万人民币给他的情妇去做生意么？他难道不是先成了阶下囚，才详查出这一条罪状的么？否则，“挪用”将不成其为罪名，可以堂而皇之地说成是北京市副市长亲笔“批给”的。有权支配几十亿美元的一位官员，“批给”谁两千万人民币做生意还不是小事一桩么？公开的对外的对付审计的招牌往往是“集体所有制”，实质上百分之百的不折不扣的是“个体”的。非说是“集体”，也是他们自己那一个小“集体”。赚了一概划入个人账号，亏了算国家为繁荣“集体经济”交“学费”了。亏个一干二净算全交“学费”了，挥霍了也算全交“学费”了。在中国经济秩序杂乱无章、剪不断理还乱的几年里，国家如此这般交了许多不明不白的“学费”。当然也不能说完全白交了，毕竟地使他们先富起来了。甚至，也能说交的“不明不白”。

切莫以为他们富起来了便都是些非常之幸福的中国人了。其实，除了在资产的占有方面和优越的物质生活的享受方面他们足以高枕无忧而外，他们内心深处依然是郁闷多多的，依然是些备感失落的中国人。老百姓的郁闷和烦恼是可以找个倾诉对象诉说的。老百姓是有权利通过发牢骚甚至诅咒骂娘对现实宣泄不满的，他们却丧失了这种宣泄的权利。因为他们已然是现实的最优先而且最实惠的既得利益受用者了。老百姓发牢骚或诅咒现实的时候，他们只有充聋作哑缄口不言的份儿。

老百姓骂娘的时候，他们总感到那等于就是在骂他们自己。他们都清楚，许许多多中国人的眼睛始终在盯着他们的一举一动。他们和老百姓之间的鸿沟，是再也没法儿填平了。起码在他们这一代是没法儿填平了。而他们的上一代，亦即他们的父辈们，原本是些曾为拯救中国老百姓的命运出生入死，功勋卓著，因而曾深受中国老百姓爱戴的人物。

这一种关系的失落，乃是他们于中国当代诸种失落之一种，最心有千结之一种。最欲说还休之一种。最惴惴不安之一种。不要单看他们在现实中的表现便以为他们并不在乎，事实上他们中相当一部分人是很在乎的。

又由于他们也清楚，他们从现实中依赖父辈的权威和名望获得的越多，父辈乃至家族在中国人中的声誉和威望越下降。他们的失落，他们的惴惴不安，包括他们难免常有所生的愧疚，便越加困扰他们。获得和丧失恰成正比，这一正比将是他们心口“永远的痛”。

他们中四十岁以上的大多数，都是在中国共产党正统教育下成长起来的。中国共产党才是他们的精神父母。而且曾是他们绝对崇敬之绝对忠诚于的精神父母。相比而言，他们的慈父爱母，倒更像是他们的奶娘，更像是受了共产党委托教诲他们成长的监护人了。他们从小就曾立志要当“革命接班人”。只不过“革命接班人”五个字，体现于他们的意识，与体现于老百姓子女的意识，内容是大不相同的。老百姓子女立志要当“革命接班人”，往往意味着要当比是工人的父辈更不计所得的工人，比是农民的父辈更肯付出的农民，比是教师的父辈更优秀的教师，比父辈更服从国家和“革命”对自己命运的统筹安排，比父辈更勇于更乐于为国家和“革命”到最艰苦的地方去一辈子从事最艰苦的工作，并以此为荣。而他们立志要当“革命接班人”，往往意味着最终要接父辈的班，要像父辈一样身居要职，要像父辈一样为国家为“革命”实践文治武功并受人们的普遍爱戴。这一种意识尤其较早地成熟在男性的“他们”的世界观里。

“文革”粉碎了他们的理想，嘲弄了他们的志向，颠覆了他们的世界观。正如硬性地，根本不可抗拒地改变了正在成长着的千千万万中国青年的人生轨迹一样。

最虔诚也自认为最有资格顺理成章自然而然地继承“革命事业”的他们中的许许多多人，竟一夜之间成了方式极为粗暴严酷的“革命”对象，成了“狗崽子”，成了连最起码的尊严、家庭安全和生命保障都没有能力维护的人。这一种袭击是他们做梦也没想到的。

“文革”结束以后，江山疮痍，人事皆非，改朝换代，百废待兴。

这时的他们，终于算是结束了含冤赍愤流徙民间的苦难，终于可以理直气壮地“讨个说法了”。

而仅仅为他们的父辈平反，为他们的家庭恢复名誉那是不够的。

必须也为他们被耽误了的人生做出适当的，较令他们满意的安排。

事实上中国也以它特有的种种方式这样做了。但首先是向他们赎罪。需要直接以国家的名义进行安抚的也首先应该是他们。因为他们具有特殊的、意义深远的代表性。这一种安抚亦表明着对他们的活着的父辈的承诺。而这一种承诺又几乎是必须的。因为中国的政治需要他们的父辈继续参与并起巨大的作用和发挥稳定的影响。如同一切做父母的人们一样，这些年事渐高的中国政治老人，不可能不替他们的并不年轻了的子女们未来的人生前途分心考虑。免除他们的后顾之忧，对于当时的中国政治显然是必要的。而且可以说是十分必要的。这一种安抚又表明着对在“文革”中被迫害致死的建国功臣们的祈恕。同时也是国家良心自身获得慰藉的方式。否则国家精神难以甩掉它所背负的沉重的“文革”十字架，而较快地从冤气孽障之中突围出来。

这是一种情感色彩浓重的突围。

它符合中国政治的历史特点。

这是一个国的“韦斯巴芗式”的两难之境。

据说在这位古罗马帝国的皇帝加冕时，有心测试他的主教，将皇冠和法典放在天平的两端。如果他双手捧起皇冠，天平倾斜，法典就会当众落地。如果他首先捧起法典，以证明自己对法的重视程度远胜过对皇权的重视，那么皇冠也会当众落地，而那对于他意味着不祥之兆……

仪式规定他不可以同时拿两样东西。

于是他只得连同天平一起捧了过去。

而中国摆脱两难之境的办法是——只从所谓“太子”中选拔了少数人培养从政。他们的人数在今天一一算来，十个指头数两遍也就差不多全包括了。时值中国的经济要腾飞，其余的他们便被鼓励去经商。

如果中国人较为平和冷静地想一想，则就不难得出结论——在文化、艺术、教育、科技、文学和学术等等领域，中国的高干子女是很难有所作为有所成就的。他们从小就距这些领域甚远，而离中国政治太近。在他们自己以及他们家族的观念中，从政才应该是他们的第一选择。这一点尤其体现在高干之子们，以及他们的父母们的思想意识里。在中国共产党执政的前几十年中，这一点几乎成了一种根深蒂固的

"思想传统"、"血缘原则"。

我知道二十世纪八十年代初有一位相当走红的女电影明星，与一位父辈姓名掷地有声的高干子弟双双坠入情网。

而他的母亲坚决反对，并且严厉地批评他说："中国没适合你的女孩子了？干吗非要从边边角角的人堆儿里找对象？"

而他的父亲已在"文革"中被残酷迫害致死，其实家族中已没了权力支柱。

除了从政，中国以往的高干子弟们还适合选择其他的什么职业呢？

总不能在"文革"结束后，依旧撒手不管地打发他们还去当普通一兵、当工人、当农民、当机关小办事员吧？

于是他们被鼓励去经商，在当年的中国几乎可以说是自然而然的，甚至可以说"幸而"中国又为他们提供了一条前所未有的新出路。

当我们中国人析明了以上背景，我们似乎也就对某些高干子弟如今在中国商界的如鱼得水游刃有余看待得较为符合中国特色、较为客观温和了。

"那就让孩子们到商业领域闯一闯吧，中国将来也需要商业人才。"

这句在民间几乎人人皆知的话，即使是杜撰的，即使严格地要求不应打上引号，想来也跟原版的意思差不太多。

而既然当初是鼓励他们去"闯一闯"的，那么肯定要给他们"闯一闯"的种种必备的条件和万无一失的保障。这些条件和保障如果给别人，别人也会"闯"出一份产业的。但作为中国人，这一种平等的要求，在当年的中国，是单纯幼稚的要求，现在也是，具有"不可理喻"性。正如以这一种单纯幼稚的平等要求的意识看中国现象，皆具有"不可理喻"性一样。

事实上，当我们中国人看着他们中的某些人如今俨然加入了中国资产者阶层，并且推断他们家私多少心怀嫉恨诅咒世事不平时，我们也许不大能想到，这些上一代共产党人变了种的子女，当初不得不退离中国政治时，是很有几分依依惜别，几分意灰志冷，几分失落和几分对人生前途的渺茫惆怅的。那才是——“若问此愁深浅，天阔浮云远”。

当年我曾在朋友家中“有幸识君”。

当年我三十七八岁，他看上去小我两三岁。其父乃调入京城不久的某“地方元老”。他是其家子女中的“老末”。话不多，一副郁郁寡欢的样子。仿佛刚丢了什么贵重之物，来找我那位朋友商议报不报案。

朋友当着他的面对我说：“你可别见怪，他不是成心冷淡你。他近来心情不好。”

隔了会儿，又当着他面对我说：“他被从‘梯队’名单中划掉了。”

我困惑，不禁地问：“什么‘梯队’?”

“干部接班人‘梯队’呀!”——朋友回答了我之后，转而劝他：“想开点儿，你现在经商不是也挺好嘛！当官的有车，你也有车；当官的有秘书，你也有秘书，而且可以任由你随时聘换更年轻、更漂亮的秘书；当官的出国，你也可以出国；当官的请客，谱儿大了违反党纪，你请客，不论多少钱一桌那也是商务需要，你还想咋的呀?”

他阴沉着脸说：“但有一点我已经明摆着和他们不一样了。他们的儿女将来填简历时，父职那一栏是高干，我的儿女将来怎么填?”

朋友打趣儿道：“将来你就让你的儿女填‘中国第一代红色资本家’呗!”

一句话把他逗笑了。

他说：“我哥哥总算如愿了。要不然，共产党对我们家可就太欠公道了!”

显然，对于做了官员的别人家的子弟，他们是很羡慕的，也是很不服气的。他们这一种仿佛遭到了排挤的心理上的不平衡，注定了以后必然要通过为个人和家族聚敛财富获得匡正。何况财富是种一旦开始聚敛，必定专情独钟的东西；一旦开始喜爱，永远觉得自己拥有太少的东西。

法国的一位巨商，有次拜见阿拉伯某石油国的国王。金碧辉煌的宫殿使他惊叹不已，头晕目眩。

过后记者问他有何感受？

他说：“这真是一次不幸的拜见。从今以后，我觉得我是一个穷光蛋的感受，恐怕将笼罩我一生了。”

商界使年轻的“中国第一代红色资本家”们眼界大开，在他们接触某些香港的、台湾的、日本的、韩国的、新加坡的以及欧洲的商人们时，他们肯定的也有自己仿佛是“穷光蛋”的感受。这种感受肯定加剧了他们“只争朝夕”的急迫感。替自己的将来和家族的将来聚敛更多的财富，正是在这一种急迫感的鞭策之下成为一种原动力和使命的。因为他们渐渐地悟到了，中国的民主进程虽然缓慢，但还是比他们所预料的速度要快得多。在这种速度中，一旦退离了中国政治，那么也就几乎意味着是与它的“诀别”了。今后，若企图使自己们不沦落为普普通通的些个中国人，除了站立在个人财富上，显然已经没有什么别的东西再能垫高他们自己了。而他们原本是和普普通通的中国人不一样的啊！

我知道这样一件事——他们中的一个，某次与一位意大利商人会晤时，对方问：“打算同我们合资经商，你能出多少本金？”

他犹豫了一下。横横心反问：“三千万如何？”

对方又问他是人民币还是美金？

他说是人民币。

对方不屑地摇摇头、耸耸肩，通过翻译告诉他——请他记住，在和欧洲人洽谈商务时，资金的概念一向是以美金来计算的，否则容易产生故意骗对方上当的误会。

那一项商务由于对方嫌他的资金能力太渺小而没谈成。

他却从此明白了人民币原来在外国人眼里是多么的“跌份儿”。

现在我校改和修正此书时，人民币在世界上的地位已大大提升，改革开放在中国之成就也已举世公认。事实证明，中国当年一批头脑清醒的政治老人们对我们这个国家的宏观设计，不管有多少令令人质疑的方面，但基本是正确的。并且我进一步认为，非一人之功，而是一个思想解放者的团队的卓越表现。在当年，他们的义无反顾的坚持，以及反对者们的义无反顾的反对，千真万确地仍可用“路线斗争”来形容。此种斗争未再一如既往地残酷无情，亦是中国之一大欣慰。

我还知道这样一件事——他们中的某些人。某次在北京接待某几位香港的富商子弟，为了在虚荣心上一争高下，乘坐奔驰 600 或劳斯莱斯，要求他们的夫人或准夫人佩戴上最名贵的项链和钻戒……

结果当然是他们的虚荣心获得了极大的满足。

但过后他们又彼此挖苦和嘲讽自己们的庸俗。

因为宴后当他们欲付账时，对方们中的一个阻止了他们，淡淡地说：“我在这里等于是回到了自己家里一样。在我自己家里朋友们聚在一起吃顿饭，我岂能让你们掏钱买单?”

原来那五星级饭店的百分之九十的股份归于对方家族的名下。

“外向型”的比照，的确常使他们相形见绌。于是他们再多利用一次父辈们的显赫名声或权力关系之念头油然而生。他们知道这是不好的，也明白每多利用一次就贬值一次，但却还是一定要利用的。因为那是他们在现实中唯一可以利用的。有时利用了直接谋利，有时利用了间接谋利，有时仅仅利用了支撑自己们表面卓尔不凡内里非常之虚弱脆薄的自尊。若他们的父辈们已经退位了，或根本就不在人世了，他们则便难免地心生惶惶的危机感，如同即将被富贵生活所弃的娇宠小儿。

他们虽退离了中国政治舞台，却仍密切关注着它的云诡波谲潮汐变幻。时常暗自分析这种种变幻对他们的存在有利还是不利。“反腐败”、“反特权”声浪高涨时，他们中某些人的内心里意乱弦惊，悄然遁往国外，很是担忧自己不幸成了祭畜，被政治高高拎起抛给民众以平不满之怨。前几年有些经济学家高谈阔论“中国的资产阶层不是多了而是太少太少，需要立法加以重点保护”，这话他们很爱听，仿佛是替他们所作的正义的宣言。有些法学家提出应像西方一样，将“私有财产神圣不可侵犯”一条确立为国法至高无上的一条，也很令他们暗生感激，觉得在中国“知音”还是有的。

我没通读过我们的宪法和刑法，不知这一条是否已经确立了。但是我可以肯定，即使确立了，他们也难以高枕无忧。

现在，众所周知，中国宪法已补上了“私有财产不可侵犯”一条。这已是好多年前的事了，我当时曾戏曰：“老百姓没有多少财产可被侵犯，故几近于富人财产保护法条。”我并未公开反对过，内心里却是有几分不以为然的。如今想来，我当时的不以为然，确乎意味着思想上的几分偏执。我未免太纠结于“私有财产”的是否清白，而又未免太忽略这样一个事实——中国的宪法若无以上一条，首先对于招商引资是大不利的。其次，即使当时看不出那一法条与财产少得可怜的一般公民有什么意义，但却总归也会发生些关系的。比如现在的“拆迁纠纷”，觉得显失公平的公民若依法维权，往往也得在法庭上依据“私有财产不可侵犯”和后来的“物权法”据理力争。

他们最是中国一些处于“不可名状”之状态的人。

他们总担心中国哪一天又发生“文革”般的动乱。而他们多年来苦心聚敛的家财私产顷刻化为乌有。不管谁向他们保证这一种情况是绝不会发生的，都不能彻底打消他们的忧虑。

他们观察着中国的现实常不禁地暗问自己：我是可以无忧无虑地以富人的身份在这个国家里永久居住下去的么？

于是他们将人民币兑成坚挺的美元，并且储往国外银行。

于是他们常将一份或几份外国护照放在随手可取的保险之处。

非走不可时去香港么？

香港业已回归。

去台湾么？

"台独分子"一直表现得极为活跃，去了恐怕会成为新闻焦点，染上他们实在不愿沾染的政治色彩。

新加坡太小太近。日本这个国家的商业已经成熟到快软烂的程度了，除了商的本能膨胀几乎再就不可能发生别的什么激动人心之事了。他们怕被那一种软烂的商业社会陷没了。英国这个国家的贵族传统太悠久，在国民意识本性上尊崇的是贵族，是绅士，而不怎么真的尊崇富人。何况自己果而去了的身份又只不过是一个中国富人。法国比较理想，但是华人在法国不太受待见，属于还能勉强容忍在法国生存的人种，尽管目前看来中法关系发展得不错。德语难学。意大利、加拿大、澳大利亚经济发展前景不太乐观。挪威、瑞典、瑞士太寂寞，它们的中青年人也还耐不住那一种恒久般的平静寂寞纷纷往国外跑呢！

似乎只有美国还值得一去。可美国太民主，平等意识太强。倘知道了自己富起来的底细，会不会瞧不起甚至轻蔑了自己呢？何况美国的华人已经太多，而且成分复杂。"民运分子"们会不会将自己当成他们敌视的一个活靶子不断地进行攻击性骚扰呢？

再说，离开中国，去到国外，得有多少外汇储备，才有可能维持住一位富人的体面的生活水准呢？拥有名车、别墅、遗产的外国富人多了去了。

几百万美元够么？

细细一寻思，心里没底。

好比孔乙己数茴香豆，觉得实在是"多乎哉？不多也"！

他们清楚，在美国"百万富翁"其实已是一种时过境迁的说法，根本算不上真正的富人。哪一片社区都隐居着一些，过着和别人差不太多的日子，进行着并不比别人阔绰的消费。如果苦心聚敛了一笔私有财产，最终不过是移民到美国去过那么一种许多方面都和别人差不太多的生活，那又何必呢？那么他们在中国的自我感觉还要远比在美国强啊！在中国他们起码是人上人，起码被羡慕，最最起码也是被眼红被议论啊！

而在美国，他们将不太可能成为人上人，不太可能被羡慕，甚至，也不太配被眼红议论。

而这连想一想都是着实令他们沮丧的。

再说，到了美国他们干什么呢？继续经商么？在美国经商，赚钱可比在中国难多了。没了曾经有过的，在中国经商的便利条件，他们也几乎就彻底的没了自信。

倘其他什么都做不来，因而什么也不做，那不就等于坐吃山空了么？

自己的外汇储备经得起自己坐吃无患么？

经得起几代呢？

如果仅仅经得起自己这一代，那么下一代、下几代的命运又将会怎样呢？

他们更清楚，华人后裔，倘在美国跻入富有的上等人的阶层，并且一代代保持住这种身份，谈何容易！

我们了解他们内心里以上种种忧虑、种种苦闷烦愁后，是否会对他们也生出一丝同情呢？

当然，这么说，有些滥施同情的意味儿，有卖舌帮腔之嫌。因为中国毕竟还有六七千万尚未脱贫的农民；有日益增多的一大批又一大批的失业者；有“希望工程”和慈善事业救助不过来的、上不起学的穷孩子……

爱迪生曾说过：“如果富人们的生活，真如穷人所想象的那么幸福，他们才会真的感谢上帝。”

我的本意，其实也不过就是爱迪生这句话的意思。

“他们”中的男人，是些缺少友情的男人。因为聚拢于他们身旁的，十之七八是企图利用或攀附于他们的男女。

他们必得提防那样一些男人的手趁他们不备伸入他们的衣袋。

他们必得经常告诫自己，别一次又一次被亲近于他们的女人颠覆了他们的夫妻关系。因为每一次夫妻关系的破裂，对别的男人们是多么心力交瘁苦不堪言的过程，对他们其实也同样是。有钱人之离婚，有由于有钱而造成的别种样的麻烦。文化层次较高的，人格独立精神较强的，不太容易为虚荣所惑的男人和女人，一般不会轻近他们的社交范围。他们也从内心里很反感那样的男人和女人的高傲与孤芳自赏。

素质太差、文化层次太低的男人和女人，根本没机会结识他们。追随于他们左右的，几乎永远是一些精明的、专善仰人鼻息的、唯他们马首是瞻的、不齿于时时表达忠心的、介于有自尊和没自尊、有身份和没身份、卑俗和斯文、优秀和平庸之间的男人，以及年轻的、漂亮的、介于单纯与不知廉耻、浪漫与放纵、多情与多智、现代与现实、天使与妖姬之间的女人。某类人们因具有太显明的被攀附的意义和被利用的价值，身旁也就大抵只能聚拢着些介于优秀和平庸之间的男人，以及做派现代目的现实的女人了。

这符合人类社会的寄生规律。像他们利用他们父辈的权力能量和影响一样，他们自己的能量和影响往往也被直接或间接地借助与利用。他们有时会对那样一些男人或女人心生厌恶，弃之如弃旧履。但有时也会遭到那样一些男人或女人的背叛——当他们身价跌落在特权阶层渐渐失宠之时……

他们几乎都是些不读书的人，尤其不读小说、诗、散文。他们从天性上轻蔑文学，极端讨厌作家。如果他们欲请某位作家赴宴，那作家还真的受宠若惊打算前往的话，那么一定要有思想准备，大约自己的笔要为他们“服务”一下了。

但他们却读时事报刊，偏重于读海外的，并且从不排斥某些对中国立场暧昧甚至立场“反动”的报刊。他们有许多渠道收集到这类报刊。海外舆论对中国局势的分析、预测和评说，一向能引起他们较浓厚的兴趣。尽管他们对中国政治了解得并不少，也不乏独到的，甚至是深刻的敏锐的见解。流传于中国民间和海外的“小道”政治消息、动态、“内幕”、“秘闻”什么的，其实往往源于他们的有意无意地提供。他们通过报导“出口”和“出口转内销”的方式，杀伤可能危害他们及他们家族利益的、因而令他们不快的中国政界人物的形象，同时为那些可能对他们及他们的家族利益有帮助的、受他们喜欢和拥护的中国政界人物树立口碑。

他们像某些司机从心理上逆反交通警察一样逆反“中纪委”的存在。尽管“中纪委”并不意味着就是由一位铁面无私的当代包公坐衙的开封府。

他们当然不进影院，也当然不看国产电影。但这并不妨碍他们偶尔宴请影视明星。

他们颇喜欢高尔夫球。情绪好时，也打保龄球或台球。

他们中有人是围棋和桥牌高手，也有人骑艺不俗，可驰骋于跑马场。

倘有外国足球队到中国来进行比赛，他们一般是不愿错过观看机会的。并且总持有一等票位。但他们绝不是球迷。谁若将他们与球迷相提并论，那等于是在侮辱他们。

国外的交响乐团、芭蕾舞团、时装队或花样滑冰队到中国来演出，在现场每每可发现他们的身影。他们矜持地向熟人点头时，仿佛在说——“这我怎么会不来呢?”

人生苦短，现在，他们也老了。中国人在举凡一切公开场合，很难再见到他们的身影了。中国的一切文艺演出，他们早就看不上眼了。外国的不论多大的明星甚或大师以及世界一流的文艺团体在中国的演出，一概激不起他们的欣赏欲望了。因为他们早已在国外欣赏过了。若论对文艺的欣赏水平，他们无疑是中国眼光最高的一些人。他们大抵已不再在商海中弄潮了，先后做起了深居简出的“寓公”。或在中国，或在国外。其实，他们从未真正爱过商业，这一点是他们与中国一些铆足了劲儿在商场上往前拼的商业“骄子”们最大的也是最本质的区别。他们大抵连对政治也不复像以往那么关心了。他们明了他们已经安全，并且竟然特别体面地安全着。这于他们已差不多是如愿以偿了。当初也许否，而今不后悔。他们曾是中国这大舞台上某一折戏中的主角，也是后来冷眼旁观的看客。他们经历了寻常之人经历不到的事情，看到过寻常之人难以看到的真相，体会过寻常之人难以体会的况味。他们禅透了“锦江春色来天地，玉垒浮云变古今”的世事规律……

而当年，他们都坚定不移地支持“改革开放”。似乎都觉得“改革开放”的步伐太慢太慢，思路太僵化保守，仿佛早已超过了他们的忍耐限度。

可谁若问，依他们看来，还应该怎样“改”怎样“放”？他们却又往往的三缄其口莫测高深。不是说不出来，也不是懒得说；而是觉得，也许还是不说的好。

其实他们内心都曾封闭着一股强烈的激情。那激情更适于通过慷慨激昂的政治演说，运筹帷幄机智幽默的外交谈判，身临战争前沿麾下千军万马指挥若定来体现。然而在今天，这太是过去时的“童话英雄主义”式的向往了。他们也早已悟明白这一点。所以他们内心里的激情的火苗都渐渐熄灭了。

他们的“不可名状”的状态，说到底是这么一种感觉——既不甘心一辈子像他们现在那么活，一辈子做他们现在所做之事，又前瞻后顾两茫茫，找不到另一种或比现在更好的活法，以及比现在所做之事更能体会到满足感的事。

相比于他们，在他们看来，那些一辈子兢兢业业、任劳任怨，似乎永远不思改变地从事俗常职业的人，简直是一些成仙得道之人。他们也体恤芸芸众生没资格没能力与自己命运抗争的处境，但是非常羡慕芸芸众生满足现状自得其乐的“境界”。正是由于他们的内心永远难以达到这一种安于俗常的“境界”，才总是无可奈何地处于“不可名状”的状态。

今天的他们，早已从当年那一种状态中超脱了，简直也可以说超越了。故以他们的眼来看中国诸事，看得比许许多多自以为明了透彻的人更明了更透彻。但是他们往往不与人道，不屑于。若谁被他们看得起，成了他们的朋友，谈到中国之政治，他们往往一开口便会令对方缄默良久，那种睿智，那种精辟，不由得你不肃然起敬。

今天之我，也不复是当年那个“世人皆醉我独醒”、“拿起笔来作刀枪”似的我了。若读者以为我是在巴结，那也随便。而于我，只不过是在补充我的印象。我觉得，他们中有人更像是另类的“红学”专家，将“中国红”解读得入木三分，且更善于从“红”中看出别色来。时代转型，总是会必然地派生出些前所未有之人。

当年的时代选择了他们，他们也趁势而上，顺势而为了。

情愿也罢，不情愿也罢；得意也罢，失意也罢，一言以蔽之，时代产物而已。并且，已成往事。真的，我不复再能像当年写此书时那样，对于他们曾靠的是特权而耿耿于怀。毕竟，他们的父辈们，曾是新中国的功臣。何况，当年惠利于他们的那点钱，才哪儿到哪儿？比起后来一些贪官们所贿得的巨大总数，连零头还不够！更何况，说到子女依赖父辈的特权，如今这现象也仍不少！今日的那些父辈，比起他人的父辈又算老几？连“脑袋拴在裤腰带上干过革命”这一起码的资本都没有！是以反而便以平心静气的眼看他们了。倒是对于如今的种种以权谋私现象，格外地嫌恶了……

现在，让我们来说说“他们”中的女人们。据我看来，作为女人，她们十之七八其实是不怎么幸福的。希望她们成为某一家庭的贤妻良母是不切实际的。那实在是太难为她们了。而一个男人居然能成为她们心目中的好丈夫，则这个男人实在是太了不起了。处在男人们对自己的和自己对男人们的两难标准之间，她们的身份与其说是妻子、是母亲，莫如说更像是同事、老板秘书、经纪人、股东、“大内总管”或后台老板。

她们在钱财和情感两方面严控丈夫，但在这两方面却宠纵儿女。

她们中的大多数，从小都是备受呵护的、娇生惯养的、任性的、以自我为中心的、优越感很强并且具有难以驾驭的反叛性格的女孩儿。

她们中有些人在“文革”中曾大出风头，甚至大打出手过。当年她们狠起来也是令人恐怖的。当年她们对于别人的悲惨命运和别人家庭的毁灭缺少起码的同情心。但是对于自己命运的曾经沦落和自己家庭受到的冲击却至今耿耿于怀。

她们几乎从小就本能地反叛一切约束。包括来自于父母的约束。她们反叛一切妨碍她们个性自由的外力，但是却唯独并不反叛父辈的权力，深知那对她们多么重要。

她们是在“文革”中思想渐渐成熟起来的。这成熟意味着她们自认为“已看透一切”，认为“再没有什么假象”能够骗得了她们了。谈论起种种中国话题来，她们的言词往往既准确又尖酸刻薄。但是见解缺乏公允也不深刻。

她们对于中国政治的态度又厌恶又不敢彻底予以轻蔑。因为她们比谁都更清楚，连天生桀骜不驯的她们，也是逃脱不了中国政治的巨大惯力的摆布的。

她们自己倒不见得多么向往当一位中国女高干。尤其在她们从商之后，几乎个个都自嘲自己曾经还有那样的一种向往。但她们很在乎自己的家族中是否仍有人身居地位显赫的要职。倘竟然没有，她们不但是要诅咒别人，甚至也是要嘲讽和挖苦亲人们的不争与无能的。

她们在经商方面的作为，往往尤胜于自己们的兄弟，起码毫不逊色。而她们直接或间接地借助和利用父辈们权力的稳操胜券、胸有成竹、得心应手，却是她们的兄弟们不得不甘拜下风、望尘莫及、五体投地的。

然而她们和她们的兄弟们一样，也是些极其缺乏友情的女人。这一方面是由于她们自幼生活在门第观念和等级差别难越的环境造成的，另一方面是由于父辈们在“文革”中的恩恩怨怨造成的。

她们在她们的阶层圈子里难觅“知音”。而女人是天生不能没有同性的“知音”伙伴的。所以她们的情感谨慎地、有选择地外延，试试探探地向她们的阶层以外去发现和结交。她们真正看得起的女性并不多。承蒙她们看得起，而且渐渐引为密友的女性，大抵是些中青年名女人。而且必得善解人意，知道怎样才能随时揣摩透她们的心思，善于曲意逢迎，不过分肉麻而又恰到好处。肉麻的逢迎其实并非她们所习惯于接受的。但一点儿也不逢迎她们，平等意识太强，试图完全将她们当寻常女友看待的女人，却又肯定会令她们恼火透顶。

这样的友情在她们和别的女人们之间是较难建立的。而一旦建立，她们对女友们又是很慷慨大方很讲义气的。

她们对追随过她们的人多一份责任感，多一份女人特有的人情味儿。但对于对不起过她们、伤害了背叛了她们的人，无论是男人还是女人，她们的打击报复又往往比她们的兄弟们更冷酷无情。

哪怕只不过是她们自认为谁对不起她们了，伤害她们了，背叛她们了，而事实上并非如此。她们意识到打击错了报复错了大抵也不忏悔也不内疚，更不请求谅解，索性将错就错一错到底。

因而我们可以这样说——正由于她们身上几乎共同具有这样的性格特征，才没有被编入“革命接班人”的“梯队”去接受政治上的培养。或者反过来说——正由于她们的显明的性格缺陷不适于从政治方面去培养，或直言明摆着没有培养的前途，她们的性格特征才更显得是共同的特征。

她们的亲情义务、亲情责任和爱心，在她们的家族中却往往表现得格外动人。最可贵的东西既然不知道这世界上还有谁们配从她们那里获得，又不能像物质的东西一样束之高阁封存起来期待增值，那么也就只有充分地在骨肉亲人间布予了。这体现为一种较封闭的，家族系统内部的，情感的自给自足，是贵族阶层在情感方面的小农方式的循环周转。

在家族中谁生病了，往往来自于她们的关怀最为上心最为情真意切牵肠挂肚。谁名誉受损生意亏损仕途不遂，也往往是她们表现得最激愤解危救难的姿态最义不容辞上疏下导的努力最活跃。而谁若事涉法案，四处奔走八方呼号组织捞救的，也正是她们。

她们对于亲人和家族最富有牺牲精神。

她们喜欢时装但非常不喜欢时装模特。偶尔喜欢的也是外国的。

她们基本上不看国产电影但却看影视画刊。对于中国的当红的女明星们一概嗤之以鼻，而对于某几位她们认为颇有不凡气质的男演员，往往又视为初恋情人似的不容别人评短。

她们对珠宝钻石情有独钟，但是颇不愿与珠宝商人多打交道。如果对方经常而又无偿地向她们奉献另当别论。

她们喜欢名车犹如骑士喜欢宝马。但是当亲自驾驶了短短的一个时期以后又会“移情别恋”，觉得名车也不过就那么一回事儿罢了。

她们真的从内心里有点儿崇拜的艺术家是画家。她们认为真正有收藏价值的艺术品当然也只是画。

她们对记者的印象强于作家。前提是如果还没有被记者揭过短的话。

在她们的心日中“国产”作家是和妓女差不多的一类人，仰人鼻息寄生于政权而又心怀叵测不安分守己。

她们偶尔也看书。但大抵看的是外国的传记文学，主人公大抵又是名女人。

她们真的从内心里有点儿尊敬的是中国体育运动员。

实际上她们不可能是较长久地喜欢某“一种”事物的女人。

她们的婚姻几乎都不美满。

她们几乎都曾一度陷于情爱饥渴状态。

她们几乎都曾有过“弗朗西斯卡”情结。

但是她们所心仪的男人在中国的现实中又几乎没有。

并不爱看小说的她们中，估计有不少人读过《廊桥遗梦》这一册薄薄的美国小说，而且肯定有人感动得泪流满面。

她们中不少人对于自己的现存婚姻当成一种家庭义务和责任来维持。

她们对于当代青年男女间的情爱自由非常羡慕。但是一想到自己的实际年龄也就懒得离婚仿而效之了。她们常常顾影自怜叹息青春不再。因而尤其难以容忍她们的丈夫拈花惹草。

为家族的长富久安她们忘我地聚敛钱财。同时渐渐忘却了自己是女人，性情特征渐渐变得类乎一些“中性人”。

她们精明强干，发号施令之际气使颐指。动念一生，下定决心排除万难不达目的誓不罢休。声色俱厉。

这种时候她们使面对她们恭听吩咐的男人们一个个变得太像小女人，而她们自己则变得尤其像男人。

如果她们自己的家庭门第较悬殊地高出于她们的夫君们的家庭门第，则她们在“小家庭”中的地位形同女王。

维多利亚女王结婚不久便和丈夫发生了一次激烈的争吵，原因是讨论到当她的公婆身体欠佳之时，她究竟应该不应该主动前去问安的问题二人发生了严重的分歧。丈夫姿态傲然地离开了卧室，将自己关在他的书房里。维多利亚女王气冲冲地跟在他后面，用鞋尖踢书房的门。

丈夫高声喝问：“谁？”

她回答：“英国女王驾到。”

丈夫未开门。

她又踢门。

丈夫又问：“谁？”

她又回答：“英国女王。”

丈夫还是不开门。

等她终于有礼貌地、轻轻地敲了一下门，回答道："你亲爱的妻子，阿尔伯特。"丈夫才开了门请她进去……

如此这般的戏剧式"情节"，在她们和她们的夫君之间，肯定是经常发生的。不过，家庭门第低于她们的夫君们，显然不会像维多利亚的丈夫那么"威武不能屈"。因为那丈夫本身也是一位有资格继承王位的亲王，并不将"王"的地位看得多么了不起。

在"文革"中，她们中有些人由于命运的沦落，由于企图证明自己们与家庭的决裂，也由于被现实逼迫到走投无路的地步，曾一度下嫁给底层社会的男人。但这一种"历史性错误"，随着"文革"一结束，几乎都由她们自己理所当然地予以"纠正"了。随即她们也是理所当然地又将择偶的目光投向了门当户对的大院里，而在这个太有限的范围内寻找到两心相悦的真爱并不那么容易。"文革"后她们的婚姻在门当户对的大前提来看似乎都比较般配了，但这并没给她们带来她们所希望的幸福。而这一次没有"历史"的也没有"政治"的罪孽，完全是她们自己的责任了。

于是不禁使我们联想到托尔斯泰开篇于《安娜·卡列尼娜》这一部世界名著中的那句几乎人人知道的话——"幸福的家庭都是相似的，不幸的家庭却各有各的不幸。"

针对于她们，似乎反过来说更为恰当——幸福的家庭各有各的幸福，不幸的家庭却都是相似的。

是的，由于相似的背景，相似的原因，相似的情况，她们婚姻上的失败以及家庭生活的不幸福，也都自然而然地带有了相似性。

她们是些当代中国的"安娜·卡列尼娜"。

她们身边大抵也有"渥伦斯基"式的情人，他们未必是贵族之子她们也不在乎了。但敢肯定不会是平民之子了。她们不允许自己犯那么低级的"错误"。

她们内心里有"安娜·卡列尼娜"般的痛苦，但却不会陷于"安娜·卡列尼娜”般的绝望。

她们比“安娜”现实得多，并不非要求情人最终一定“升级”为丈夫。

她们也是绝不会卧轨的。因为她们实在犯不着那样。

何况现在中国女性们的流行说法是——真爱又如何？这正渐渐成为一种“主流意识”，“主流境界”。

这为她们在观点上树起了旗帜。

作为女性，比起她们的兄弟，她们的性别劣势也是显而易见的。他们娶一个比自己年龄小很多的“小家碧玉”，或“文娱圈”里的“娇俏女娃”为妻，似乎不足为怪。在后者们，还是幸运，还是荣耀，还等于一辈子有了依赖。而她们若和每个月仅有几百元的最高一千多元的“次阶层”男人结为夫妇，不但他们将不知如何做丈夫才好，还将连带得她们自己的身份随之骤跌。

这是她们顾此失彼的两难之境。

一八七七年四月一日，小乔治亲王写了一封信给他的祖母维多利亚女王：

亲爱的祖母：

昨天我看到一具好看的木马，想买下来。但我没有钱，请您给我一英镑好吗？

您的孙儿乔治

女王回了信：

亲爱的孩子：

你的信证明，你还不太懂各种东西的价值，这不好。你应该学会懂得这一点了，而这是人生相当重要的一点，对于你也不例外。等你真正懂得了这一点，就不会再写信向我要钱买什么玩具之类了。

你的祖母维多利亚

几天后，她又收到了孙子的信：

亲爱的祖母：

我十分感谢您对我的教诲。您的信促使我对各种东西的价值进行了有益的思考。思考的结果是——我把您的信以两英镑的价格卖给了一位收藏家。这样我不仅得到了我喜欢的木马，而且剩下一英镑。您认为，我是否已经真正懂得了各种东西的价值呢？

您的孙儿乔治

以上一则逸事，又好比她们对她们的父辈，在价值观念方面的“推陈出新”的“修正”。

公而论之，她们的父辈们，亦即那些曾经在中国共产党党旗前庄严宣誓，要“全心全意”地为中国人民“服务”一辈子的革命老人，对于子女们的教诲一向还都是比较符合革命者们“先天下之忧而忧，后天下之乐而乐”的思想的。正如英国女王维多利亚对孙儿施以“节俭为荣”的教诲和影响一样。但无奈时过境迁，充当下一代思想教官的，不只是父辈母辈，还有时代，还有社会，还有形形色色的别人。父辈母辈们充当的思想教官，太具有理想主义的色彩。理想主义教育的成果，只能产生于理想主义为主流意识的时代。商业时代乃是主流意识为现实主义的时代。相比于现实主义，理想主义虽然色彩绚丽却未免内容空泛，所以它适合演讲家、鼓动家嘴上说说，不太能成为大多数人身体力行的情愿。而那大多数中，自然包括老一代革命者的儿子、女儿、孙儿、孙女们。

他们和她们，为了获得到自己们喜欢的追求的东西，卖父辈们的资历和资格，有时甚至卖他们的原则和尊严，正如乔治为了获得到他所喜欢的木马，以两英镑卖掉他的祖母维多利亚女王写给他的回信一样“聪明”。而且自以为和女王一样，从此真正懂得了各种东西的价值。某些老一辈革命者们的某些后代，卖给了的当然不是什么收藏家，而是卖给了商业时代，卖给了在商业时代必然成为主流意识的现实主义的交换法则。

于是，上一代坐“上海”、“伏尔加”、“红旗”，下一代、下下一代坐“公爵王”、“宝马”、“奔驰”等高级进口轿车。

上一代住大的或小些的四合院，并且尽量布置得朴素一些，以避免与人民的生活水准形成太远的距离。下一代、下下一代却动辄以百万几百万巨资争购豪宅别墅，且装修唯恐不奢华、不气派。因为他们和她们，是向西方贵族资产者们的生活水准看齐的。父辈们十之七八没有见到过，又由于有着革命者精神境界里的拒奢崇俭的支柱，因而没有横向攀比的目标，也不太会产生横向攀比的心态。他们和她们却不但见到过，而且身心感受过西方贵族资产者们的富贵生活。精神境界里既无原存的支柱，或虽原存过却早已折塌了，也就随心所欲没商量了。现实中既有横向攀比的目标，既有可以达到的捷径，又怎能不使他们和她们向往之追求之，不遗余力地去达到呢？

波斯王一世居鲁士大帝出身于平民，他的儿子从小为所欲为，不受约束。

有次儿子对他无礼，他训斥道：“从前我跟我父亲讲话，绝不像你现在跟我讲话的样子！”

小居鲁士顶撞道：“别忘了你从前只不过是平民的儿子，而我是居鲁士大帝的儿子！”

他们或她们的父辈们，其大多数从前只不过是些穷苦劳动者的儿子，是些放牛娃出身的人。而他们或她们，现在却是些名声显赫，职高权重，一言一行都对国家产生不可忽视的影响的人们的儿女，或地方首席官僚的儿女。

这一种代与代的区别，以及由此发生的思想的、观念的，物质追求与精神追求的离经叛道，非是谁的主观意志所能定向的。

任何事物都是有生命的，从爱情到一种思想到一个政党。而举凡有生命的事物，皆是有生命周期现象的。十二三年是普遍每一个人的生命的周期。两个周期交替之际，人的健康与病弱状态显明，思想的生命要比人的生命长久得多。它是精神生命界中的银杏树。尽管如此，既没有不死的银杏树，也便没有所谓不朽的思想。如果我们心平气和地想一想，则我们就不得不承认，某些堪称伟大却很古老的思想，对于我们当代人的头脑来说，其光耀已如遥远的银河系尽头的一颗颗星一样暗淡了。好比今天的孩子能立刻回答出“希瑞”是美国动画片中手持宝剑、跨一匹长着双翼的白色神马的女斗士，却说不出写过童话《海的女儿》的作家是谁，而且很可能根本就没听人讲过那一则优美又忧伤的童话。

新的思想的芽，通常都是生长在古老思想的干上的。

然而我不敢妄谈一个政党的生命的周期也许是多少年。

我只想说，它的腐败的严重，显然与它的生命周期有着一种内在的可能是必然的关系。正如人体的健康在生命周期交替之际最易受疾病的侵袭与危害。

目前，中共中央、中组部、中纪委联合颁发了有关文件，它将可能使子女直接或间接地借助和利用父辈的权力谋取个人以及家族财富的现象，受到一定程度的限制。

时间能使许多事情不再值得人们关注和论道。权力乃是与具体人的生命同在之物。

我们有充分的根据作如是之想：

十年二十年后，当一个人企图和另一个人成交一笔生意，一方如果说——“想必你已经知道，我是某某人的儿子或女儿”。又如果他或她的父辈早已随权而故。那么对方一定会感到讶然，感到说得唐突并且说得没有意义……

或者十年二十年后，当两个青年男女互相吸引。一方向另一方搭讪着说——认识你很高兴，请允许我自我介绍，我的爷爷是某某人时，那情形肯定也是极为滑稽可笑的。

在成熟的商业时代，政治权力，尤其人亡而易的政治权力，根本不可能隔代产生将带来实际利益的神奇效应。

须知丘吉尔的后代和罗斯福的后代，都正在英国或美国的什么地方过着普通人的生活呐，区别仅仅在于，是普通的富人或普通的平民。除了目前尚存在于少数国家的王室而外，世界上一切所谓名门望族的代的延续，几乎全都注定了是一个走下坡路的过程。

这乃是时代演进的法则。

匪兮今兮，亘古如兹。

我曾与一名北京的出租汽车司机就这一话题交谈过。

他说：“江山是人家的父辈们脑袋拴在裤腰带上打下的，中国人总得通情达理些，允许人家的儿女辈们沾点儿光是不是？如果连这也不允许，显得咱们中国人太不懂事儿了是不是？说到底，无非就是儿女们凭着老子们的权力地位，轻而易举地捞个几百万几千万的事儿嘛。只要别太过分，只要别太肆无忌惮，只要别太贪，适可而止，只要今后不再那样了，只要把经济真正搞上去了，能使咱中国老百姓的日子也一天天好起来，别弄得今天一批下岗的，明天一批失业的。人心惶惶，人人危机，对他们那点儿摆不上台面儿的破事儿，中国老百姓其实可以猫头鹰似的，睁只眼闭只眼，装成大傻帽儿，装成什么都没瞧在眼里的样子……”

我很同意那名出租汽车司机的话。

他的话最能体现普通的中国老百姓的大度。这一种大度在这个地球上也是不多见的。

所以我倒想向某些“老子”们的某些儿女们斗胆进言，若觉得活在中国的地盘儿上还不至于太委屈自己的话，其实是不必总打算随时往国外溜的。只要你们“自己人”不“修理”你们，中国老百姓是不太会碰你们一指头的。你们是完全可以在中国的地盘内悠然地做富人乃至富豪的。这可比在国外做富人或富豪更现实些。当然，唯一的前提是务必记取那一名出租汽车司机说的几个“只要别”。否则，你们应该明白，猫头鹰是有两只环眼都瞪圆了的时候的。那时它就会发出尖厉的叫声了。按迷信的说法，这隼禽一旦耸叫连声，便是不祥之兆了。真弄出什么双方都不希望发生的事，对你们，对中国老百姓，就都不好了！

阿弥陀佛，善哉善哉……

屈指算来，我这一本不三不四的书，出版已经十四五年了。此间，中国之变日新月异，经济发展突飞猛进。而权力的寻祖现象，也分明的越演越烈。当年的高级干部们，本身并不沽权于市，标价寻租。他们干不来那种勾当。即使他们出于私心提拔亲信，那也是绝不收钱的。当年“跑官”的现象照例也是有的，却不过就是带上礼品而已。礼品终究非是钱钞，也很少听说以名车、豪宅、别墅做礼品的事。故当年之“跑官”现象，毕竟还是有别于后来之买官卖官的。买卖个科级处级的行径，肯定也是难以杜绝的。但那类芝麻官职的买卖，是沾不上高级干部们的边的。

而今，却是“兄弟齐受贿”、“贪污父子兵”、官员与妻子或情人共同开拓权力寻租市场，“收拾金瓯一片，分田分地真忙”，买官卖官好商量，“遍地英雄下夕烟”。他们的腐败，早已成亲历亲为的事，亦算是“与时俱进”之一种了。

我曾被问及，何以不写“反腐小说”？是啊，我确实是很少写“反腐小说”的。出于反腐义愤，杂文是写过些的，但是小说，每一闪念，旋即摇头。因为权力寻租的方式，贪污受贿的花样，委实太超出于我有限的想象能力了。有所知时，每瞠目结舌。想象力太低于他们的现实操作经验，只能知难而退矣。

但有个问题我总是很困惑，一位高级干部，在职时大抵已将子女亲属的工作、生活安排妥当了，自己离休之后也能享很高级的待遇，不显山不露水地贪贿个千八百万的，够花就得了呀，为什么非频出大手笔，几千万几亿元狂搂不止呢？

后来我逐渐想明白，症结无非是一个“信”与否的问题。不是信仰的“信”，不是诚信的“信”，而是相信与否的“信”。

即——他们真的相信“中国特色的社会主义”是可持续的吗？

倘相信，自然便是有信仰的官员。

而有信仰的官员，那信仰，必定会多少削弱一些贪欲。

而他们的贪欲之大，只能证明他们是无信仰的。

他们在成为高级干部之前，最经常之事莫过于政治学习。何以学来学去，连“中国特色的社会主义”之可持续，竟然也还不能坚信呢？

是他们的头脑太愚钝，再好的主义也装不进去呢？还是他们其实太过聪明，自己们首先就从那“特色”中看出了毛病？

凡贪官，其实都不过是将做官当成一种“营生”。

营生营生，实乃为了生活得好而经营某事。区别仅仅在于，是苦心经营，还是靠表面文章来经营。不管哪一种经营，出发点都是以“我”的良好感觉为中心，以“我”的“利益最大化”为“基本点”的。由那“小我”而“大我”，自然仅能延及有血缘关系的人们，再大也大不到哪儿去的。

要使人们，包括身为官员的人们，发自真心地相信并拥护一种制度无可争议的优越性是不容易的。“加强学习”是一方面，制度本身之改革也是必需的。

贪官们无一例外地在法庭上自认“放松了学习”，他们隔三差五地就被集中起来学习一通，却还是没有解决好相信与否的问题，这很耐人寻味……

在中国的资产者阶层中，数量为多的是在中国的经济发展进程中抓住了机遇的人。

对于人，已有多种分类法。比如现实型的，或浪漫型的；激情型的，或理智型的；忧郁型的，或欢乐型的；以及按血型、血质、智商、基因等等的分类。最新的分类法是——心血管型的，或癌型的。心血管型的，是指精神长期处于紧迫压力之下的男女；癌型的，是指一些积郁成疾，抑而不渲的男女。这一分类法比较武断，而且令人沮丧。

对于中国的资产者阶层，我这里也可介绍一种简单的分类法——夸富型的，或隐富型的。当然，这种分类法，仅适用于他们中的某些人。对于这某些人，也不是非此即彼。但只要留意观察，却都不难从他们身上看出以上两类的特征。

夸富型的——唯恐人们不承认他们是“富豪”。很在乎自己是第几“富豪”。被承认是，或不被承认是，又似乎意味着他们的社会地位和全部尊严，得到或没得到普遍的公认。是第一或第二的区别，于他们，如同奥运会上的金牌或银牌或铜牌的区别。在常人们想来，已然是“富豪”了，干吗还非要争个是第几呢？常人们实在是难以理解的。而在他们想来，已然是“富豪”了，干吗不争做第一呢？好比参赛的运动员一般都想竞争到金牌一样。常人们觉得那是梦。他们觉得那不过是几级台阶罢了。即或常人们也认为那不过是几级台阶罢了，但同时又不禁的会想，那是几级多么难以跨上的台阶啊！而他们的想法却是——彼人也，我亦人也。彼能是，我何不能？

人都是或多或少有些攀比心理的。也可以说人差不多都是有些攀比目标的。常人自然的大抵总与常人攀比，与自己周围的人攀比。而他们的攀比目标往往是李嘉诚、是霍英东、是希腊船王或其他的什么商业巨子。那几级台阶对他们的诱惑，比一幢花园别墅对常人的诱惑强烈一百倍。他们是那么的希望被视为被称作中国的什么什么“王”。

如果他们感到他们的“富豪”地位还没被公认，或虽被公认了，却没被排在应在的榜上，他们的心理就会特别地不平衡。好比一位影视演员或歌手，自认为自己的名字当在“十大”或“二十大”明星之列，却名落孙山一样。这时他们就会通过媒介弄出一些响动，以期引起全社会的注意。哪怕实际上他们所获得的公认，并不像他们感到的那么有限，那么应该觉得委屈，他们也还是要煞费苦心地弄出些响动。他们从来不怕出名，弄出的响动越大越好，越引起社会注意越好，越出名越好。他们绝不是一些害怕为名所累的人。不认为盛名之下其实难副的感觉是不良的感觉，更不会因而别扭。

我这个写小说的人，不知怎么被挖空心思的出版界人士赐予了一顶“中国的巴尔扎克”的桂冠。某一时期内这七个字常印在我的书上。请求把我从这“盛名”之下“解放”了也没用，抗议也没用。以至于一个时期内，一从自己的书上见到这七个字，仿佛被电光击眼，脑仁儿倏地疼一下。倘朋友讨书，只得专选没有那七个字的相赠。当然现在我也习惯了。由习惯而麻木了，不那么娇气了，见了那七个字脑仁儿也不疼了，但心里却还是常感到份儿有口难言的别扭。

他们和我这个小说家是不太一样的人。

他们是要叮嘱秘书，将些个投其所好的人为他们所写的盛名之下其实难副的不三不四的文章从报刊上剪下来，妥善保留的，并在必要之时对人引用——某某报刊认为我是中国的什么什么。

这是中国的什么什么，一个时期内给他们带来的好处大大的。凭了是中国的什么什么，足以接近些想要接近的官员，足以当成一种信誉凭证，从银行贷出款来，或使商业合作者另眼相看。

所以，他们爱名的程度，是和爱钱的程度一样的。名在他们那儿，不是虚的，而具有实的性质。为了名，他们有时是很舍得花一些钱的。这体现为一种先期的商业投资行为，体现为一种个人的广告行为。

因为他们渴望不断提高知名度，需要不断提高知名度，故他们与某些文人、自由撰稿人、记者，乃至某些报刊，力求保持友好关系。

当他们觉得有必要替自己的名弄出些响动了，后者们招之即来。

他们有时为了他们的名，难免会意气用事，难免会由夸富而斗富，甚至，难免会私下里相互攻讦、触霉头、揭隐私。

隐富型的——这些人唯恐自己被视为“富豪”，唯恐自己的名字列入了什么“富豪”排行榜。他们倒不是怕受名所累，也不是承受不了盛名之下其实难副的那份儿别扭，他们的隐富心理，主要基于对自己的同胞的防范意识。基于对时代的不信任，基于对中国前景的变幻莫测的谨慎的看法，基于一种由中国近当代政治所传授给的自我保护的本能。

他们远避媒介。一切从业于媒介的人，以及一切与媒介关系紧密的人，都是他们本能地冷漠对待和小心应付的人。

一般情况下，他们绝不会自愿地在社会上弄出什么响动。

他们也暗中以他们认为适当的方式结交某些肯定有助于他们事业的官员，甚至结交得很深。但平时不会轻易地以自己和某些官员的特殊关系炫耀于人，也不会凡事都加以利用。好比在打扑克的时候，有些人摸到了王牌，往往用其他的牌将王牌遮挡住，还环顾左右，装模作样自言自语地问：“王牌在谁手里了呢?”他们深知王牌的意义，不到关键时刻是不往外甩的。

他们从不在交际方面浪费时间和精力。

他们的商业上的成功，也是一次次不显山不露水的暗中的成功。

他们似乎没有成为中国的什么什么的雄心大志。但是他们的商业眼光比“夸富型”的人们更为准确，商业头脑的反应也更为缜密敏捷。后者们每每什么都想做，但不知道先该做什么，看到别人成功自己怅然若失望洋兴叹后悔错过了机会；他们却非常清楚自己下一步该做什么，而且果断地悄悄地去做。

对于“富豪排行榜”之类，他们是嗤之以鼻的，深知那一套的不可靠。

他们每年的收入极为可观。而这一点便是他们的自信。做一个实实在在的大笔金钱的拥有者，比做一个全社会都知道的，而又盛名之下其实难副的“富豪”感觉更好，活得更轻松更潇洒——这便是他们的人生观。

他们往往不运作任何实业。他们往往只有名分上的公司。那类公司一般仅有数人，并且肯定都是他们最信赖的，对他们无比忠诚的，与他们建立起了唇亡齿寒的关系的亲友。而对于他们，有公司的最主要的意义是有账号。有账号金钱利益的获得就成了一件极便利的事。

其实除了他们自己，他们再很难信赖任何人。所以连自认为对他们最忠诚的人，都未必完全清楚他们的“商业秘密”。那秘密是他们的“黑匣子”，大抵是在他们“折戟沉沙”之后才被彻底开启。而其中所暴露的内容，又往往管叫那些自认为对他们最忠诚的人目瞪口呆，内容中肯定包括他们如何利用对他们最忠诚的人的情节，使后者们恍然大悟原来自己始终“与狼共舞”，悔恨交加。悔之迟矣，恨也白恨。

他们中又有人的公司其实只有他们自己。他们中更有人甚至连公司的名分也不需要。连转账这一金钱的拨付方式都拒绝没商量。他们觉得最万无一失的方式往往是——眼盯着成捆的钱塞入自己的皮箱拎了便走。这情形我们在许多电影中常见到，从前是在外国电影中常见到，如今在国产电影中也屡见不鲜了。当些个中国的编剧们在创作类似情节时，当些个影视策划人以及评论家在认真研究和讨论类似情节的真实性的时候，其实从南到北，这情形正在中国各地发生着。只不过不是发生在摄影机镜头前罢了，只不过交接那塞满了钱的皮箱的双方都非演员罢了。

如果说他们除了自己还真的信赖什么人，那人又几乎可以肯定不是男人，当然也不会是他们的妻子或女儿，更不可能是他们的母亲。几乎注定了必是他们的情妇无疑。

“信赖”是一个有永远的恒定数限的词，它在任何时候、任何情况之下，针对于任何具体之人，其数限都永不可能小于一，它只能等于一或大于一，它绝不至于等于零。“信赖”乃是体现为人心的一种近乎本能的需要。好比一个人要活着，他的肠胃最起码需要一个面包或一个馒头，外加起码一碗水。一个真的连一个人都不信赖的人，便会连活着都觉得没多大意思了。一个连活着都觉得没多大意思了的人，对金钱也就缺乏积累的意识了。

而他们都是些觉得活着很有意思的人，甚至可以说都是些热爱生活热爱生命的人。

对于他们，能在这世界上还信赖着一个不是妻子不是女儿更不是母亲的女人，也就足够维持他们的心灵的需要了。

所以在他们的名字被写上公检法机构的立案卷宗以后，使他们的“灰色人生”最终画上句号的，也往往是女人。于是关于他们的案卷中，差不多都记录着一则充满了种种欲望色彩的爱情故事。其基本情节类似电影《尼罗河惨案》或《阳光下的罪恶》中的同谋男女，其基本主题是——“真爱又如何?”

他们是中国当代最有活动能量，最策划缜密，最胆大心细的一批“灰色收入”者。

在当今世界上，以往十几年来，中国也许是为“灰色收入”者们留有最多隙机可趁的国家之一。目前可能仍是这样的国家之一。

许许多多的中国人都是有“灰色收入”的。这乃是中国的一个公开的秘密。有些是合法的，有些是合理的，有些是合理不合法的，有些是合法不合理的，有些是不合法也不合理的。

我在某些场合不期然地接触过一些专善于替他人拉赞助的男女，他们或她们每年以“吃回扣”的方式获得的“收入”，大抵可买一幢别墅。

据我所知，“回扣”的最高比额竟达百分之四十。甚至一半对一半，乃至倒“四六”。

他们——我们这里所分析的“隐富者”们，当然也是深谙此道的。

不过他们并不仅仅专一于此。

以往十几年来，他们还是一些倒卖商业批件过程中的“二传手”。

他们中的大多数，一般并不能直接获得与巨额金钱等价的批件。但经由他们的暗中运作，能使批件本身翻倍升值。所以拥有批件在手的人，往往不但需要他们这些“二传手”，而且不能不重视他们的存在。

他们还是些走私商的合作伙伴。

总之，他们的“灰色收入”，十之七八是通过不合法也不合理的方式获得的。一个商业头脑卓越的中国人所能想到的一切可趁之商业隙机中，都留下过他们游刃有余的，进退自如的身影。

他们还是些高明老练的“洗钱”能手。

雇用他们“洗钱”的也当然皆非等闲之辈，其中不乏以权谋私的官员和损公肥己的国有企业的高级管理者。

他们的存在，与腐败有着休戚与共的关系。腐败借助于他们的“有偿服务”更加腐败。而他们本身的存在即意味着是腐败的催发酵母。好比真菌与脚气病的关系。

他们的身份形形色色，五花八门。有的有颇为体面的公职，有的不需要有公职，在“道”中已是名人。好比江湖杀手在江湖上已闯出了大名声。谁需要他们，只需出得起重金，通过“道”中的关系网，便能将他们引荐到自己跟前。

即使我这个写小说的人，即使我这个以很正统的观念确立社会关系的人，即使在今天，如果我想借助于他们的“服务”并且出得起重金，如果我确有一条发财之路指给他们，并有意与他们共谋取之，我也是不难找得到他们的。只要不是图财害命、杀人越货之事，只要钱数诱得他们动心，只要他们觉得策划得很缜密，觉得有成功的把握，他们都是敢做的。

《水浒传》中有一章写的是《智取生辰纲》。

他们中某些人，如吴用、晁盖、公孙胜，乃是他们中的一流人物。

他们中某些人，如刘唐、阮氏三兄弟，胆大于智，乃是他们中的二流人物。

他们中某些人，如白胜，乃是他们中的小角色，三流人物。

猫有猫能，鼠有鼠道。一流人物做一流之事，小角色有小角色眼中的隙机。

他们通常并不合起伙儿来，互相也不发生瓜葛，独往独来地在大千世界里各行其是。

而若他们一流二流三流人物串通在一起了，报刊上其后便有惊心动魄的“故事”了。

他们所“劫”之“生辰纲”，大抵都是来源于公有体制内的钱。当然他们并不于光天化日之下明火持杖提刀舞棍地“劫”。那是亡命歹徒们的行径。他们与亡命歹徒们不是一路人，不能混为一谈相提并论。他们是“君子爱财，取之有道”。他们善于“智取”，最起码也是“文取”。一旦得手，也如晁盖们似的，作鸟兽散，分头隐居起来。一挨风头过去，相安无事，以另一副面孔出现，按各自的不同喜好，从容潇洒地享受各自瓜分到的“胜利果实”。由于往往有贪官污吏参与其中，被收买了存心制造似乎既合理又合法的机会让他们去钻，所以国家的钱明明被“劫”了，往往还糊里巴涂的，搞不清楚“流失”的真正原因。所谓“国有资产流失”这一事实，有相当一部分十几年来是被合理合法地里应外合地“劫”走的。中国太大，国有资产巨细并存，仿佛一个永远也清理不详的没有尽头的仓库，又处在“双轨制”的时代，一忽儿公化私，一忽儿私挂公，分分合合，一部分流失到他们的口袋里，倘无人洞察、无人怀疑、无人举报，“流失”了也就“流失”了。这“一部分”，按照道德评判的尺度是“靠不诚实的劳动”巧取暗攫的；按照法律裁决的条文数额往往是巨大的；按照时代演变的规律，却又不得不承认，乃是发生在一定规则逻辑之内的现象。针对于具体的国营企业和单位，往往是所有脑力和体力劳动者月工资甚至年工资的总和，甚至还要多，但若针对于国家而言，又不过是九牛一毛而已。

他们的“智谋”，很难在私营企业或外企那儿获得成功。比之国营企业和单位，私营企业主和外企资本家的钱柜是靠比他们更聪明的头脑为锁的。绝不是那么轻易就会为他们打开的。

由于他们大抵没有权势靠山，一旦被法网罩住没有谁会义不容辞想方设法地搭救他们，其下场往往是“一失足成千古恨”，所以他们都是些心态过敏，看社会看时代看他人的目光极冷的人。这冷中又自有着他们的一套深刻。

他们敌视那些靠权势背景一次次得意而又轻而易举地成功的人。与后者们相比，他们自己的成功带有太大的冒险性和侥幸性，是火中取栗之事。一有机会，他们便以刻毒的话辱骂后者的娘和祖宗八代。这一种辱骂包含着用文字难以表述的嫉妒和替自己所抱的不平。当然，又只能是背地里的辱骂。因为，他们的存在方式决定了，他们少不了也是要与后者们打交道，互相利用的。在这种时候，他们内心里想要不卑不亢，想要平起平坐，却又办不到。因而，不但暗生自己的气，对后者们内心里的敌视，便又增加了几分。

他们逍遥于法网之外的时候，其实是些完全不被社会所注意的人。他们只能以这样一种存在方式而存在。因为他们一旦被社会所注意，他们的存在方式的实质就暴露于社会了，也就没法儿悠然地存在着了。然而他们中的某些人，其实也是很想引起社会注意并供人们谈论的。对于那些不时在社会上弄出些响动，已然使自己具有了新闻色彩的“富豪”们，他们的嫉妒也是超过于寻常百姓的。他们认为那些“富豪”们才真是本时代的既得利益者们，而自己们并不是。想引起注意引起谈论而不能为不敢为，他们的内心里就不但满怀着嫉妒，满怀着符合他们逻辑的愤世嫉俗，而且经常的状态是颇为寂寞。

在有权势靠山的人们面前他们没法儿摆脱骨子里的自卑，但却一点儿也不给予尊敬。那一种尊敬表现了也是装出来的。在物价一涨心慌意乱的寻常百姓们面前，他们由于自己已经是仅次于“富豪”们的人了而优越无比，但却一点儿也不给予同情。那一种同情变为了行动，目的也不过是为自己体验一份儿快感，与慈善心肠是无关的。

他们虽然不至于也敌视百姓，但看百姓们的不幸遭遇时目光是冷的。他们总在想——我一旦被宣判有罪，甚至拉赴刑场执行枪决，百姓们必是夹道乐观，拍手称快的。

因而他们又常感自己们是本时代的孤儿，姥姥不疼，舅舅不爱，不定哪一天就成了过街老鼠人人喊打。

所以他们身边总有至少一个不是妻子不是女儿更不可能是母亲的女人与之心心相印，又是那么的合乎人性。

他们中的二流三流人物，亦即刘唐、阮氏三兄弟及白胜式的人物，为了克服自己内心里那份儿孤寂和人生的不安全感，既不但需要至少一个与之心心相印的女人的慰藉，还往往从“中国特色”的黑社会那儿购买关怀。而且，也只有黑社会才卖给他们某种他们所需要的关怀。

所以，谁如果真的对他们构成了莫大的威胁，谁的人身就处于黑社会的报复计划之中了。轻则要你的一只耳、一只眼、一条胳膊或一条腿，重则要你的命。

与“夸富型”的人比起来，他们不炫耀、不张扬、不镀名饰姓，仿佛壁虎似的隐存潜在于芸芸众生之中，是些“陌生的人”。他们虽不像“夸富型”的人那么喜欢时不时弄出响动，引起社会的注意以及人们的讨厌和嫉妒，但却可能比前者们具有危险性。尽管他们的危险性往往是出于自我防卫而不是出于主动攻击。他们一旦弄出响动，那响动可就必然散发着血腥气了。

谁如果有兴趣，到全国各监狱采访一番，准会发现些在押的他们的同类。十几年来，中国一茬茬儿地滋生着他们，也一茬茬儿地铲除着他们。总的趋势是，铲除多于滋生。当法制越来越健全，他们也就越来越“英雄无用武之地”了。

但是所铲除的，十之六七还是他们中的三四流人物。他们中的一二流人物，文明地存在于当今的不少。在中国的这里或者那里，较安分守己地过着自认为仅次于“富豪”的生活，或者变成了当地富有的社会“贤达”。对于他们的富有程度以及富有过程，许多喜欢刺探别人隐私的男女，将在较长的时期内当成一个谜而进行种种的谈论与推想。他们对于自己的富有程度，也将一如既往地守口如瓶，秘而不宣。他们对自己的富有过程却开始变得不那么谨慎回避了。他们会讲些颇为引人入胜的故事满足某些人的好奇心；或与房地产有关，或与股票有关，或与什么鼎力相助的“命中贵人”有关。虚虚实实，真真假假，“假作真时真亦假”。不消说，都是他们替自己编的，带有“演义”性和戏剧性。

尽管他们的智商堪称一流二流，但毕竟的，时代留给他们可钻的隙机是越来越少了。企图再做得天衣无缝不露破绽，实在是不那么容易了。他们又都是些较冷静较明智的人，并不觉得自己比时代更高明，一味儿逞能地与时代叫板。

他们大抵已“退出江湖”、金盆洗手了。他们既能正视现实，承认时过境迁，世不由己了，也都普遍地感到自己“廉颇老矣”。“退出江湖”才备觉“江湖”险恶。一方面较心安理得地享受自认为仅次于“富豪”的后半段人生，另一方面欣慰于自己的幸存。这一点使他们由衷地感激中国，感激“恩赐”了许多隙机使自己成功的以往的十几年。

他们是一些不太需要教化也挺“爱国”的“爱国主义者”。

金钱在他们身上发挥了“功德圆满”的影响，而这不能不说也算是金钱作用好的一面。

谈到“改革开放”，他们的拥护之情溢于言表。

谈到“腐败”，他们则就不免地态度暧昧了，起码是言词温和，不露锋芒，有所保留。

他们轻易不肯重操旧业。金钱对他们的诱惑力已不像从前那么巨大了。因为如今的他们已不太缺钱。他们很怕因为一招棋失算而连眼前的已有一并地统统断送了。当然，能获得较大宗的钱的机会明摆着，他们也还是会动心的。钱之对于他们，如同女人；对于已有三妻六妾的男人，虽然好色之心不泯，但若冒倾家荡产的一份儿险，他们是万万不干的。冒险的激情已被审时度势的理智与冷静所代替。

有一年，在南方某中等城市，我“有幸”被请到他们中的某一位家中做客。那是地处市郊风光优美处的一幢漂亮的别墅。是一辆“奔驰”将我从宾馆接去的。院子很大，有露天游泳池。车上，陪我前去的当地作家悄悄告诉我——他实际上有三个妻子。另外两个，一个是他年轻貌美的妻妹，俗称“小姨子”者是也；另一个是有异国姿色风情万种的马来西亚姑娘。妻妹做他的管家。马来西亚姑娘善按摩，除了亦充当他的性爱伴侣，还充当他的保健医。她们竟能平等而又和睦地亲处，常年相安无事。

当地的作家朋友悄悄告诉了我之后，叹曰：“有钱真他妈的好哇!”

高墙上爬满藤类植物，油亮肥大的绿叶在七月的夕阳下闪闪发亮。院门是欧式的双开铁栅门。为我们开门的是一位留一绺花白山羊须的老佣，穿明末清初的对襟褂子，但脚上却是一双皮鞋。

当地的作家朋友又悄悄告诉我——那老佣是他妻子从家乡接来的远房亲戚。他妻子祖籍河北沧州，亦即林冲火烧草料场那个古县。那古县至今仍有武术世家的传人。而那老佣的一身武功也很了得，可用柔软的柳条为矛刺穿人的胸膛。我虽姑妄听之，心里并不是那么信，但也不禁地对那老佣刮目相看起来。

游泳池中，一女郎正与两只大狼狗戏水玩耍。

当地的作家朋友说，女郎便是他的妻妹。

“奔驰”绕行至别墅门廊前停下，主人夫妇迎了出来。男主人身材比我略高些，也比我胖些，和我年纪相仿。但脸上却几乎全无皱纹，面色光润，白里透红，红里透粉，一张养颜有术的女人的脸似的。女主人的个子却明显地高于我，尽管穿着拖鞋，看去也有一米七五左右。四十余岁，微施粉，淡描眉，浅涂唇，初见之际，使人觉得仿佛才三十几岁。坐定之后再看，才看出眼角已有了细细的几条鱼尾纹。

他们那客厅，使我联想到了导演李少红新拍的电视剧《雷雨》中周宅的客厅。不过因大屏幕电视、组合音响、冰箱、金属框壁画等等现代东西的存在，显得比周宅的客厅多些生气。不协调的是，在客厅对应的两隅，摆着一人高的木雕观音和关公，并且香笼中都有香在袅袅地飘出着，气味儿异芳。

一盘盘水果是早已摆着的了。他的马来西亚“妾”，很及时地出现，笑盈盈地为我们一行四人沏茶。她才二十六七岁，身段丰满，模样妩媚可人。脸上洋溢着幸福的神采。

他的妻子对她低声说：“你陪孩子玩儿去吧，客人们由我来招待就行了。”

于是她温良地躬身退去，直至我们离开，再没露过面。

女主人虽然四十余岁了，却一点儿也没发胖，身材仍很苗条。不知是先天基因决定的，还是后天健美与节食的结果。她亲自为我们削水果皮。比起她的丈夫，她话不多，俨然一位礼节性作陪的外交官夫人似的。

我预先早已了解到，她是中国粉碎“四人帮”后某外语学院的第二届毕业生，英语程度较高。至于她和她的丈夫究竟是怎么“有缘千里来相会”的，则就连陪我同去的人也说不清了。反正据他们预先告诉我，以往十几年中，她一直是他的高参。

我们去他家其实没有任何明确的目的性，无非是当地三位热心朋友，非建议我务必结识一下他们当地的“名流”。在他们，他的家似乎更意味着是当地的一处“景观”。仿佛不引导我“到此一游”，是他们没尽全地主之谊，是我难以弥补的遗憾。

我暗觉我们的造访其实带有点儿强加于人的骚扰性，心态拘谨，一时不知该与主人夫妇攀谈些什么才好。幸而男主人表现得颇为热情，寻找种种话题与我这位远道而来的生客主动言说。但也不过就是南北气候的差异与当地风土人情的话题，漫无边际而又彼此带有试探性。那样的攀谈两三个小时内双方也是难以接近一步的。又幸而同来的三位是常客，高谈阔论中不时地插科打诨，倒也将气氛营造得怪热闹的。

其间他的妻妹仅着三点式游衣，浑身水淋淋地由我们面前穿堂而过，被两条狼狗追逐着奔上楼去。狼狗耸毛几抖，水珠落了我们和主人夫妇一身。他们司空见惯，彼此笑笑。我也佯装见怪不怪，顺口夸两条狼狗雄壮。男主人替它们谦虚地说，它们被宠坏了，太没规矩了。

忽而他的妻妹下楼了。“三点式”外，只不过又加了件无袖无领的薄绸袍，袍带扎得随意而又宽松。白皙的颈子连同一部分胸口半裸着。她嚷嚷着要大家都唱歌，小女孩儿般地任性模样显得天真烂漫而又性情放纵不羁。我暗想被宠坏了的，看来非是他家的两条狼狗，而是他那身份同时是“妾”的妻妹。

于是开了音响和电视。大家都伴着歌带一展歌喉。我在盛情难却之下，也唱了一段《年轮》插曲。获得掌声最热烈的，当然还要数他的妻妹。男主人唱得来了情绪，扯过妻妹，合唱了《今夜想你》和《爱到地老天荒》。

他们并头唱时，我又联想到《金瓶梅》这一部书，联想到西门庆。觉得这位年龄和我相仿的，自认为仅次于“富豪”的中国男人，正过着和西门大官人差不多的生活。同时联想到席勒的一句名言：“一切不正当的事情如果受到的仅仅是羡慕了，那么就会渐渐变成似乎纯粹受羡慕的事情。”在中国，许多不正当的、不正常的事情恰是如此。

众人都唱够了，另外三位客人中的一位又提议看一盘影碟。看的是《这个杀手不太冷》的原版影碟。主人夫妇看过了，请求恕不奉陪，一同到院子里游泳去了。男主人的妻妹虽也看过了，却情愿陪我们再看一遍。虽没中文字幕，有她从旁讲，情节不难明白。

三位同来者一边看，一边向她介绍我写过些什么书，编过些什么电视剧。她说她都看过，都爱看。但是我觉得她分明在说违心话。也许她在上中学时仅看过《这是一片神奇的土地》。

她却看过王朔的不少小说和电影电视剧。扳着指头如数家珍，不停地问我关于王朔的近况。看来她崇拜王朔时已久矣。这使我多少有点儿不自在。也使陪我来的三位很是替我感到尴尬，有意将话题由王朔一次次引向梁晓声。而她却其情独钟王朔，抓住机遇，不向我这位北京来客将王朔打探得一清二楚不肯罢休似的。

我问她喜欢王朔作品的哪一点?

她偏着头略一思索，脱口道："就喜欢王朔作品中怎么想就怎么活的真实。"

随后又补充了一句："达不到那个境界的读者，也就没法儿领略那份真实的价值。"

她告诉我她曾考上过南开大学中文系。可没毕业就离校了。前来为她的姐夫管理一个私营的小包装纸盒厂。据她自己说效益还不错，每年五六十万利润。她说她当年离开"南开"时认为，管理一个小包装纸盒厂，根本无需大学文化程度。她一点儿也不后悔当年的决定。说她姐姐和姐夫，都不主张她往大了经营往大了发展。无非是使她有件事儿干罢了。她说她的想法和她姐姐姐夫的想法完全一致。说她一个星期去厂里一次，看看账，监督监督质量就行了……

看完了《这个杀手不太冷》，就到了吃晚饭的时间了。家里雇了位一级厨师，有一间专门招待客人的餐厅，装修规格很上档次。我们入座时，酒已开瓶，头儿道佐酒冷盘已摆好。

那一顿饭边吃边谈耗去了两个半小时。如今回忆，当时谁说了些什么已完全记不清。连自己当时说了些什么都记不清了。唯对男主人当时说的一句话和发的一席高论记忆犹新而且仍觉深刻。

他那句话是——"不瞒诸位，过去若干年里，经我手所'洗'的钱何止一亿二亿!"

他当时说罢，在自己目光的注视和众目所望之下，将伸在面前的双手缓缓翻转了一次，仿佛是在展览他的双手似的。他的表情中，有一种检阅自己辉煌成就般的骄傲意味。而我等的表情中，则都有一种肃然起敬的意味。

他的妻子那时就蹙眉责备他：“别再喝了，喝点儿酒就开始胡说八道。”

他那一席高论是——“人在贫穷的时候对金钱的需求意识往往是最现实的。一文不名的人梦中捡钱，捡到的只不过是一个鼓鼓的钱包罢了。一文不名的人没法儿不做钱的孙子。挣钱很不容易的人也几乎没法儿不做钱的儿子。只有挣钱不太难，而且已经挣下了很多钱的人，才有可能和金钱之间达成某种较为平等的关系。类于品貌、才能、年龄、社会地位和门户相匹配的夫妻之间的关系。而在中国，在目前，一个人有了一百万或几百万，你会感到你是金钱的爸爸。有了一千万或几千万，你会感到你是金钱的爷爷。做金钱的爷爷，是人和金钱之间最优越最良好的关系。这种情况之下金钱完全是为你服务的。人是主，金钱是仆。处在中国，一个人的消费方式毕竟是局限的。你不需要有私人飞机和游艇。一幢漂亮的别墅，一辆名牌汽车，加起来不过几千万的几十分之一罢了。而你所拥有的钱，一旦超过了几千万，人和金钱的平等关系就又被打破了。交给别人管理你不放心，自己管理你就得为钱操心。你唯恐它贬值，于是你思考着投资，思考着怎样使钱生钱。一个人的钱多得超过了一定的限数，钱就成精了，有魔力了，它会以它自己的语言一而再、再而三地怂恿你用它去变更多更多的钱。那时你已不是因自己消费的需要去动用它。你不知究竟为了谁、为了什么才想要用它变更多更多的钱。但它已开始左右你的活法，左右你对它的价值的看法了。于是钱为主，你为仆了。你无形中变成了钱的儿子。你的钱再多，多到一亿几亿，实际上你已经差不多又是钱的孙子了。而且你与金钱之间这种颠倒的关系，几乎终生都难以再改变了。世界上所有的亿万富豪，几乎都无可救药地是钱的奴仆，钱的孙子。他们没法儿不为他们的金钱几十年操心如一日。这种操心往往一直至死。死前还要立下一份遗嘱，确定他所拥有的钱在后人之间的分配。甚至弥留之际，咽最后一口气前，还要挣扎着修改某一项遗嘱，并按上自己的手印……”

他慢条斯理地说时，我等众人，包括他的妻子，都一声不响地做出洗耳恭听的样子。由于他说得那么严肃认真，连他的妻子似乎也不便打断他，怕惹他生气似的。我等众人，当然是一边聚精会神地听，一边点头不止。仿佛经他指点迷津，顿时的都茅塞顿开似的。尽管我等众人，其实此生谁都不会有做钱的儿子甚至孙子的运气。而他，则一副钱的爷爷的至尊无上的姿态。

他问我——美国有一部早期的经典影片《公民凯恩》知道不？

我说知道——那部影片讲的是美国的报业大王“凯恩”，临死前说出了一个令许多人都大惑不解的单词“蝴蝶”。后来由一名女记者几经周折，终于揭开谜底——原来他死前所想到的，可能是他在穷困的童年时期玩过的一辆雪橇，而那雪橇的商标是“蝴蝶”。

他又问我——你认为或许是什么原因，使《公民凯恩》这部早期美国影片，半个多世纪以来一直名列次次十大经典影片之首？

我被问得一怔。因为这个问题我从来也没认真想过。我支支吾吾，无从谈起。

他微笑了一下，以非常之自信的口吻说——我认为，或许是因为这样的原因：影片中那个叫“凯恩”的报业大王，是古往今来一切资本家中，唯一一个死前所想与他所拥有的金钱毫不相干的人，一个在死前几分钟内才摆脱了自己是金钱孙子的角色的人。而这样的资本家，往往只能出现在小说或电影中，在现实生活中几乎绝无仅有。我想，美国人正是冲着这一点，才始终将《公民凯恩》列为经典的吧？这不是也符合“源于生活，高于生活”的理论么？我不太懂啊，班门弄斧了。我是外行，你是内行，我是姑妄言之而已，你们都姑妄听之吧，见笑见笑……

我当然不完全赞同他的话，但是又觉得他的话有一定的道理。

我说：“你的看法很独特。不妨尝试当一位业余影评家。”

他又微笑了一下，谦虚地说：“我可不敢生此念。我刚才那番话也主要不是在评论一部电影，而是在谈人，具体地说是在谈资本家们和他们所拥有的资本的关系。一位资本家的资本，既是他脚下所伫立的阶石，其实也是他背上所负的十字架。他站得越高，他背上的十字架越沉重。要不怎么说‘高处不胜寒’呢？几乎所有的亿万富豪，最终都为他们所拥有的金钱而付出了代价。那代价就是由于对他们所拥有的金钱几十年如一日的操心而减寿……”

同为客人的另外三人中，有一个忍不住高声发表异议：“你这纯粹是仅次于富豪之人的奇谈怪论！生活中又有多少人在因贫困而几十年如一日地、无望地为钱大操其心啊！那也同样会生癌会减寿的！”

又一个说：“他的话是得了便宜又卖乖！我只听说过因为穷而愁死的，从没听说过谁是被富折磨死的！”

第三个以可怜兮兮的腔调接着说：“上帝啊，请也赐我被亿万金钱的十字架所压迫的苦难吧！”

于是众人，包括主人夫妇皆大笑。

而我却联想到了一则外国幽默：

一个人诅咒上帝的不公平。

上帝降临了，问他究竟有什么不满的？

他说：“为什么您使有的人那么富，而使有的人像我这么穷？”

上帝回答：“其实在最宝贵的东西方面，我给予世人的差不多是一样的。难道你不承认‘一寸光阴一寸金’吗？”

上帝的话音刚落，那人迫不及待地大叫起来：“是的，我承认我承认。既然它们是等价的，那么务必请您从我这儿收回去一百寸光阴，替我从富人那儿换一百寸金子吧！因为我不在乎减少了一百寸光阴，正如富人们并不在乎减少了一百寸金子啊！”

当“奔驰”送我们驶离那幢花园别墅，我不禁扭头从后车窗回望——静谧的，水银也似的月光下，花园里树影婆娑，充满南国的曼妙情调。别墅彩灯初亮，交相辉映，泄照出一派旖旎的温馨。

我暗想，这些个仅次于“富豪”的人们，的的确确是应该对以往的一个时代感恩戴德的啊！

现在，让我们来谈谈另一类人们。亦即那些非是凭着权势背景，非是凭着稍纵即逝的机遇，更非是凭着“灰色潜能”聚敛起了“灰色财富”——而是砺砺矸矸，筚路蓝缕，百折不挠，坚韧挺进地加入了中国资产者阶层的人们。

我对他们一向是怀有大的敬意的。

他们，只有他们才是，而且最应该是“改革开放”这巨大产床上接生下来的健美婴儿。他们中不少人，十余年间，已由婴儿成长为“英俊少年”了。

在我们中国，对于凭着权势背景“先富起来”的些个人，我一向是持批判态度的。只不过这一种批判态度，目前已变得由尖锐而温和，由激烈而含蓄，由毫不动摇而左摆右晃了。因为正如我前边谈到的，中国有中国的国情。父爷为官，儿孙得利。这是中国古往今来的规律。这规律产生的基础乃是封建法权的系统构架及其残余支柱。民主政体不至，此规律难破。某些共产党人的自我约制，虽堪称典范堪成楷模，毕竟的只不过是个人的道德完成，并不能改变规律仍以规律的惯力导致现象的存在。因而存在的从规律性上去认识，几乎是合理的。人不可能要求物体在自然光下没有影子，不可能要求海鱼没有海腥味儿。

林肯在“答美国纽约工人联合会”的演讲中说过：“一些人注定的富有将表明其他人也可能富有。（这种对财富的追求）将对我们的企事业产生巨大的推动力。”

某些中国人也说过和林肯这句话的意思差不多的话。但如果将林肯话中的“一些人”，与靠着权势背景富起来的中国目前的“一些人”相提并论，则其谬大也。他们的存在，绝对不表明“其他人也可能富有”。

而对于某些靠机遇富起来乃至成为所谓“富豪”的人，爱默生的一句话说得相当精妙：“机遇其实不具有任何规律性，它不仅属于极少数对它有所准备并善于一把抓牢它的人，也往往属于某些命中注定与它有缘的人。它通常是带着可望不可求的偶然性降临在人头上的。否认这一点将无法解释清楚——为什么一个一辈子守着轮盘赌的人最终仍是穷光蛋，而一个仅进过一次赌场的人，却转眼间带着获得的一百万赢码离开了。”

令我一向怀有大的敬意的人们，如果说他们也有什么机遇可言，那么除了是同样降临在所有中国人头上的“改革开放”这一种机遇，不再是任何其他意义上的机遇。

他们最终成了中国资产者中的一员，大抵靠的是白手起家，渐渐从小本生意发展壮大的曲折过程。他们中相当一部分人，原本不过是些普通的工人、农民、脱去军装复员的下级军人，甚至是一些失业者，某一个时期内几乎途穷路末的人。他们的成功非是“交好运”的结果，而是与命运抗争的结果。

他们的产生和存在，使中国的“改革开放”不至于变得像是一部仅仅由《百万英镑》式的喜剧和《钦差大臣》式的讽刺剧“编辑”成的、充满了“拍案惊奇”情节的通俗又肤浅的畅销小说，而具有了一些应该具有的凝重感、庄重性，以及令人欣慰的乐观。

否则，“使一部分人先富起来”这句话，便不过是对某些靠权势背景、靠“灰色潜能”、靠闪烁着戏剧色彩的“幸运的雨点儿”而发迹的人的陈旧故事的“内容提要”罢了。

他们的产生带有空前活跃的原发性。

他们的存在证明了时代即是他们的阳光，即是他们的水分，即是他们的土壤。只要归还这样的一个时代给他们，对于他们就足够了。他们并不需要比别人更多的、另外的、在他们看来是非分的东西。只要给了他们起码的条件，他们就能靠自己的奋斗获得成功。

在中国的许多城市、许多乡镇、许多农村，他们发展个人财富的作为有声有色，方兴未艾。

他们不是靠在国外代销别人的产品起家的，而是靠生产和四处推销自己的产品或靠显示自己的行业技能的竞争力渐成气候的。

温州当年曾有一条“纽扣批发街”，号称中国第一街。比之房地产，纽扣的利润又是多么的微不足道。但房地产只能使极少数资本雄厚的房地产商大牟其利。而“纽扣批发街”却奠定了许许多多小百姓以后在商业时代发家致富的资本基础。

一个国家、一个时代，“缔造”了十个指头数两遍就数得过来的些个“富豪”，实在没什么特别值得夸耀的。

所有的国家、所有的时代在这一点上都是相似的。

一批穷人的命运的改变永远比几个富人的产生更值得一个国家或一个时代欣喜。

正是纽扣或类似纽扣的小商品构成的繁荣的小商业景观，使相当一批不靠权势背景，不靠“灰色潜能”，命运中也没有什么吉星高照过的小百姓，一批批地发展为中国的小业主。他们中某些人，如今脱颖而出，成了中国“改革开放”以来的第一批私营企业家。他们不但壮大了中国资产者阶层的行列，而且使这一行列令人最初大不以为然的成分有所改观。渐渐削减了中国人对它的嫌恶心态，渐渐修正了中国人对它的不太正确的看法，渐渐使中国的其他阶层能够与之和平相处了。

他们的资本，少则几百万，多则几千万。几百万的，虽然也可放在中国资产者阶层的最低档次的一个群体加以评说，但我还是更愿将他们归入中国中产者阶层中去进行分析。因为资本的有限，分明的，使他们身上中产者阶层的特征更显著些。

那些多则几千万的，乃是些名副其实的个体或曰私营企业家。他们的分布情况，沿海省份多于内地省份，南方多于北方，乡镇及中小城市多于大城市。在南方，尤以长江三角洲经济最发达地区分布为多。大城市不太适合他们的存在。他们对这一点的认识也很明智。他们的目光虽然也经常觊觎大城市的大市场，但是普遍地缺乏胆识、缺乏自信去长驱直入进行占领。归根结底，乃是因为他们拿不出质量过硬的东西投放到大城市的大市场竞争一席之地。他们的企业一般都盘踞在乡镇及中小城市赖以发展。对于他们，那些地方劳务低，人情熟络，各种关系容易得以疏通。所以他们轻易不会转移“根据地”。他们的产品，普遍销往全国各乡镇、乡村和中小城市。他们已经建立了他们的商业渠道。各乡镇、乡村和中小城市，几乎都有他们的较长期的、较为固定的，而且轻车熟路并信得过的代销者。中国人口众多，乡镇、乡村和中小城市的人们购买水平仍很低，他们的产品价格较为便宜。他们得利于此。有时他们的产品也被贩进大城市，但往往只能出现在民贸市场的摊床上。从日用小百货到衣帽鞋袜，千般百种，应有尽有。大城市人在农贸市场上买到的便宜货，十之八九是照顾了他们。

我家楼前的一条小街，几年前辟为农贸市场街了。每天六点至十点，热闹极了，叫卖声一浪高过一浪。

有天早晨我买菜，听到卖衣服的小贩用手提话筒大声叫：“十五元一套！十五元一套！厂家直销绒衣绒裤，十五元一套！”

我不禁驻足观望，见围着挑选的人不少。

一个炸油条的听到叫卖声，甚至忘了翻动油锅里的油条，呆望着自言自语：“十五元一套？那小子是多少钱进的呀！”终于经不住叫卖声的诱惑，让自己的帮手接替了自己，拔腿奔将过去。

与我同逛早市的妻警告道：“扭头看什么？不许你乱买！”

我说：“别这么专制，买不买，我得过去看看再决定。”

她说：“反正我不会给你钱。”

我说：“反正我兜里有钱。”

我也经不住诱惑，撇下妻奔将过去。

对于我的消费水准和消费观，家楼前有那一条早市就够了。我一年四季从上到下从里到外穿的，大抵是我自己从早市上买的。我最难以接受的照料和好意，就是妻对我的衣着的横加干涉。我们之间的互不干涉条约，是她买她和儿子穿的，我自己买我自己穿的。我喜欢穿我自己从早市上买的，往往将妻给我买的挂入衣柜，一年到头不穿几次。

十五元一套的绒衣看去质量也还可以。

我问旁边一个挑选着的中年妇女："太便宜了吧？"

她一手已挑选定了几件，另一只手仍在挑选，头也不抬地回答："是啊是啊，怎么这么便宜呢？"

小贩却没好气地瞪着我来了一句："您这位，嫌太便宜反倒不想买了？专穿名牌儿的？要是专穿名牌儿的就往后闪闪，给想买的人腾个地儿？"

我说："你这做买卖的怎么这么说话啊？你看我像那种专穿名牌的人物么？"

他说："我早就看出您不是了，所以才那么说嘛！别生气，我是看着你们北京人挑花眼了，成心借您的话说给别人听呐！您穿这件准合适！放心，没毛病。不过是眼瞅着天要暖和了，提前清仓大甩卖。不图别的，赔本儿赚吆喝，就图个卖得快卖得爽气！"

那是一套白色的。我忘了妻对我的警告，买得也很爽气。

在早市上，我从不议价。

我逛了一遭，锻炼了二十几分钟回来，早市已散，那卖绒衣的小贩在收摊儿。

我走过去，搭讪着问："南方来的？"

他说是。

我又问："哪个省的？"

他警惕地反问："想拜把子？问得这么清楚干嘛？"

我笑笑，装出一副虚心求教的模样说：“我是想从你这儿讨个明白，卖这么便宜，你还有赚头儿吗?”

他说：“大哥，听您的话，内心里挺体恤我们摆摊儿人的。当您真人咱不说假话，我还有赚头儿。”

“那多少呢?”

“一套才赚两元多。”

“那肯定亏在厂家了?”

“厂家亏什么呀！厂家批发给我们时，一套三十多元呐！厂家该赚的早就赚定了。我是进多了，压在自己手里两年了。两年前我才不十五元一套卖呢！我卖过五十多元一套。”

“那么你也没亏?”

“我当然没亏了。我该挣那份儿，两年前就挣得差不多了。”

“是换个厂标挣的吧?”

“哎大哥，您可别这么说！这么说，明摆着让我脸上挂不住不是么？换厂标的事儿，咱不能说绝对没干过，但那是以前的事了。您看，这衣服上的厂标是原有的——××省××服装厂。可实际上是一个县里的服装厂生产的。标出了县，不就掉价了么？就这么一点儿小奥秘。再告诉你，这绒布料也是那县里的一个厂出的。厂倒闭了，服装厂将所有库存的绒布料都买下了，便宜得没法儿再便宜，几年都做不完。那开私营服装厂的老板两年内又发了一大笔，听说在扩厂房呢！我们是老关系，我常进他的货。”

我说：“谢谢你给了我个明白。”转身正待走，他叫住了我，扬着手里的两套绒衣说：“您内心里既然体恤我们摆摊儿人，就干脆体恤到底，帮个忙，连这两套也买去得了。我就卖剩这两套了，二十五元您都拿去吧，两套我只挣你一元钱。我都二十五元两套了，大哥！”

我经不住他左一声“大哥”右一声“大哥”叫的那个亲劲儿，只好又掏钱……

一进家门，妻见我手拎三套绒衣，气得一跺脚，直翻白眼。

我高叫："儿子，快来看，爸也给你买了一套绒衣！"

妻又一跺脚："儿子，不许要！灰土扬长地在地摊儿摆了几天了，不卫生！"

我说："你也太毛病了吧？着点儿灰土就不卫生了？你每天身上穿的衣服就不着灰土了？洗衣机里转一转不就卫生了？"

洗衣机里转过，干了以后，倒没缩小，却肥大了许多。

由某省某县的服装厂，我联想到广东某县的一家鞋厂。二十世纪八十年代后期，我去广东时曾到过那个县，参观过那家鞋厂。也不是什么正式的参观，我不太喜欢身不由己的随团的正式参观。那种参观对人和事所得出的印象，往往是从听报告式的情况介绍中得出的。即使主动提问，也是象征性的。双方都没从容的时间进行无拘无束的聊家常式的交谈，彼此的了解和认识也就都非常概念。

那一次我是单独去广东的，陪我的只有一位报社的朋友。他正巧要去那个县采访，我说我也想接触接触南方的县城生活，于是我们不谋而合地同行了。

那家鞋厂的老板的朋友，认识我的报社的朋友，于是我们到那家鞋厂去看看，成了一件虽不在原计划内却自然而然之事。

老板长我两岁，是一九四七年出生的人。当年我三十七八岁，他已四十岁了，其貌不扬，半秃顶。

我问他："家中几口人？"

他说目前就两口。

我说："夫妻俩只顾了创业，连孩子都顾不上要了？"

他脸红了。

他的朋友替他回答："他现在连老婆还没有呢！"

见我困惑，他说："你可别以为我是成了老板，因而弃了前妻，打算另娶一个年轻漂亮的，我压根儿就没结过婚。"

见我仍困惑着，他朋友替他回答："以前他家成分高，所以村里没姑娘肯嫁给他。"

我不明白"成分高"是什么意思。

他说"成分高"就是成分不好，他是地主的儿子。摘掉"地主狗崽子"的帽子后，成分对于嫁娶之事不那么严重了，他也成了大龄青年，成了在村里难娶上媳妇的"尴尬人"。

有一个时期他进城打短工，拜一个修鞋老头儿为师。离开那老头儿自己单干后，由修鞋而做鞋。当年市场上鞋的样式还太有限，他手工做的鞋不但质量好，且样式新颖，买主颇多。有些人甚至预先交钱请他定做。渐渐他做鞋有了名气，有了信誉，也有了一定的积蓄。于是租了一个门面儿，招了两个徒弟，办起了一家个体的鞋作坊。再后来徒弟由两个而四个而六个而八个十个，他就正式办起了一家小鞋厂，并且购进了几台设备。

再后来的再后来，也就是我见到他的那一年，他已拥有了一千余平方米的厂房，招了百余名合同工，积累了一千余万的流动资金。

我问他这个发展过程中，有没有国外的华侨亲戚投资或解囊相助？

他摇头说，想有那样的华侨亲戚，可惜没有。

我问他是否贷过款？

他说也没有。说当初把房子卖了。

他说他办厂后生产的第一批鞋，是和从前的"解放鞋"类似的胶鞋。南方雨季多，一逢雨季，乡村四处泥泞，那一万多双胶鞋竟销得极好，在乡村大受欢迎。因为当年"解放鞋"似乎已经绝迹了。

他说他每年仍生产一批类似"解放鞋"，但比"解放鞋"看去样式秀气的胶鞋。因为有些乡村仍很需要。生产胶鞋主要是为圆一种对乡村人的情怀，牟利已在其次。只要还受欢迎，他说即使赔点儿自己也愿继续生产下去。说这句话时他笑了，又补充道："如今赔得起了嘛！"

他如今主要生产皮鞋、布鞋和旅游鞋了。

他说他厂里生产的各种鞋，一部分销往国内各市场，一部分销往东南亚。由一位华侨亲戚代销。在香港、泰国、马来西亚和新加坡销路一直不错。

我不禁奇怪地问："你刚才不是说你没有什么华侨亲戚么?"

他说："是啊，我认为是没有啊。即使真有，我父亲'文革'中自杀了，我老母亲头脑糊涂了，记不清楚了，从前又一直没有过书信联系，我怎么会知道究竟谁真是亲戚谁其实不是呢？可有一天突然打上门来一个香港人，偏说是我远房亲戚，我也不好将人家拒之门外非不认啊！这事儿他了解。你说，不是我去攀的人家吧?"

于是他的朋友从旁证明道："对对，不是他去攀的人家，是人家突然来认的。"

他又说："亲戚不亲戚的倒无所谓。做生意嘛，贵在一个诚字。我见对方人挺忠厚的，信得过他，就索性连代销关系和亲戚关系一并认可了。我们的合作至今很好。"

他从成品架上拿起一双旅游鞋说："现在，中国人也开始讲名牌了。可一双名牌旅游鞋，最便宜也得二百多元吧？而我的出厂价才八十几元。样式不比名牌差。名牌穿两年不破，我也保证穿两年不破就是了嘛！大多数中国人还是经常穿不起名牌的。便宜并非肯定没好货。所以我厂里出的鞋几年来没积压过。"

他放下那双旅游鞋后又说："八十几元，合十几美金。我厂里出的鞋还销到了美国呢！十几美金，对美国人来说未免太便宜了，那就无人问津了。所以同是这样一双鞋，到了美国得标五十几美金。五十几美金对美国人来说，仍算得上物美价廉，所以我一年挣美国人二十几万美金。"

我说："那你就全销往美国呀!"

他说："我也想多挣美元啊！可代销的那亲戚，使出浑身解数，每年也就能销完五六千双。"

我问他以后有什么发展打算？

他说也没太具体的打算。只有一个目标是较为明确的：争取在五年内将个人资金积累翻一倍，达到两千万以上。

我问他有信心么？

他淡淡一笑，以轻松的姿态说："这应该是没什么大问题的啊！"

我问他想没想过怎样发展他的厂的规模？比如扩建厂房，再招聘一批工人等等。

他沉吟片刻，很坦率地说："那得投入不少资金。投入自己的积累，不敢。因为对市场前景的预测实在没把握。去年好，今年好，估计明年也行。但后年怎么样，就看不大准了。哪儿敢将辛辛苦苦的积累过多地卷进去呀？"

我说："那就贷款呗。你已经有了抵押，不至于愁贷不出款来吧？"

他说："对。凭我目前的情况，贷款的确不是件愁事。只要我开口，从县里的几家银行都贷得出来。他们甚至主动向我表示过诚意。可贷款不是白给，得付利息，到期得还的呀！咱是私营的，逾期还不上，没人从中担保的话，人家可能真来封厂抵债的呀！那太有压力了。我觉得，就我目前这样已经挺好的了。是挺好的了。咱一个从前连媳妇都娶不上的人，还想咋样呢？船小好调头嘛，是不是？"

他的朋友这时朝他使眼色，他连说："明白，明白！"转而又笑着对我和我的朋友说："他让我送你们二位一人一双鞋。当然是要送二位的，不过不是旅游鞋，应该送你们一人一双皮鞋。"

他的厂仍保留着一个小车间。一个继续以手工做皮鞋的小车间。十来名青年男女，是他从一百多人中挑选的，工作态度极其认真的人。

他引我们到了那小车间后，从架上拿起一双皮鞋，以权威的挑剔的眼光细细看了一会儿，满意地点点头后对我们说："不瞒二位，对外说是手工车间，其实不完全是。无非皮子选得更好些，做工更考究些，能用手工的地方，尽量用手工罢了。手工的效果，也不见得就真的高过机床啊！但现如今的消费潮流不是反过来了嘛！什么东西一讲是手工的，似乎就与众不同了。我这个车间一年做的鞋不多。做些特大号或特小号的，样式别出心裁的。一部分当我厂的礼品赠送朋友，一部分满足某些有特殊消费心理需求的人。你们二位随便挑吧！也替你们各自的夫人挑上一双！”

对他的好意，我和我的朋友都说心领了，哪儿好意思动手就挑呢！

他却不高兴了，说二位既然光临我这个小厂了，那就是看得起我。既然看得起我这个人，那就不可以拒绝我送你们一双鞋。

我们盛情难却，各自挑了两双。

他又说：“我这个小鞋厂出的鞋还是不错的。真的！讲款式有款式，讲质量有质量。我是一心一意要办好我这个小鞋厂，不敢以‘假冒伪劣’骗人。一旦毁了信誉，弄黄了厂，我以后几十年干什么？再办起一个别的什么厂可不容易。尤其我这个车间出的鞋，当一份儿礼品送人，那是绝对拿得出手的。”

我们离开那车间，回到他那装修得像三星级宾馆套房的会客室时，他在楼梯上又自言自语：“唉，我这个小鞋厂出的鞋，在国内主市场是很难打开销售局面了。但在第二销售渠道，还是信誉很高的。”

我说：“那你对主市场也别放弃啊！替自己多做广告，大力宣传宣传嘛！”

他说：“要想在主市场打开销售局面，就非得频频在中央电视台做广告不可！一般的广告其实也起不了什么作用，得请明星帮着吆喝。我可没那个经济实力，也没那份儿雄心壮志了。就这样行了。能在守业中通过苦心经营求点儿小发展，我这辈子就心满意足，此外别无他想了。”

他执意请我们吃饭。

二楼不但有他的办公室、会客室，还是他的家。我们没到外边去吃，他吩咐人去饭店里叫的菜，就在他家的餐厅里吃的。

我提议见见他老母亲，他高兴地带我和我的朋友去见了。老太太看去很慈祥，身板儿也还算硬朗。我们对她请安后，她双手分别拉着我和我朋友的一只手，亲热地说："我儿子这些年来多亏各路朋友扶助，谢谢你们了，谢谢你们了！"压低声音接着又问："是不是又为了给他介绍对象？"

他的那位朋友赶紧从旁说："对对，我们就是为这事儿来的！"

老太太抖着我们的手说："拜托了！拜托两位贵客了！这次有点儿成的指望？"

我和我的朋友相看一眼，一时不知如何回答才好。

他的那位朋友赶紧又从旁说："您老放心吧！咱们有产有业的人家，还愁找不到个儿媳妇？前几次没成，不是人家姑娘们挑剔你儿子，是你儿子太挑剔人家姑娘们！您老不信问他！"

老太太就将目光望向儿子，教诲地说："儿呀，你都老大不小的了，可千万别挑花了眼。我还盼着抱孙子呢！再拖几年你就把自己拖成老头儿了。到那时候，多少钱也没法儿使你变年轻啊！"

他则挠头苦笑。

饭桌上，他的朋友喋喋不休地夸他多么多么孝心。终于夸得他不自在起来，打断他朋友的话说："世上孝心的儿女还是多的，不孝心的毕竟是少数。我不过属于大多数，有什么值得夸的啊！"

他在经营管理上自有他的一套办法和经验。

据他说，每年初他都拿出几万元存在银行里，存期为一年，并且对雇工们讲明——如果大家齐心协力，保质保量地完成了当年的利润指标，那笔存款就作为奖金，人人有份。如果没完成，那笔存款就只能补进利润缺额了。

他说这方法很受他的雇工们欢迎。每年的利润指标基本上都能完成。如果超额较多，他还从超额部分中提取几成，加到那笔存款里。功劳显著的雇工，最多时年底获得过五千元奖金，几乎相当于全年的工资。

他说他内心里很清楚——他和他们的关系，自己愿意承认也罢，不愿意承认也罢，事实上是一种劳资关系。而劳资关系，事实上又是一种既矛盾又统一，统一中有矛盾，矛盾中有统一的微妙关系。一旦处理不好，矛盾性质就上升了，变得有点儿像阶级矛盾了。一旦惹起众怒，自己就会落个众叛亲离，成为敌视目标的下场。所以他对雇工们一向是比较体恤的，轻易不炒谁的鱿鱼。对有过失的人，一般也不扣工资、扣奖金，批评几句就是了。而且，批评了，事情也就算过去了，绝不暗记心中，秋后算账。所以，他的雇工们对他也都很拥戴，一向将他当一位开明的家长似的尊敬着。

他说，雇工们挣的都是辛苦钱，都是要靠那一份儿辛苦钱补贴生活过小日子的。几十元钱几百元钱对他无所谓，但对雇工们就不同了。他们很在乎，也不可能不在乎。不管扣得多么对，他们的切身感受还是一种委屈的感受。所以他很排斥动辄扣工资、扣奖金的做法。他说，他自己从前也有过被扣工资、扣奖金的感受，那种感受使他记忆深刻，故能理解和体恤他的雇工们。

当我们举杯对他的经营之道表示赞赏时，他谦虚地说："'螳螂误入琴工手，鹦鹉虚传鼓吏名'，当年我何曾想到，我竟会成了现在中国的一位小资本家啊！正应了老百姓们的一句玩笑话——'不会干，瞎干！'……"

我的朋友和他的朋友立刻都说："别谦虚别谦虚，你很会干，干得很出色嘛！"

他随口引用的那两句诗，使我不禁地"友邦惊诧"。因为我依稀记得，那是《雪桥诗话》中清人阎古古的名句。喜欢古律诗的人，大抵于唐诗的绚丽多彩中吟哦复吟哦，一般而言，对清人的律诗不见得多么关注。何况《雪桥诗话》是一部发行量极有限的书。阎古古是一位名不见经传的能诗清人，留传至今的完整律诗更是少而又少。我是在北影资料室中偶然翻到过《雪桥诗话》的，曾从中抄录了几行佳句，故有些抹不掉的印象。可这位南方县城里的私营鞋厂小老板，何以竟会信口引来，如出己腹呢?

我问："你读过《雪桥诗话》?"

他一笑，淡淡地说："小时候读过。"

我不但惊诧，而且对他刮目相看了。

他的朋友说："他祖父是清末的最后一批举人之一。他父亲当年在县里办过私塾。他自己当年是县里的小诗童。'文革'彻底断送了他的大学梦。"

他脸一红，摆手道："不谈这些，不谈这些。"

在我和我的朋友以研究意味儿的目光的注视之下，沉吟片刻，他忍不住又说："其实，在律诗和绝句方面，清人对唐人的继承，成就也是相当高的。只不过罹于战乱，失于疏理，使我们后人能读到的太少罢了，比如'一截云藏峰顶塔，两来船断雨中桥'，比如'不知山寺近，渐觉远村低'、'绝壁垂樵径，春泥陷虎踪，石桥今夜月，应为照长松'，谁能不承认是含蓄凄澹的好诗佳句呢?"

我和我的朋友听得目瞪口呆，面面相觑。

我的朋友暗中碰了我一下，我有所领悟。满了一盅酒，站起来，双手擎向他说："遍中国寻访儒商，不期然就在眼前，敬你一杯!"

他连说："不敢当不敢当。"也满了自己的酒，站起来双手擎向我，轻碰一下后，我们各自一饮而尽。

他落座后，吸着一支烟，盯着袅袅的烟缕，即兴吟道："少时爱诗不爱钱，而今理财不理诗，人生从来无长物，尚存几分诗心痴。"

吟罢，大摇其头道："见笑见笑，太俗太俗，没了诗心，哪儿还有诗趣啊!"

谈到他的婚姻，他慢条斯理地、推心置腹地说："替我操心的人不少，真是不少。主动自荐上门的也很多，真是很多。但那些女子，都太年轻了，太漂亮了，也太现代了。有一个还不满十八岁，就死活非要嫁给我不行！沙奶奶的话说——‘那哪成啊！’我总觉得，她们都不是冲我这个人来的，是冲我的钱来的。所以我和她们接触，总免不了存着几分惕心。不拿你们当外人，帮我分析分析自己，我这种心理是不是也有点儿成问题呢？”

我的朋友说：“我要是你，大概也会像你那么想。”

他的朋友说：“你们都不对。你们都大错特错了。金钱美女，自古如此。一个男人拥有大宗的金钱，金钱就是他的魅力的一部分了。即使冲着他的钱才爱他的女子，归根结底也还是爱他的魅力的一部分。反正晚上陪你上床睡觉的是一个物质的实体就成呗！干吗非认真纠缠于她到底是冲你的钱还是冲你这个人才嫁给你的呀？结果于你不都是一样的么？”

他将目光望向我，问我怎么看这个问题。

我说我从没深思过这个问题，暂且容我想一想再回答。

他的朋友反问他：“那么给你介绍一个不年轻的、不漂亮的、不现代的，你倒容易接受了？你又不是英俊绅士，不现代的，受传统观念拘束的，怕人们说三道四的，左思右虑的，兴许还不愿嫁给你呢！我今天实话告诉你吧，不爱钱的女人，就你这小个子，这秃顶，这副没多大看头的容貌，才看不上你呢！”

一番话数落得他苦笑了。

他说：“那倒也是，那倒也是。娶个不年轻、不漂亮的，我也觉得太委屈自己了。那不白有许多钱了么？”

他的朋友审问他：“上次别人给你介绍的那位外县的摩登女郎，你们不是谈得好好的么？后来怎么又吹了？”

他低了头说：“她要求我一定要将二楼装修得豪华气派一些。”

他的朋友说：“那又怎么？我看是百分之百合理的要求。舍不得花钱？不就是几十万么？对你还不是小数哇？留着那么多钱干什么？想当守财奴呀?”

他说:“不是舍不得花钱。我要是将二楼装修得像她要求的那么豪华气派，我的雇工们看了，心理会不平衡。我的钱是靠他们挣的，我得经常考虑到他们心里对我会怎么想。”

我插言道:“这么考虑也对。”

他的朋友显然是那种贪杯又没多大酒量的人，几盅酒后，已有些醉意。仗着醉意，放肆地说:“对个屁!纯粹是钱多烧的。庸人自扰。我要是你，才不考虑那么多呢!真只是怕雇工们心里嫉妒，在县里选个好地方，另建处别墅式的家不也行么?”

他说:“这么小地盘儿一个县城，我在哪儿建，别人都会知道那是我的家。建得一般，又何必多此一举?建得太高级了，不是招人指着议论——‘看，地主的狗崽子，现在又成地主阶级了，住上地主庄园了!’再说，我每天怎么上班?步行?骑自行车?那还不如现在就住我的厂二楼方便呢。坐小车?巴掌大个县城，车轮没转几圈儿就刹住，不是太招摇了么?别忘了我是县人大常委。我必须得注意点儿形象……”

他的朋友就用双手捂住耳朵，连连叫道:“不听不听，又来了又来了!”

他轻轻拍了下桌子，目光盯向他的朋友，以较为严厉的语气说:“不许再喝了!从现在起，暂时剥夺你二十分钟的发言权。”

直至此时，他这位似乎太没脾气的中国当代“小资本家”或曰“小业主”，在我眼里才稍稍显示了一点儿威严。但是这一点儿威严显示得非常之含蓄。我注意到，他拍桌子时，不是用手掌的全部，而仅仅是用并拢的五指的指梢。

即使如此，他那有些醉意的朋友，也还是表现得仿佛受到了警告似的，识趣地用一支烟堵住了自己的嘴，不再开口，只默默地听他和我们交谈了。

他告诉我们，本县的诸位领导对他非常之关怀。能给予他的荣誉，基本上都给予他了。谈到这一点，他的口吻不无感激，情不自禁地流露出知恩图报的意味儿。

他说："如果让我散尽家私，将自己十几年来苦心积攒的钱都分给县里的穷人，那我做不到。给我再多再大的荣誉，我也不甘心情愿那么做。如今我差不多是一个彻底的拜金主义者了。一旦丧失了我的钱，我会孩子似的号啕大哭，就像一个小孩子死了娘似的。不是有那么两句歌么——'世上只有妈妈好，没妈的孩子像根草。'我一旦失去了我全部的钱，我就会觉得我又会变成一个连根草都不如的人了。我曾是穷光蛋，我害怕再成为穷光蛋。有时做噩梦又变成穷光蛋了，醒来吓出一身冷汗。说了真实感想不怕你们笑话，与钱比起来，我的老母亲倒像是我的奶娘，对我有奶哺之恩，此恩是我必报的。但钱却好比是一位有思想的、真正教导我如何做人的、在关键时刻又能挺身而出庇护于我的母亲。我感激第一位母亲，真正能依赖一下的，却往往是钱这第二位母亲。不是号召先富起来的一部分人扶贫么？我前边已经说了，让我奉献出我的钱我是不干的。何况也没谁这么强迫过我。但我，我一心一意将这个小鞋厂办好，解决县里一百多人的就业问题。每月给他们开五六百元工资，比国营单位还高些，这不也就等于扶贫了么？再经常捐点儿钱，做点儿积德行善的好事，不也就等于是识抬举、以恩报恩了么？县里的父母官对我不错，县里的老百姓提起我的名字都挺有好感，天时地利人和，这三方面有利因素，我这个小厂在我们的县境内都占着了，我自己又已经是我们县里的一个人物了，这一切都来之不易，我时常约束自己一点儿，做人谨慎一些，是不是也是对的，也是明智的呢？"

我的朋友肯定地说："对，当然对。"

我也肯定地说："是明智的，当然是明智的。"

他一指他的朋友，控诉似的说："可他总讽刺我活得不洒脱，活得太累，有钱也白有钱了。"

他的朋友憨憨地笑了。

他自己也笑了。

我和我的朋友不禁随之一笑。

他忽然问："你们二位认识浙江省那个当年因卖'傻子瓜子'而名噪一时的杨某么?"

我说不认识，但是关于那人的经历了解一些。

"他后来离婚了是不是?"

我说这我就不清楚了。

我的朋友说："对，此事确凿。"

"对他离婚，他们当地人都怎么议论的呢?"

他的朋友这时又忍不住插嘴道："你还没结婚呢，打听这么详细干什么?"

他看看手表，笑了，对他的朋友说："刚到二十分钟。"

我的朋友说："议论总归是要被议论一阵的。何止他们当地人，些个小报上也议论过，也算名人了么，不能不允许议论的。"

"听说他离婚后又结婚了?"

"对。"

"女方不但年轻漂亮，还挺有文化?"

"对，我记得是一位大学毕业生。"

"那，他们现在呢?"

"不太清楚……"

他沉默了，陷入了个人心事的独想。过了几分钟，又自言自语地说："我总之还是要结婚的，也应该早点儿有孩子。否则我算怎么一回事儿呢？不是白有一千多万了么？最好是个儿子。其实我真想有个亲生儿子啊!"

他的自言自语，也使我们一时都沉默起来。

"不瞒你们说，我想有一个亲生儿子的心情，比想有一个好老婆的心情都急迫。我今年已经四十四了啊！即使娶了一个好老婆，也未必能一准为我生一个儿子……”

我们都明白，他是想到了他的财产和钱将来的继承问题。

我们都很理解这一位用他的朋友的话说，“活得不洒脱”、“活得太累”的中国县城里的“小资本家”或曰“小业主”的忧郁。

那一天我们聊到很晚才散。

似乎，在那个县城里，值得他推心置腹、相与深谈的人并不多。我怀疑他的内心里其实是相当寂寞的，所以将我们两个远道来客当成了无需设防的倾吐对象。我们告辞时，他竟显出有些依依不舍的样子。

此前，我没接触过一位像他那样的已拥有一千多万，年收入二百来万的富人。

他使我又联想到了爱迪生的一句名言——“如果富人们真的像穷人们所经常以为的那么幸福，他们就果然算得上幸福了。”

他给我留下了很深的印象，那印象当然是好的。

此前给我留下好印象的中国当代大小“资本家”，实在是寥寥无几。

我在另外一个省份某县，也结识过一位“小资本家”或曰“小企业主”。与上边提到的那一位一样，同属不靠权势背景，不靠“灰色潜能”，没有多么幸运的机遇命中也无贵人相助，而完全是靠人一心想要富起来的激情和生财有道的精明的盘算，加上一往无前的实干才拥有千万以上资产的。

他所在那个县很穷。他初中结业后就卷入了民工潮流落入大城市。洗过抽油烟机，冒险擦过高层住户的阳台玻璃，当过杂市上的垃圾清扫工，挨过饿，露宿过街头，受过歧视和欺辱。总之一句话，饱尝过人生的酸涩苦辣。后来他终于混到了较为固定的“职业”——在邮电局门前看自行车。那儿有一个修自行车的外地人，人家修，他就留心从旁看，看得差不多了，就常常动手帮人家修，不要人家钱。人家觉得他这青年挺好，也肯于指点他。不久，他有把握自己也能修了，就暗中溜须讨好负责那一片儿“治保”的一个街道委员会的老头儿。结果在一次市容大检查前夕，他的“恩师”被驱赶走了。对方竟还与他依依惜别，不知就是他这个“徒弟”捣的鬼。后来他不但在那儿看自行车，而且修起自行车来。二十世纪八十年代初，中国有些大城市里，摩托车很是时髦过一阵子。他挺钻研，在那几年里又学会了修摩托车，积攒下了两万多元钱。他有一个老乡在一家大宾馆当杂役，他常去那儿沾老乡的光洗澡。有一天洗完了澡，在宾馆商场闲逛，东瞧瞧西望望，发现一位外国女人在买一种薄被，标价一百五十美元。他当时还不晓得美元和人民币的汇率，只知道折合成人民币是不少的一笔钱。他问薄被为什么那么贵？人家说被面是几十块碎花布用手工拼缝在一起的。他问那就那么贵么？人家横他一眼，不爱搭理他了。过几天他印了一沓名片，身份变成了某某省“床上手工缝制品厂推销科副科长”，买了一身便宜西服换得上下簇新，还扎了条同样是在地摊儿买的领带，拎了个借的拷克箱，又到那一家大宾馆，找到商场负责人问——我们厂专做你们卖的那一种薄被，一百美元你们进货不进货？

人家说进啊，当然进货，那种薄被销得不错。

于是他与人家签定合同。

人家要进一百床。

他却说别进那么多，先进几十床，看看我们厂的质量再说嘛！

人家见他“实在”，对他产生了很好的印象。

其实他是心里没底，怕自己一下子变不出一百床那么多。

双方签定了合同后，他保证一个月后先交十床样品，并当场主动给了人家一万元“信誉押金”。

人家也很实在，忙说按常规不该是这样的啊！应该是我们买方向你交“信誉押金”才对呀！似乎有点儿怀疑他究竟搞没搞过推销了。

他笑了，说是他们厂新实行的推销“举措”。那一年“举措”这个词刚刚在中国人的语汇中被应用。人家当然对那一“举措”欣然接受。

而他采取的是“欲擒故纵”的谋略。如俗话说的——“舍不得兔子套不住狼”。

他第二天立刻起程回家乡。

他那个县的农村养蚕户很多，因而有个小蚕丝厂，因而也有个小丝绸厂。但机械老旧，工艺流程落后，效益非常不好。

他以很便宜的价格买了些丝，买了些丝绸边角料，动员起了一切亲朋关系为他赶制样品。亲朋们不信他，他就拿出合同给大家看。合同是较有说服力的，亲朋们见他言之凿凿，信誓旦旦，也就都愿起早贪黑地帮他了。唯他母亲不太愿帮他。“知儿莫过母。”他母亲认为他异想天开，不如一心扑实喂好几口猪。因此他还跟他母亲大发脾气。最后连他母亲也不得不承担了“定额”。那些日子，他对他的“产品”质量检验得非常严格。丝绸颜色的搭配，绸块形状的大小剪法，针角的疏密，一一监督，事必躬亲。谁该返工，面孔一板，六亲不认。闹得他亲姐将他预付的二十元手工钱扔在他脸上，哭哭啼啼，而他姐夫捋胳膊挽袖子要揍他……

一个月后，他带着两个大包袱，又出现在那家大宾馆里。

人家一见货，大出所料地问：“原来是丝绸的呀？”

仅这一问，问得他暗自心惊肉跳，惴惴地反问：“丝绸的……不比布的强么？色泽鲜艳，手感也光滑呀？”

人家皱眉道：“好当然还是丝绸的好，也怪咱们当时彼此都没谈清楚，现在可怎么论价呢？”

他说：“合同上写着啊，原价呗。”

“原价？……没问题，太没问题了！”

人家喜笑颜开了。

他虚惊一场，也喜笑颜开了。但刚才吓出的一身冷汗顺着后背往下淌。

人家又问：“怎么这么柔？这么轻？”

他说内里是丝绵的。

“还是丝绵的？”

人家似乎有点儿不信。

“真是丝绵的！我怎么会骗您呢？”

他就要动手拆条缝，扯出来让人家检验。

“不必不必！这么细的针脚你可别给我拆。我信就是了！”

人家不但当场还了他一万元“信誉押金”，还欲再与他签一份进货合同。

他说：“别急别急，咱们清一把，续一把。向我们厂订货的多，我先将剩下的四十床被按期给您送来。再签下一份合同也不迟。”

当场还给他的一万元，加上第二天付给他的一千美元，再加上预付给他的两万元，使他觉得自己当时就已经是一个富人了似的。

他的“信誉押金”回收到了他所预测的“利息”。

接了人家的预付款，又有合同从心理上压迫着，再靠动员起亲朋中的女人们赶制一批“产品”是不行了，人手太少了，被逼着非办起一个厂不可了！

他的厂就是在这种非办不可的情况之卜“诞生”的。

中国的某些大小“资本家”或曰“企业主”，在他们成功以后，往往是不太讳言他们成功过程中的小狡猾和小奸诈的。往往不必你细问，他们的话匣子一旦对你打开，就会“竹筒倒豆子”般娓娓道来。他们从中能获得到某种愉悦。就如同某些名人津津乐道些个关于自己的或真或假的“小段子”，以为便是足以使自己显得与众不同的“逸事”。

他对我讲他以上那些经历时的地点就在他的厂房里。他已经发福，大腹便便，头发焗过，又黑又厚又亮，更显得是个身体强健、精力充沛的中年人。他穿吊带裤、“老板鞋”，双手的拇指卡着吊带裤的吊带，不时将两条松紧吊带弄出啪啪的响音。他底气十足，声音洪亮。嘴特大。一排门牙也颗颗都挺大，但还算比较整齐。在他的雇工，那些为他创造财富的人，也就是那些他从自己家乡农村招募来的小女子们面前，他春风得意，眉飞色舞，毫不避讳地谈着他的发家史。并且不时张开大嘴，发出哈哈的快意的大笑。

所谓“工厂”，简陋得不能再简陋。四墙极薄，顶盖只不过是遮阳瓦的。

总共近百名小女子，年龄大的二十四五岁，像些少妇；年龄小的，看去仅十五六岁。若在城里，该是些动辄撒娇的宝贝女儿。她们两人一组，守着半张乒乓球台大的案子。案子的做工都很粗糙，铺着旧了的白塑料布。那样的案子，那样的“工厂”和那样的女工们，倒完全是“和谐”的。她们一组组聚精会神，悄无声息地飞针走线。时值酷暑，阳光晒透了遮阳瓦。尽管有些窗子是开着的，但“工厂”里还是闷热难耐。她们中，有些人的衣衫已被汗湿透了。更有些人，为了图凉快，甚至裸着上身，胸前只戴乳罩。并且似乎早已习惯了那样，有男人出现在“工厂”里，也不觉得害羞了。几乎她们所有人手指上都戴着顶针、缠着胶条……

当时，我不禁地联想到了我在另两位“私营企业主”的“工厂”里见过的情形。一个工厂是生产人造大理石板的，电锯飞转，锯开石块时所发出的尖厉之声，刺得我耳膜似穿，头疼欲裂，心跳加快。我在那样的“工厂”里没“参观”够十分钟，就摇摇晃晃地奔出去吐了。

“厂主”却对我说，他的工人们起初也都有过我这种“不良反应”，吐过几次，以后习惯了就好了。

那话当然是在离开“工厂”后的另一种场合说的。

在那“工厂”里，不冲着耳朵大声喊，相互之间是听不清对方说什么的。所以那“工厂”里的工人们，仿佛全是聋哑人，以手势传达意思。那“工厂”里石粉飞扬弥漫，而从乡下廉价招募的青年们，却都舍不得花钱买口罩。“厂主”也绝对不发任何劳动保护用品。

我曾对那“厂主”提出建议——既然他已经很富有了，何不投点儿资，在“厂”里安装些必要的消声设备？

他大不以为然地一撇嘴，仿佛我的建议极具可笑性。他说他的钱挣得够多的了。不但自己这辈子花不完，保证儿孙辈是富人也绰绰有余了。不定哪天心一烦，就将“厂”卖了，还投的什么资，引进的什么消声设备呢？

我说，那你也该发给你的工人们些起码的劳动保护用品哇！比如手套、口罩、橡胶围裙什么的。我说在这么严重的空气污染环境中劳动，如果连口罩都不戴，多则几年，少则一年以后，工人们的肺里、胃里，肯定都将有石粉结石。我还说最好每月发给工人半斤木耳。虽然木耳对肺不起什么有益的作用，但对胃、食道、肠道，毕竟还是会起到点儿清除异物的作用的。

不料他不高兴起来，将脸一沉，没好气地说：“他们不是我的工人！他们是国家的负担。我使他们有了工作，已经是在替国家尽义务了！不但国家应该感激我，他们也是应该感激我的！没有我，他们就得变成些要饭的，讨小钱儿的，或者去偷，去抢！我每月已经发给他们一百多元工资了！如果他们惜命，他们就该自己掏钱买口罩戴！既然他们自己舍不得花钱买，那就证明他们都是些爱钱不爱命的贱种！天生的些个贱种，还想让我出钱买木耳给他们吃，笑话！拿我当‘大头’哇？”

我默默听他说完那一大番话，放下筷子说了句“失陪”，起身便走。

从此我一想起他，心里便骂他一阵……

另一个“工厂”究竟是什么“工厂”，我已记不清了。总之是与玻璃有关的一个“厂”。因为满“车间”这儿那儿，到处都是碎玻璃。过道还扯着一条条玻璃丝。

厂主一边陪我“参观”，一边不时地叮嘱我抬高脚步，小心玻璃丝割破了脚腕。而我发现有些裤腿儿短的工人，脚腕皆血淋淋的。也许是为了安全，他们的裤腿儿都较短。裤腿儿长的也挽着。有一个赤脚穿塑料凉鞋的工人，脚上缠着药布，一瘸一拐地在各机床间搬运东西……

他们的血淋淋的脚腕，使我看在眼里，疼在自己心里。

我也曾向那厂主建议，为工人们想点儿起到劳动保护的措施。

他却对我说您小声点儿。

离开那车间他又悄悄对我说，不能惯出工人们娇里娇气的臭毛病。那样他们以后将会不断地向他提出要求。工人就是工人，怕苦就别干。想挣这份儿钱的人多着呢！他说梁作家，不是我心肠硬，搞点儿劳动保护措施也多花不了我几个钱。主要是不能由我这方面先开这个头儿。要是有生命危险，不必您建议，我自己也会想到的。可没什么生命危险嘛！脚腕子离心离头远着呐！您看到那些脚腕子有一条条血道的工人们，都是初来乍到的。半年以后，脚腕子脱几层皮，长出了趼，以后也就不怕玻璃丝割了，割破也不出血也不疼了。你们城里人初次骑马玩儿，还兴许铲了大腿根儿呢！

在中国，在目前，尤其在几年前，似乎一个人只要办起了一个厂，也不管那厂是否名副其实，只要那人自己的钱柜日渐地满了，腰包日渐地鼓胀起来了。他似乎也就名正言顺地成了什么“私营企业家”了。似乎我们的某些同胞，包括某些中低级官员，手里有无尽的那样的礼帽，随时准备在自己的地盘儿内，慷慨地赠给他们看着顺眼的人。而他们为什么看着后者们格外顺眼，内情又往往是显明的。至于自己的另一部分同胞，亦即“有幸”成了以上那样一些“厂”的工人们的同胞，在工资收入方面是否受到极其严重的剥削，是否有权获得起码的劳动保护，则就无人问津了。

故，对某些已然戴上了“私营企业家”礼帽的人，我还是更愿保持一种冷峻的目光将他们视为“私营企业主”。我觉得，以他们那样一些“厂”，视他们为“企业主”仍太抬举他们了。

我也只能以我特有的方式从道义上谴责他们的不道德，却丝毫也妨碍不了他们以他们不道德的方式，通过对自己同胞的严重剥削，和近乎奴役般的雇佣聚敛金钱。

在中国，在某些地方，我之所见，使我对于马克思关于“资本原始积累”的论述，产生了从理性认识到感性认识的相当大的飞跃。

《劳动保护法》在那样一些地方，在那样一类“厂”里，在那样一部分“企业主”心里，几乎是根本没有什么意义的。在某些一屁股坐在那样一部分“企业主”膝上的小官吏们心里，也几乎是根本没有什么意义的。

甚至，在那样一些“有幸”被雇佣的“工人”们的头脑中，同样是根本没有什么意义的。

而这，又往往的，恰恰的，是因他们看得相当分明，某些小官吏，甚至包括他们当地的某些“父母官”，是那么的情愿坐在、有时甚至是笑逐颜开地坐在他们的“老板”的膝上。他们对于争取同情和怜悯，不抱希望，不抱幻想。他们对于自己是“工人”的任何一条，哪怕是最起码最渺小的一条权益，其实都是不敢争取的，也深知自己是多么没有资格去争取。

这连想一想都令我心里充满了悲哀。何况我一次次身临其境，耳濡目染。

那么，让我们打住，再回到引发我联想的那个厂里去。

我问“厂主”，那些小女子，也就是与他同一个县的小女同胞们，每月大至能开多少工资？

他说他的厂里只定额，但是不实行计件工资。两个人每天必须完成一床被。工资一律一百五十元。下班还完不成定额的，自己加班，直至完成。他说他只保留熟练手巧的工人。手笨的，都被他先后开除了。他又以表扬的口吻说，她们相互之间倒还有帮助的精神。哪两个女工因什么特殊原因没按时完成定额，通常情况下总是会有几个姐妹下班不走，帮她们完成。

一百五十美元的出口价——一百五十元人民币的工资。

如果这还不足以使一个人聚敛金钱的速度极快，数量成几十倍增长，岂非咄咄怪事了么？

哪一个在他们自己的国家里，买了那一种美丽的被子的外国人，又能想到在中国，它们生产于如此简陋的“厂”里？是由每月挣一百五十元人民币的些个中国小女子一针针一线线用颜色对比鲜艳的绸布角儿拼缝成的？

当他们满意于那一种被子的美丽和便宜的时候，当他们掏出钱包悦然而购的时候，当他们对手工劳动的成果大加欣赏的时候，他们肯定地想不到，某些中国乡下小女子们灵巧的双手，每天端碗拿筷子的时候，其实已是五指麻木的、僵硬的，手腕发抖的了。

我问“厂主”，冬天这“厂房”里靠什么取暖？

他说南方的冬天，取的什么暖呢！

我说据我所知，南方的冬天，有时也是很冷，冻手冻脚的。

他说那倒也是真的。又说他一个月只来“厂”里几次，监督监督就行了。而平时有人替他照应着“厂”里的事。

“我是当老板的，夏天再热也热不着我呀，冬天再冷也冷不着我呀。您放心，我才不委屈自己呢！”

他误解了我的话，以为我的话是因体恤到他而问的。

我说：“老板啊，这些女工都是你同乡，你给她们的工资，是不是太低了点啊？”

他倒没不高兴，甚至也没显出丝毫的窘相。

他哈哈大笑起来，之后摇晃着他那大个儿的头颅说：“不低，不低。我认为一点儿也不低。正因为她们都是我同乡，我才优先招募她们嘛！在我们这儿的农村，三千多元就可以盖一排大瓦房了。她们中年龄小的，干上三四年，结婚时就房子也有了，嫁妆也有了。而这是她们的父母想替她们做都做不到的！所以嘛，我自己这么认为啊，除了她们的生身父母，我也许就要算是她们这辈子的第二大恩人了！”

始终陪同我们左右的一名县里的小官吏，不失时机地插言道：“是的，是的，是的，完全可以这样认为，完全可以这样认为。不但他可以这样认为，连我们也是这样认为的。因为事实如此嘛！”

他听了那小官吏的话，满脸浮现出骄矜的微笑，望着那些小女子们问：“你们都听到我和秦副主任的话了么？”

那姓秦的小官吏，乃县“三产办”的一位副主任。

女工们一片屏息敛气般的静默。

“怎么？都聋了？都哑了？都抬起头来望着我。”

他脸上的微笑消失了，声音提高了，语调变得有点儿严厉了。

于是，女工们停了手里的针线，纷纷抬起头望向他，目光都是那么的惶惶不安。

“我再问你们一遍，听到我和秦副主任刚才的话了么？”

“听到了……”

回答得参差不齐，声音都很小，都有点儿怯怯的。

“重来！要齐声回答——听到我和秦副主任刚才的话了么？”

“听到了！”

“嗯，这还回答得像点儿样子。现在都注意听着，再问你们一句——都想涨工资么？”

又是一片屏息敛气般的静默。

“怎么？又变聋了？又变哑了？心里想，那就回答想；心里不想，就回答不想嘛！究竟想不想？”

“不想……”

尽管声音如前似的参差不齐，而且普遍小声儿小气儿的，但毕竟使他脸上又呈现出了微笑。

“大声点儿！”

“不想！”

他那微笑，水波也似的，渐渐溢满了他那张宽而扁的大脸。

他将他的脸转向了我，一只手不轻不重地拍在我肩上，表情庄重地说："听到了吧？她们呀，乖着呢！雇工嘛，在老板面前乖就好。乖，本来不太可爱的，也有几分可爱了。我对她们有恩，她们也知恩图报，所以我们的关系牢不可破。真的，那是不管任何人想挑拨也挑拨不开，想离间也离间不了的。"

我将他的手轻轻从我肩上礼貌地推开，也表情庄重地说："我并没有挑拨离间之心。我犯不着从北京到你们这儿来专干令人厌恶之事。"

他又将头往后一仰，哈哈大笑了一阵，随后说："梁作家，你可千万别多心。你写你的书，我办我的厂，咱俩是两股道上跑的车，井水不犯河水，我当然相信你没那种不良的居心。我指的是别人，我们县里的某些小人。他们至今仍到处散布些攻击我的言论。总攻击我是靠剥削家乡农村的些个小女子发家的！对他们的攻击我一概不予理睬，根本不在乎。有县里的各级领导支持我，我怕什么？怕谁呀？"

那秦副主任立刻又不失时机地插言道："对，对。不予理睬对。你有这个高姿态很好嘛！你每年往县里交十多万元的税。这一点就足以证明了你的贡献嘛！"

他又说，不久以后，他将提高女工们的定额，从两名女工每天拼缝一床被，到四名女工每天拼缝三床被，最后到每名女工每天一床被……

"趁着国外订货还多，争取年底将定额提高一倍。那样，我保证每年往县里交足二十万元的税。至于女工们嘛，相应的，每个月再给她们加三十元的工资就是了。那就每个月一百八十元了。一百八啊，秦副主任，你说够可以的了吧？"

"够可以的，够可以的……"

那秦副主任一迭声说"够可以的"，又将脸转向我，以表彰似的口吻说："在全县私营企业中，他是首屈一指的交税大户。解决的就业人数也最多。我们这县，大而穷。农村人口占百分之九十三以上。他这个厂，是县里唯一生产出口商品的。论起本县的经济发展成果，是各种报表上的一朵花呢！没了这一朵花，县里连个值得向上边说道说道的典型都没有了！所以呢，当着他面这么告诉你吧——县里就是哄着，也得支持他将这厂继续办下去。他若真不想干了，县里的头头们首先就非急了不可！非怪罪我们这些人没把他哄好不可……”

听了那位秦主任的话，我当时再也没什么建议可提，只有免开尊口，缄默点头表示理解。

他用他那肥胖的，保养得红扑扑的手往自己胸口一拍，保证地说：“秦副主任你放心！冲着县里一向对我的关照和支持，我怎么也得再干几年才收山。再者说了，钱又不咬手，又不是多了太占地方的东西，我又干嘛不抓住机遇？现如今不是都讲‘挖潜’吗？我看她们身上有潜可挖!”

他又摸摸旁边一名十五六岁的小女工的头，俯身轻佻地问：“宝贝儿，你说是不?”

那少女红了脸不吭声儿，却没敢拨棱一下头避开他的手，乖乖地低着头，任他的手摸在自己头上。

他的手从少女头上摸到少女脸上，在少女脸颊上轻轻拍了一下，冲我笑道：“看出来了吧？她们都听话得很。”

而我看出来的是——他感到他乃是掌握着，并且足以摆布她们命运的上帝，也看出来，他因经常感到那一点而特别快乐。

我还敏锐地观察出来了，他和她们中某些人的关系，显然另有玄妙。

我推说胃疼，坚决地拒绝了他晚上要宴请我的美意。

于是那秦副主任比他显得更遗憾似的。

离开那“厂”后，我见秦副主任将他扯到一旁去，嘀嘀咕咕了一阵。我听到了一耳朵，明白了个大概意思——秦副主任说服他晚上还是应该照请不误，因为预先已经和某些人打招呼了，不请就不好了……

在东北，我也“有幸”结识过一位农民出身的“私营企业主”，好像是早些年靠组织人编麻袋发迹的。某些年，中国忽然缺麻袋。于是他的“麻袋厂”应运而生。短短的几年内，他的资产也就逾千万元了。待到纤维麻袋普及了，他也不干了，办起了公司，开始转向对外贸易了。一个时期内，竟也“操作”得红红火火，有声有色。

文人“幸会”富人，或曰遭遇“大款”，照例免不了请客吃饭一项基本内容。而且，照例是“大款”热情做东，文人吃白食，文人的朋友和“大款”的朋友们凑趣沾光。通常，文人和“大款”坐在一起了，总是双方朋友们撮合的结果。好比有意“对象”的男女坐在一起了，大抵是媒婆们的成就。这种情况下，“大款”格外矜持，越发摆出有钱的样子。文人往往特别谦虚，言不由衷地说几句“一等智商从商，末等智商从文”之类不三不四的话。

席间，“大款”忽然道：“没‘芥末’，没劲，没劲！”

我便奇怪了，暗想这“大款”眼神儿怎么这么的差啊，桌上明明有芥末嘛！

于是将一小碟芥末推送于他眼皮底下。

他笑。众人也笑。

坐我身旁者悄语：“他要黄的。”

我说：“绿的已经够冲了，不过黄的也有啊！”

遂将一小碟黄色芥末也推送于他眼皮底下。

他笑得更加玄妙了。众人也笑得更加玄妙了。

他说：“撤！咱们换个有‘芥末’的地方！”

于是众人纷纷起身，随他离席。

我丈二和尚摸不着头脑，如坠云里雾中。

在车上，方有人指点迷津，说他要的非是“芥末”，而是“节目”。他舌上生过小小异物，怕转化为癌，开刀割了去，从此吐字有点儿不清。经一番解释，我才恍然大悟。

三辆小车一辆“面包”，载着八九个人，相跟着离开了市区。

我问：“这是往哪儿开呀？”

答曰：“到地方你自然就知道了。”

不久开到县里，又接上几个人，无非税务、公安、司法等方面吏员。

又片刻，几辆车开进了村里，停在一大院落门前。门楼高架，对开的朱红大门上，镶着衔环的兽头，黄灿灿的圆环，闪闪发光。门两旁的围墙上，画有山峦流水，花鸟鱼虫。门两侧还立有一人高的石雕，一尊是钟馗，一尊是关公。有人向我解说，钟馗乃避邪捉鬼的，关公表明主人家崇尚义气，好客庇友。

这一个大院落，与周围旧陋的农舍恰成鲜明的对比。

进了院中，但见正房厢房，灰砖红瓦，阶高门阔，煞是气派。门框窗框，皆铝合金的。方砖铺地，树绿花红。树下花前，居然有雌雄一对孔雀，昂首信步，从容踱来踱去，见了人也不惊慌。横在房顶的是太阳灶。竖在房顶的是高高的电视天线。

又有人告诉我，主人专聘了动物园养孔雀的园工为顾问，定期来他这农村的家指导饲养孔雀的事宜。

我看那院子至少有四亩地的面积。

各个房间拥出些男女，围着“大款”一阵阵寒暄不已。他也不向我们介绍，我也分不清哪些男女是他家眷，哪些男女是佣人。

自然也有狼狗。两条大的，两条小的，两条半大不小的。它们从正房后跑将过来，扑着他亲昵撒欢。

在西厢一间宽敞的屋子里，重排座次，主宾归位。一名家厨两名佣人忙碌了一阵，迅速上着一道道菜肴。数巡酒后，院子里有人叫道：“接来了！”

隔窗一望，但见一男一女，已然行至门外。男的四十余岁，女的二十多岁，各自化了妆，男的一身绿，女的一身红。

我暗想——这是唱堂会啊，却猜不到他们穿的是哪路戏服。不便问，也不想问，默然呆坐而已。

他们进了屋，主人说：“又劳二位大驾了。”

绿男说：“哪儿的话，高兴来。”

红女说：“您想着我们，是我们的荣幸呢！”

主人一笑，心悦地说：“那么，就唱吧！”

于是绿男红女一前一后，一个丁步一个弓步，拉了一个花架，随即倏地旋变身姿，对唱了起来。只一声“咿呼嗨”，我便立刻听明白他们是唱“二人转”的。

唱得还不错。

有人向我耳语——他们是“半路搭伙”的两口子。在这一带唱出了名，每月收入颇丰。

几句开场白后，“荤”词儿就一串串儿地脱口而出了。无非是类似《金瓶梅洁本》删去的那一部分。两方帕子舞得风车也似的转，上下翻飞。

主人非常之投入地看着、听着，不时擎起小酒盅，“吱儿”地饮一口酒。听到开心处，还大声喝彩。于是客人们也都跟着叫好，一个个盯着那声浪姿妖的红衣红裤红鞋的女人，两眼炯亮起来。

我暗自思忖，幸而座中再无女人。若有，也就将一桌男人的低俗品性了解得透透的了，以后再在她面前装得多么正人君子都无济于事了。

不禁地就想到了一句古话——“近朱者赤，近墨者黑。”

我看得心乱，听得脸上发烧，借故净手，离开了那屋子。在院子里逗狗，讨好那两只孔雀。

院子里一位七十多岁的老太太在择豆角。我凑过去搭讪着和她聊，一问才知是“大款”他娘。

我说：“家里已雇了厨子和佣人，您老人家何必干这个呢？”

她说：“越老越闲不住啊，总得找点儿事干呀！”

我说："您儿子出息了，您晚年多幸福哇!"

她说："我也没觉出怎么幸福来。"

我说："您还不满足？还想过怎么一种生活呢？"

她叹了口气说："满足一过头儿了，人就不觉着幸福了。你看，加雇的人，才六七口人，可十三四间房子，多空得慌啊！天一黑，没人住的屋不点灯吧，黑咕隆咚的一片，心里不安生；全点着灯吧，明明没人住，不是白费电么？"

我说："您儿子已经有一二千万了，还在乎区区几元电费呀？"

她说："我不是一辈子仔细惯了么？"

我问："那两个唱'二人转'的，常来唱么？"

她说："每个月总是要接来唱几次。"

又问："您老既然闷，怎么不一块儿听呢？"

她说："那是人唱的么？那是人听的么？我能跟儿子的朋友们一块儿听那些么？"

我说："那您老就该劝劝您儿子，何必非听那些呢？"

她又叹了口气说："管不了啦！他偏爱听，我这当娘的有什么办法？起初他媳妇还干涉他，后来也不干涉了，也陪着他听了。我这当娘的也想开了，用耳朵听听，而且是在家里听，总比花更多的钱去嫖强。去嫖，被关押了，不是丢人现眼么？"

我觉得那老人家说的自有她的一番道理，默默点了一下头。

她却问起我来："依你看，我们家是不是变成解放前的地主了？"

我笑了，说我没打解放前活过，不好比。反问她自己如何看法？

她说她是山东人。当年逃荒来到东北的。说山东某些地主的家什么样儿，她是确曾见过的。说东北解放前某些地主的家什么样儿，也见过。说她家现在的情形，那比解放前地主的家气派十倍都不止，而且是和不小的地主家比。

老太太显然平时太闷了，见我愿和她聊，也就聊起了兴头儿。

她压低声音悄悄问我："你说，还要再划一次成分，我家还不被划成大地主哇？可我家只有钱没有地呀！划成大地主，不是太委屈我孙子孙女们了么？"

我说："大娘，您一百个放心。中国再也不会像从前那么划成分了。现在国家的政策是允许一部分人先富嘛！"

她又问："那要再搞一次'文化大革命'呢？"

我说："您老不必整天胡思乱想的。一次'文革'咱们中国人就尝够苦头了，再也不会搞第二次了！"

她眯起眼瞧了我片刻，以一种"商榷"似的口吻说："不一定啊，不一定啊！那些年里，这村就折腾过一户人家，一户从前的地主，还是户从前的小地主。村人们闲着没事了，就把他们全家老少赶到麦场上批斗一遭。如今我都不愿出这院子，碰到的大人孩子，都不拿好眼光瞪我，好像盼着我们家破人亡似的……"

我觉着，老太太头脑中，自有她看世事人心的一整套逻辑，一种颠扑不破的观点，而且轻易是不会改变的。

她说有人曾往她家的朱红大门上抹过屎，曾往她家院子里扔过死猫。说她儿子曾因此怒发冲冠，七窍生烟，喝醉了酒，端杆猎枪，在村里气冲冲地走来走去，一蹦三个高地破口大骂，还朝天空放了两抢，惊得村里人心惶惶，鸡飞狗跳。说她儿子一直打算在院墙上安装电网，并雇两名护院的。

老太太请求我劝劝他儿子千万别那么搞。

"那成一户什么人家了？那不太脱离群众了么？"

她显出忧心忡忡的样子。

我答应一定替她劝她儿子。

忽然她说："咦，我的戒指呢？我的金戒指怎么又不在手上了呢？"

于是起身离去，唤了一名小女佣，帮她四下里找……

而听“二人转”的厢房屋里，正传出一声拖腔拖调的“咿呼嗨”和一阵笑声……

天黑了。“大款”留下了不回市里去了，只客人们心满意足地离开那气派的大院落。

在车上，我问众人——那等下流内容的“二人转”，值得听两个多小时么？听着真的就那么来劲儿么？

众人就七嘴八舌地批判我假正经，冒充君子。都说人活一世是一次造化，什么素的荤的刺激的，都应该领略一番。否则不是白活了么？转变观念，首先应该转变活法的观念。腥荤不沾，到头来委屈的是自己，亏待的是自己。而亏待自己，是一种不觉悟的罪。

我被批得体无完肤，寡不敌众，难以招架，也无意反驳。

想想自己答应了那当老娘的替她劝劝她儿子，却没得着机会相劝，就如实将她的话转告于众人，希望众人日后予以相劝。

众人又都挖苦我瞎操心。都道是为了安全起见，其实还是安装电网好，护院的也一定要雇。有钱了么，就不该拒绝有钱人的特殊活法。

大约是在一九九五年二月，春节期间，有消息传来，那“大款”家被炸了。一家五口，二死一伤。“大款”和他妻子被炸死，十四岁的儿子受了重伤，落了严重残疾。作案的恰是他所请的一名护院人。那小伙子和他家的小女佣有染，“大款”自己也和小女佣有染，于是埋下祸根……

我还认识过一位开金矿的，据说当时已有三千万以上的家私。他有一宝贝女儿，一心想报考电影学院或戏剧学院表演系，将来当明星。某年来京，七拐八绕的，就经朋友的朋友的朋友，介绍到我家了。

他的发家史，可就不怎么“光荣”了。因而，据我想，恐怕是要守口如瓶，讳莫如深的。用“巧取豪夺”四字形容也是不为过分的。

他家乡的山里有金矿，而他是寻找金矿很有经验的人。但苦于无资独立开采，只得替别人找，得点儿“经验钱”。他替别人找金矿时，存了一份儿不义之心。估计有厚矿处，反而故意着绕开了去。只将些金脉薄的地方指点给别人。一年后，那山上的厚矿，全清清楚楚地留在他心里了。于是他广交有钱人。当地的有钱人是不交的，专交远省的有钱人。终于，一位广东的有钱人被他说动了心，诚意投资和他共同开采。他照以往的计谋行事，用别人的钱，几乎将一座山掏得千疮百孔，却没出什么金子。却对人家说——我又不是土地神，山里挖金，再有经验，哪儿能一挖一个准儿？你还想要金子么？还想要，就再投钱挖！

一投便是十万二十万，对方投得心寒，终于与他扯毁了合同，“拜拜”了。

而这正中他下怀，使他计谋得逞。轻而易举地东挖挖西挖挖，金矿就源源不断地出洞了。当年矿山缺乏管理，无人问津。一卡车金矿石，成色若高，就可直接卖到十万二十万。那广东的有钱人闻讯始悟上当，前来理论。而他是“地头蛇”，家中弟兄多，家族中敢玩命斗狠的恶人多。那广东的有钱人被臭揍一顿，保命而逃，再也不敢前来争辩是非。

以上之“史”，是由于我在电话里一再地刨根问底，朋友的朋友的朋友吞吞吐吐遮遮掩掩地告诉于我的。

而拥有三千万家私的男人给我的熏香名片上，赫然印的是“××大酒楼董事长”及“××金店总经理”。“矿山开采法”实施以后，他就金盆洗手了。在“董事长”和“总经理”后，名片上还居然印着括号。括号内是“私有”二字。字号虽与同一行字相同，墨色却格外的黑，醒目夺眼，突出着一种强调重点的意味儿。

他是我所见过的“大款”中最为个别的一位。因为他人在谈到自己的企业或公司的性质时，要么顾左右而言其他，要么含糊其辞。明明是“私有”性质，却往往显出有所讳言的样子，使识趣之人明白，那是最不该问的大隐私。而这一位，不知出于什么心理，却将“私有”二字赫然印在自己的名片上。他使我联想到了某些人名片上的另一类括号，内中印着“正处”、“正局”或“相当于正处”、“相当于正局”，以及享受什么什么“津贴”等字。人的心理，在有些方面，真是呈现得千奇百怪，有意味儿而又好玩儿。

他那宝贝女儿，既无形象优势，亦无气质可言。却一心想当明星，据我看来，想考上电影学院或戏剧学院表演系，想当明星，实在是太无自知之明的事。而且，心智方面，似乎也是个比较迟钝的姑娘。

我坦率劝他打消念头。

他却说：“我是经朋友介绍才找到你门上来的，你别当着我女儿的面念这个咒。我有钱，所以我一定要成全我女儿的心愿。你直言吧，替我女儿安排妥了得多少钱？多少钱我都舍得出，也出得起！”

我耐心地告诉他，不是钱不钱的问题。电影学院，我是有几位好朋友的。戏剧学院，也有熟人。可两院都是全国最高的艺术院校，你女儿要考的又是表演系，而当演员是需要先天条件的。先天不足，面试这一关就通过不了啊！

不料他急了，打断我的话，在我家里大声嚷嚷着说：“怎么不是钱的问题呢？怎么不是钱的问题呢？我也不是没见过世面的人，全国从东到西，从南到北，我几乎快跑遍了。事事处处都是钱的问题，怎么单单北京就不是了？难道北京不是中国的首都了么？我看在北京，核心问题也还是一个钱的问题！只不过你们北京人不肯把钱的问题摆在桌面上谈罢了！你们北京太落后了，到现在还没把钱的问题搞明白！”

他说到后来，口吻由反驳式而教训式了。一大清早，我还没来得及洗脸，还没来得及吃饭，先就挨一位不速之客的教训，心里别提有多窝火了。

他又恨恨地说：“所以你们北京才出王宝森！”

我说：“您小声点儿，邻居们听了，以为我在家里和人吵架呢！”

我婉言表示爱莫能助，彬彬有礼甚至显得近乎低声下气地一再请他谅解。

不料他大为光火，一把扯起他女儿，拔腿往外便走，被他带来的礼品袋绊了一下，还发泄地踢了礼品袋一脚。

他一边往外走一边嘟囔：“北京怎么了？北京有什么了不起的？难道人民币在北京就不是钱了？我才不信这个邪呢！”

大夏天，他的每一句话，我的楼上楼下在家的邻居们，都是会从开在天井里的厨房窗听得一清二楚的。

我尴尬之极。

他一出门，我就抓起电话，心想骂朋友的朋友的朋友一顿，却没拨通。转身一眼看见躺在地上的礼品袋，又气不打一处来。想追上他还他，又懒得那么做。何况那不过是一袋“燕窝”系列滋补品，不还也不算贪心。

过后我想，他肯定较少被当面拒绝。尽管我拒绝得那么委婉，但毕竟是拒绝。何况又是当着他女儿的面拒绝的。这当然足以使“大款”恼羞成怒起来。

在中国，钱似乎更是一种特等通行证。有钱人似乎都有点儿被宠惯坏了，正如某些所谓“明星”、“大腕”被宠惯坏了一样。

幸而还有极少一小部分他们有钱也办不成的事儿。

否则，岂不正应了一九九七年中央电视台春节晚会中一个小品的一句台词——有钱能使磨推鬼了么？

在他们中，也有的男人，无才无能亦无德，甚至在德方面是往事不堪提起的，仅靠了赌自己的青春年华、十几年如一日甘愿充当外国有钱老太婆的“干儿子”或曰“面首”，而终于“修成正果”，继承了遗产，于是衣锦还乡，摇身一变，归国做起富豪来的。

也有的女人，仅靠了花容月貌，妖姿冶色，不惜以肉体为股，而售身于某些境外的有钱的老头子们的大陆“外室”或曰“小妾”、“二奶”，于是过着住别墅开名车，一掷千金的富贵生活的。

但是我们在评说以上一类男人和一类女人时，分明的，是存在着观念作祟与否的问题的。按照道德规范的不成文法对世人的说教，传统的逻辑似乎是这样的——如果一个男人既不但是一个各方面都很正常的男人，而且还很年轻，而他却甘愿成为一个老太婆的风烛残年的日子里的附庸，则我们世人即使不发问，内心里也一定会暗想——他所图者何？

倘那老太婆恰恰很有钱，则我们世人就会不约而同地得出注定了一致的结论——他图的是钱。

于是我们世人便会一致地不屑起来。认为在他和她之间，肯定达成了一种“不道德”的交易。于是我们看待他的思想目光，也无疑介入了近乎“审判”的成分。而他作为男人的“道德资格”，定然要被我们的观念的罚牌严重扣分。

但是，如果她非是老太婆呢？如果她与他年龄般配呢？

那么，毫无疑问地，我们世人的思想的目光，则将更多地包含有嫉妒的成分了。假使靠修养克服掉了嫉妒劣性的人，大概也会暗自承认那实在不失为一组“幸运结合”。

再如果，她乃名门望族之后呢？

于是“不道德”的“交易”，往往不但会被公认为“幸运结合”，而且可能会被传为佳话。

如果她不但有钱，不但出身于名门望族，而且是艺术家，或者虽非艺术家，但却是热爱艺术的女人——这时情况会怎样呢？

几乎无一例外地，这时佳话会上升为逸事，会被记载于书，成为小说家或戏剧家的创作素材。

同一件事，只消作为另一方的女人不是老太婆，或者除了有钱，身份还有其他“可取之处”，则我们世人的态度就会一变再变。

自从伟大的司汤达的《红与黑》问世以来，东西方的世人，无论男人或女人，皆对那个叫于连的法国某一个小市里的木匠的儿子充满了同情。但是于连爱上了丈夫是市长的德·瑞娜夫人，其实并非一桩寻常的婚外恋故事。按今天的说法，未必没掺杂着改变命运的企图和幻想。

那么世人为什么就同情于连呢？

因为德·瑞娜夫人不是老太婆。所以一个青年迫切想要跻身“上流社会”的野心，经起始缠绵结局悲惨的爱情故事一包装，就具有了另外的意味儿，就被世人的理解尺度所包容了。

按照同样的逻辑前提，我们世人也相当包容卢梭与几位贵族夫人们的“桃色关系”。《忏悔录》中记载得很翔实，他花她们的钱，接受她们的慷慨的经济资助，同时与她们保持“亲爱”的依赖性质的“交往”，以至于常引得她们相互猜妒。按照今天的说法，这也未必不有点儿接近于“傍富婆”。

好在那几位贵夫人的年龄，最大的也只不过大到可以做年轻时的卢梭的母亲的程度，绝没大到足以做他的祖母的地步。

如此看来，在一心想要“出人头地”的男人尤其青年，与某些有钱的或身份高贵的有权势的女人的关系中，只要年龄的差距是我们世人还能接受的，我们就不至于将此类世相归于“审丑”的范围。我们就随时准备矫正我们的思想目光，以及我们的观念的尺度。

但是我以为我们世人仅仅能做到如此包容还不够。

一名二十七八岁的中国青年，在中国“开放”的初年，将自己的头发烫成古里古怪的样式，戴一副刚刚在中国时兴的，被叫做“蛤蟆镜”的那一种太阳镜，穿一条也是刚刚在中国时兴的红色或黄色喇叭裤，整天守在北京饭店等大饭店门前，目光专盯在某些中年以上的外国女人身上，巴望有幸接近她们，从而结识她们，并被她们带出国去，靠运气变为高等华人……

对此类世相对此类青年，我们究竟该如何看待如何评说呢？

我想，似乎还是不以“道德”与“不道德”的戒规来框定为好。

因为，既然我们对于连与女人们的关系是抱有同情的，既然我们对卢梭与女人们的关系是当成逸事来看待的，其实我们也是应该对那一类世相那一类青年不加过分尖刻的谴责的。

对社会对他本人，他变成了富豪总比变成了“二流子”好一千倍。

反之，在某些将对金钱的拥有作为人生至高追求的女人，以自己的青春美貌为赌码或为本钱，与有钱的男人或富商进行交易并且获利巨大的世相中，我们也是很难用非此即彼的对错人生观来加以区别的。这一种世相的越来越“普及”的存在，将使我们的评说越来越陷入迷惘和尴尬。

我结识过这样一个女人——她是二十世纪六十年代出生的人，七十年代后期高考落榜，燕飞于社会。

一九八三年她二十三岁时，一度成为一名香港小商人“包养”的大陆妾。

二十四岁半她换了一条“人生游艇”。二十五岁半，她愈发出落得亭亭玉立，于是又换“载体”。

她的人生就从二十五岁半改变。对方许诺她别墅，她不要；对方许诺她名车，她也不要。她要对方投资，由她来经商。这正中五十六七岁的半老头子下怀。因为那泰国华侨商人正苦于想在中国物色到投资代理人而不可得。由自己的“妾”来代理他很是放心。于是双方立下合同，利润平分。他先投资二百万，在南方某市建了一家饭店。她出任经理，经营有方。他来中国，她是他的“准夫人”。他一离境，她为自己找“准丈夫”们填补感情和生理需要。一年后那半老头子见她经营得有成果，又投资五百余万办了一家规模可观的服装厂，于是她一肩双挑，同任经理。在她三十余岁时终于找茬儿与那半老头子闹翻，而那时她自己的“私房钱”已近千万。按照合同，那半老头子（不，当时已六十余岁了，是一个真正的小老头儿了）还大方地补偿给她三百万。因为他的正室夫人及大儿大女们，对他在中国的风流韵事已有所洞察，郑重地召开家庭会议“帮助”他，他不愿因她而闹家庭纠纷，分手又正中他下怀……

在这一世相从始到终的过程中，金钱关系当然是本质的关系。这一点他们双方都很清楚，都很明白，双方之间也从不讳言。

值得我们玩味的是——他并不觉得自己被利用了，更不认为自己吃亏。因为六七年内，他每到中国，总有她那样一位善解人意的倩女陪行陪宿，与之同游同乐，而且为他创收了一千多万。事实上他也的确没有遭受任何方面的损失。他是恋恋不舍地与她分手的。

她也同样并不认为自己吃亏。二十五岁半她“傍”上他时自己一无所有，只不过有一处仅十几平方米的小窝，而且是租的。才三十余岁自己便成了拥有千万元以上的“富姐”，她觉得实在是太幸运了。当初以自己为“股”的“合资”决策，实在是太英明、太正确、太值得了。因为，对于一个在二十五岁半时还一无所有的女人，对于一个只有高中文化的女人，几乎没有任何另外的方式，比以自己的青春和美貌，也就是自己的先天“资源”为“股”进行了一次成功的“合资”，能更迅速地使自己变成一位有钱的女人了。

“您说，您实事求是地说，还有另外的方式方法么?”

在冬日上午照进我家客厅的暖洋洋的阳光中，她故作天真状，大瞪两眼望着我发问。她眼中有一种思想单纯的、高中女生般的坦率。我竟没法判断那一种仿佛的单纯，是一种女人所善于的表演的技巧，还是因她的实际学历所局限的。

我说：“的确，没有什么另外的方式方法了。”

“你知道么？我也曾想当作家。”

她嘲谑意味儿十足地一笑。我觉得她嘲谑的并不是她自己，而是已经成了作家的人们。想必的，也包括我在内。

我说：“是么?”

除了“是么”两个字，我有点儿不知再说什么好。

预先，经北京某报一位与我关系友好的女记者打了两次电话约定时间，我才碍于情面，不得不在家里礼貌之至地接待她。

“你一定要见她！她会带给你许多新观念，而将你原有的一套观念冲击得稀里哗啦塌一大片!”

那记者朋友在电话里对我这么说。

我曾要求对方向我大致介绍一下我将在家里接待的客人的情况——她从事什么职业？她非要拜访我的目的是什么？她可能有什么事希望获得我的帮助？如果她当面提出，如果不超出我的能力，我应该全力以赴地帮助她么？

“你问些什么呀！人家没有职业。人家不需要职业。人家一向在好好地过着养尊处优的高贵生活。实话告诉你吧，人家是拥有千万元以上的一富姐，人家会需要你帮助什么呀？人家只不过想和你认识认识，随便聊聊文学创作和人生什么的。除此而外人家拜访你没有其他任何目的……”

记者朋友一再打消我的顾虑。言语中暗示着自己和她的关系非同一般。

然而她成为“富姐”的方式方法，却并不是我的记者朋友预先告诉我的，而是她自己坐在我对面的沙发上，细长的玉指间夹着细长的坤烟，轻吞云缓吐雾地娓娓道来的。说时，微眯着眼，口述回忆录似的，脸上仍是一副高中女生般的单纯的坦率。我也仍难以判断，那究竟是擅长的表演技巧，还是她的真本色真性情。

她又说：“你知道么？我二十多岁是一名待业女青年的时候，你刚因一篇《这是一片神奇的土地》出名。我曾给你写过信，打过电话，还到‘北影’去找过你……”

我依旧说：“是么？”

“当年给你写信的女孩子肯定不少。你当然记不得了。”

我说：“我记忆的确很差。可是你在‘北影’见到过我么？”

她肯定地点了一下头：“你家当年住‘北影’最后一排二层小楼里。那小楼很旧，斜对‘北影’招待所。那一天我去‘北影’招待所拜访一位女演员，之后忽然想到你也住在‘北影’院儿里。当时是夏天，傍晚。我问一个在楼前纳凉的人你家究竟住几层，他四下望了望，指着说——那不就是梁晓声么？我就看见了你。你在不远处推着一辆童年，剃了秃头，穿一条裤衩，上边是挎肩背心，背心老长，又不掖在裤衩里，像下身什么都没穿似的。当时我觉得格外索然。觉得想要认识你的念头特没劲，也就没走过去和你搭讪……”

我说：“不错。那肯定就是我了。”

她问：“你当年为什么剃秃头呢？像刚获释的劳改犯似的。企图强调个性？还是对社会不满？”

我说都不是，只不过因为那一年夏天太热了。

她话锋一转：“你对金钱有什么看法？”

我被问得一怔，想了想……

她说：“你别想！立刻回答，立刻！”

我仍不免迟豫地说：“也没什么特别与众不同的想法。只不过认为金钱对人也很重要。”

“重要到什么程度？也别想，立刻回答。”

我皱眉道：“你好像是在我家里审问我。”

她红唇一绽，露出一排整齐洁白的牙，极有魅力地一笑。

“讨论着玩嘛。也可以说是请教吧！在金钱、权力和艺术三者之间，你认为哪一种追求最永恒？”

我说：“艺术吧？”

她说：“错。其实我今天主要是来和你讨论这个话题的。你的《泯灭》我看了。你批判金钱，仿佛人一追求金钱，道德啦、精神啦、灵魂啦，就都会不可救药地堕落了。我就想，你这位作家，是真的安贫乐道呢？还是心口不一，装相给别人看呢？我太坦率了点儿，你不至于生气吧？”

我说我不生气。面对这么一位女人，我也只能没脾气。我说我并不主张安贫乐道，说我的《泯灭》也不是批判金钱的，而是批判金钱至上、拜金主义的人生观的。

她说反正都是一回事儿。说你梁晓声既然承认金钱对人很重要，那么人追求很重要的东西有什么值得非议的？谁又能分得清楚，人内心里对金钱的追求激情，在什么程度内是自然的？超过了什么程度就是拜金主义了？

她说人一死，人终生追求的权力，也就随之丧失。哪怕建立了世袭制度，也会受改朝换代的冲击。一朝天子一朝臣，才不管你世袭不世袭呢。她说人一死，他终生追求的艺术，也就金钱化了。或由别人拍卖，或由自己的后人换钱，或一文不值，或值百万千万。你们作家、编剧，不都巴不得自己的作品拍卖了高价么？价廉不是心里很别扭，很不服气很委屈么？一文不值了不是非常沮丧非常失落么？归根到底，这和你们追求金钱有什么区别？只不过有时你们是间接的，通过经纪人罢了。而艺术的才华一般来说是不能遗传的。艺术家的后代，平庸之辈多了！

她说人对金钱的追求却大为不同。比之权利，金钱不会随着人的消亡而消亡。比之艺术，金钱是可以留给下一代继承的实在之物。金钱是可以通过收藏艺术品的方式保值和升值的。而艺术品一旦不能再变成金钱，谁还看重艺术？

她说世上只有金钱是流芳百世、永远不会过时的东西。说美国发现了一张百年前的存单，如今还有效，区区十几美元已变成了数千万美元。

她说你不要相信富人们的那句话——我穷得只剩下金钱了。她说那是富人在故意调侃自己，逗穷人们也逗自己开心的话。她说有些记者、文人、社会学家们竟信以为真，还煞有介事地发出呼吁——救救富人吧！多滑稽呀！

她说，我现在富了，有钱了，我感到从没有过的充实。我这个富人怎么就从来也没觉得空虚呢？我只不过觉得有时候寂寞，没意思。于是我就出国旅游，尽情玩乐，大把花钱。难道你们文人就没有空虚寂寞的时候？穷人就没有？我的空虚寂寞，与你们相比，与穷人相比，那也是极高级的一种。如果我可以有二十种方式排遣，你们又能有几种方式？穷人又能有几种方式？所以，归根到底，人能追求到金钱的好处，是明摆着的，说也说不完的，怎么世人似乎都企图颠倒真伪，极力回避这一点呢？

她说她一点儿也不认为自己获得金钱的经验是不体面的，难以启齿的。她说如果男人的学识和才华是资本，女人的青春和容貌为什么不可以当成原始股？她说一个追求权力的人想当局长，只要目的达到了、当上了，不管手段多么卑劣，不都意味着他成功了么？而且，时间一长，有些人照样会讨好于他、巴结于他。她说权力之争，你上我下，得到了权力的人，总是以别人失去权力为前提的。而一个女人靠自己的青春和容貌，说得再直白一点儿，靠自己的肉体追求到了人人都承认对人生很重要，人人骨子里都承认多多益善的金钱，并不危害别人的利益，也不遗祸于社会，可究竟有什么不好的呢？

她说她打算以自己的经历写成一本书，以现身说法替她这样的某些女人正名，通过一本书向社会讨个公道，阐述自己的金钱观和女人的道德观，刷洗种种世俗偏见强加给她这样的女人的道德污点……

最后她说，脱稿后，请我予以指点。

我说我水平很低，观念也很僵化保守，恐怕难负重托。

她说你别推，用不着你帮着联系出版，我买书号自费出版就是了。而且要用最好的纸，找一流的印刷厂印……

她走后，我头脑中一片混乱。我对自己承认，我一向自以为是的观点，的的确确受到了一次前所未有的“轰炸”，但却毕竟没到塌得稀里哗啦的地步。

我坐在沙发上静静地想——那女人的逻辑中明明有谬啊，可谬在何处？一时又想不出个所以然。

晚上，妻下班回来，我将那女人的来访，以及她对我的“教诲”

叙述给妻听。

我不太有把握地问："她的观点不正确吧？"

妻说："那还用问，当然不正确。"

我又问："那么不正确在哪儿呢？"

妻一怔，一时也答不出。

她想了片刻，反问："这么说吧，假如咱们的儿子是女儿，你愿意她以与那个女人同样的方式去追求金钱么？如果当女儿的非要那样，你当父亲的怎么办？"

我说："我揍她。揍她也不起作用，我就和她断绝父女关系。"

妻说："这不就得了嘛！那女人的话就不正确在这儿啊！"

我一边吃晚饭一边仍在想。

晚饭后，我将妻扯入一个房间，避开儿子，悄问："还是刚才的话题，还是好比儿子是女儿，几年后她有了一千多万，为咱俩买别墅，买名牌汽车，还为咱俩雇管家和司机，你说那咱们怎么办？仍视她为异类？仍不认她那样的女儿？"

妻张口结舌了一阵，推开我说："你这人真讨厌！你不胡思乱想会有人治你的罪呀？到哪时说哪时，那就是另外一回事儿了嘛！"

我说："怎么是另外一回事儿了呢？"

她说："别烦我，没工夫陪你瞎扯，我还得刷碗呢！"

躺在床上时，我忽有所悟——其实那女人客观上牵引我接触到了我们世人意识中最为隐秘的隐私。商业时代使这一种隐私渐渐暴露，最后彻底公开化。而我们世人克服和战胜羞耻感的最传统也是最明智的"战术"，便是将羞耻感彻底公开化。彻底公开了的羞耻不复再能作用于人。它先变得似乎合情合理，在人判断世相的低级观念中获得认可；后变得习以为常，在人评论世相的高级逻辑中达到近于天衣无缝的、普遍世人的心理接受起来不太别扭的完善。

对于我们世人而言，那句真理般的隽语也许大错特错了。它说人的

"自我"和外界影响的关系是"我思故我在"，而实际情况却是"我欲故我在"。

|贫富论|

苏格拉底、亚里士多德、黑格尔、奥古斯丁、莎士比亚、培根、爱迪生、林肯、萧伯纳、卢梭、马克思、罗斯金、罗素、梭洛……

古今中外，几乎一切思想者都思想过贫与富的问题。以上所列是外国的。至于吾国，不但更多，而且最能概括他们立场和观点的某些言论，千百年来，早已为国人所熟知。不提也罢。

都是受命于人类的愿望进行思想的。

从前思想，乃因构成世界上的财富的东西种类欠丰，数量也不充足，必然产生分配和占有的矛盾；现在思想，乃因贫富问题，依然是世界上最敏感的问题——尽管财富的种类空前丰富了，数量空前充足了……

这世界上政治的、经济的、军事的、外交的，以及改朝换代的大事件，一半左右与贫富问题相关。有时表面看来无关，归根结底还是有关。那些大事件皆由背景因素酝酿，阶级与阶级，国与国，民族与民族之间的贫富问题常是幕后锣鼓，事件主题。

贫富悬殊是造成年代动荡不安的飓风。

经济现象是形成那飓风的气候。

从前那飓风往往掀起暴乱和革命，就像灾难席卷之后发生瘟疫一样自然而然合乎规律。

从前处于贫穷之境无望无助的一部分人类，需要比克服灾难和瘟疫大得多的理性，才能克服揭竿而起的冲动。

从前"调查"贫富悬殊的是仇恨；现在是经济水平。

在动荡不安的年代连宗教也无法保持其只负责人类灵魂问题的立

场，或成为可利用的旗帜，或成为被利用的旗帜。比如太平军起义，比如十字军“东征”。

一个阶层富到了它认为可以的程度，几乎必然产生由其代表人物主宰一个国家长久命运的野心。

那野心是它的放心。

一个国家富到了它认为可以的程度，几乎必然产生由其元首主宰世界长久命运的野心。

那野心也是它的放心。符合着这样的一种逻辑——能做的，则敢做。

第一次世界大战以前的世界史满是如此这般的血腥的章节。

第一次世界大战的结束其实不是由胜败来决定的，是由卷入大战之诸国的经济问题决定的。诸国严重的经济虚症频频报警，结束大战对诸国都是明智的。

二战的起因尤其是世界性的贫富问题引起的，这一点体现于德日两国最为典型，英美当时的富强使它们既羡慕又自卑。对于德日两国，在最短的时间里最快地富强起来的“方式”只有一种，在它们想来只有一种，那是一种凶恶的“方式”。它们凶恶地选择了。

希特勒信誓旦旦地向德国保证，几年内使每户德国人家至少拥有一辆小汽车；东条英机则以中国东北广袤肥沃的土地、无边无际的森林以及丰富的地下资源诱惑日本父母，为了日本将自己的儿子送往军队……

海湾战争是贫富之战，占世界最大份额的石油蕴藏在科威特的领土之下，在伊拉克看来是不公平的……

巴以战争说到底也是民族与民族的贫富之战。对巴勒斯坦而言，没有一个像样的国都便没有民族富强的出头之日；对以色列、耶路撒冷既是精神财富，也是将不断升值的有形财富……

柏林墙的倒塌，韩朝的握手，不仅证明着统一的人类愿望毕竟强烈于分裂的歧见，而且证明着希望富强的无可比拟的说服力……

台湾不再敢言“反攻大陆”，乃因大陆日渐昌盛，“反攻”只能被当成痴人说梦……

克林顿的支持率始终不减，乃因他是使美国经济增长指数连年平稳上升的总统……

欧盟之所以一直存在，并且活动频频，还发行了统一的欧元，乃因它们认为——在胜者通吃的世界经济新态势前，要在贫富这架国际天平上保持住第二等级国的往昔地位，只有联盟起来才能给自己的信心充气……

阿尔诺德曾说过这样的话：“几乎没有人像现在大多数英国人持有这么坚定的信念，即我们的国家以其充足的财富证明了她的伟大和她的福利精神。”

但狄更斯这位英国作家和萧伯纳这位英国戏剧家笔下的英国可不像阿尔诺德说的那样。

历史告诉我们，“日不落帝国”曾经的富强，与它武力的殖民扩张有直接的因果关系。

阿尔诺德所说的那一种“坚定的信念”，似乎更成了美国人的美国信念而不是英国人的英国信念。美国今日的富强是一枚由投机和荣耀组合成的徽章。从前它靠的是军火，后来它靠的是科技。

一个国家在它的内部相对公平地解决了或解决着贫富问题，它就会日益地在国际上显示出它的富强。哪怕它的先天资源不足以使其富，但是它起码不会因此而继续贫穷下去。

中国便是这样的一个例子。

中国改革开放的最显著的成果，不是终于也和别国一样产生了多少富豪，而是各个城市里都在大面积地拆除溃疡一般的贫民区。

中国只不过是一个正在解决着贫穷人口问题的国家。

否则它根本没有在世界面前夸耀什么的资本，正如一位子女众多的母亲，仅仅给其中的一两个穿上漂亮的衣裳而且炫示于人，那么其虚荣是可笑的。

贫富的问题一旦从国际谈到国家内部，先哲们不但态度和观点相左，有时甚至水火相克誓不两立。

耶稣对一位富人说：“你若愿意做仁德之人，可去变卖你所有的财富分给穷人。”

否则呢，耶稣又说：“骆驼穿过针眼，比财主进上帝的国门还容易呢。”

耶稣虽不是人，但是他的话代表着古代的人对贫富问题的一种愿望。比之一部分人类后来的“革命”思想，那是一个温和的愿望。比之一部分人类后来在发展生产力以消除贫穷现象方面的成就，那是一个简单又懒惰的愿望。

人类的贫穷是天然而古老的问题。因为人类走出森林住进山洞的时候，一点儿也不比其他动物富有。

一部分人类的富有靠的是人类总体的生产力的提高。

全人类解决贫穷现象还要靠此点。靠富人的仁德解决不了这一点。

苏格拉底是多么伟大的思想家啊！

可是他告诉他的学生阿德曼托斯：当一个工匠富了以后，他的技艺必大大退化。他并以此说明富人多了对人类社会发展的危害。

他的学生当时没有完全接受他的思想，然而也没有反对。

但事实是，一个工匠富了以后，可以开办技艺学校、技艺工厂，生产出更多更好的产品。那些产品吸引和提高着人们的消费，甚至可引领消费时尚。人们为了买得起那些产品，必得在自己的行业中加倍工作……

人类社会基本上是按这一经济的规律发展的。

因而我们有根据认为苏格拉底错了……

最著名的古典神学者阿奎那不但赞成苏格拉底，而且比苏氏的看法更激烈。

他说："追求财富的欲望是全部罪恶的总根源。"

如果人类的大多数真的至今这么认为，那么比尔·盖茨当被烧死一百次了。

但是财富和权力一样，当被某一个人几乎无限地垄断时，即使那人对财富所持的思想无可指责，构成其现象的合法性也还是会引起普遍的不安，深受怀疑。

普通的美国人自然不可能同意阿奎那的神学布道，但是连明智的美国也要限制"微软"的发展。幸而美国对此早有预见，美国法律已为限制留下了依据。

比尔·盖茨其实是无辜的。

"微软"其实也没有什么"罪恶"。

是合法的"游戏规则"导演出了罕见的经济奇迹，而那奇迹有可能反过来破坏"游戏规则"。

美国限制的是美国式的奇迹本身。凡奇迹都有非正常性。

一个国家的成熟的理性正体现在这里。

培根不是神学权威。

但睿智的培根在财富问题上却与阿奎那"英雄所见略同"。

连他也说："致富之术很多，其中大多数是卑污的。"

他的话使我们联想到马克思的另一句话——（在资本主义制度之下）资本所积累的每一枚钱币，无不沾染着血和肮脏的东西。

按照培根的话，比尔·盖茨是卑污的。

但全世界都不得不承认他并不卑污。

按照马克思的话，美元该是世界上最肮脏的东西了。但是连我们中国人，也开始用美元来计算国家财政的虚实了。而且，一个中国富豪积累人民币的过程，就今天看来，其正派的程度，肯定比一个美国人积累美元的过程可疑得多。因为一个中国富豪积累人民币的过程，太容易是与中国的某些当权者的"合作"过程了。

任过美国总统的约翰逊说："所有证明贫困并非罪恶的理由，恰恰明显地表明贫困是一种罪恶。"

萧伯纳在他的《巴巴拉少校》的序中则这样说："穷对一个人意味着什么呢？意味着让他虚弱，让他无知，让他成为疾病的中心，让他成为丑陋的展品，肮脏的典型，让他们的住所使城市到处是贫民窟，让他们的女儿把花柳病传染给健康的小伙子，让他们的儿子使国家的男子汉变得有瘰症而无尊严，变得胆怯、虚伪、愚昧、残酷、具有一切因压抑和营养不良所生的后果……不论其他任何现象都可以得到上帝的宽容，但人类的贫穷现象是不能被宽容的。"

而黑格尔的一番话也等于是萧伯纳的话的注脚。他说："当广大群众的生活低到一定水平——作为社会成员必需的自然而然得到调整的水平之下，从而丧失了自食其力这种正常和自尊的感情时，就会产生贱民。而贱民之产生同时使不平均的财富更容易集中在少数人手中……"

他还说："贫困自身并不使人必然地成为贱民。贱民只是决定于与贫困为伍的情绪。即决定于对富人，对社会，对政府等等的内心反抗。此外，与这种情绪相联系的是，由于依赖偶然性，人变得轻佻放浪、嫌恶劳动。这样 来，在他们中便产生了恶习，不以自食其力为荣，而以恳求乞讨为生并作为自已的'特权'。没有一个人能对自然界主张权力。但是在社会状态中，怎样解决贫困问题，当然是贫困者人群有理由对国家和政府主张的权力……"

怎样回答他们呢?

林肯一八六四年在"答美国纽约工人联合会"时说："一些人注定的富有将表明其他人也可能富有。这种个人希望过好生活的愿望，在合法的前提之下，必对我们的事业产生巨大的推动力。"

在一切不合法的致富方式和谋略中，赎买权力或与权力相勾结对社会所产生的坏影响是最恶劣的。

这种坏影响虽然在中国正遭到打击，但仍表现为相当泛滥的现象。

它使我想到，若林肯是今天的中国总统，究竟有多少贫穷的中国人会相信他那番话?

我个人的贫富观点是这样的——我承认财富可以使人生变得舒服，但绝不认为财富可以使人生变得优良。一个瘦小的秃顶的老头儿或一个其貌不扬的男人娶了一位如花似玉的娇妻，那必在很大程度上是财富“做媒”。他内心里是否真的确信自己所拥有的幸福，八成是值得怀疑的。对她亦如此，财富可以帮助人实现许多欲望，却难以保证每一种实现了的欲望的质量。

当然，我也绝非那种持轻蔑财富的观点的人。

我一向冷静地轻蔑一切关于贫穷的“好处”的言论。

威廉·詹姆士说：“赞美贫穷的歌应该再度大胆地唱起来。我们真的越发地害怕贫穷了，我们蔑视那些选择贫穷来净化和挽救其内心世界的人。然而他们是高尚的，我们是低贱的。”

我觉得他的话即使真诚也是虚假的。

我不认为他所推崇的那样的些个人士全都是高尚的。不太相信贫穷是他们情愿选择的。尤其是，不能同意贫穷有助于人“净化和挽救其内心世界”的观点。我对世界的看法是，与富足相比，贫穷更容易使人性情恶劣，更容易使人的内心世界变得黑暗，而且充满沮丧和憎恨。

我这么认为一点儿也不觉得我精神上低贱。

中国从古至今便有不少鼓吹贫穷的“好”处的“文化”。

最虚假可笑的一则“故事”大约是东汉时期的，讲两名同窗学子锄地，一个发现了一块金子，捡起一块石头似的抛于身后，口中自言自语：“肮脏的东西!”而另一个却如获至宝揣入怀中……

这则“故事”的褒贬是分明的。

中国之文人文化的一种病态的传统，便是传播着对金钱的病态的态度。

但是我们又知道，中国之文人，一向的对于自身清贫的自哀自怜以及呻吟也最多。倘居然还未大获同情和敬意，便美化甚至诗化了清贫以自恋。

而我，则一定要学那个遭贬的揣起了金子的人。倘我的黄金拥有量业已多到了无处放的程度，起码可以送给梦想拥有一块黄金的人。一块金子足可使一户人家度日数年啊！

何况，古文人的“惟有读书高”，最终还不是为了仕途吗？

所谓仕途人生，还不是向往着服官装、住豪宅、出马入轿、唤奴使婢、享受俸禄吗？俸禄又是什么呢，金银而已。

我更喜欢《聊斋志异》里那一则关于金子的故事，讲的也是书生夜读，有鬼女以色挑之，识破其伎俩，厉言斥去。遂以大锭之金诱之，掷于窗外……

明智的人总不能拿身家性命换一夜之欢、一金之财啊。

但若非是鬼女，或虽是，信其意善，则另当别论了。比如我，便人也要，金也要。

还是不觉得自己低贱。

但我对财富的愿望是实际的。

我希望我的收入永远比我的支出高一些；而我的支出与我的消费欲成正比；而我的消费欲与时尚、虚荣、奢靡不发生关系。

不知从哪一年代开始，我们中国人，惯以饮食的标准来衡量生活水平的高低。仿佛嘴上不亏，便是人生的大福。

我认为对于一个民族，这是很令人高兴不起来的标准。

我觉得就人而言，居住条件才是首要的生活标准。因为贪馋口福，只不过使人脑满肠肥、血压高、脂肪肝、肥胖。看看我们周围吧，年轻的胖子不是太多了吗？

而居住条件的宽敞明亮或拥挤、低矮、阴暗潮湿，却直接关系到人的精神状态的优劣。

我曾经对儿子说——普通人的生活值得热爱。也许人生最细致的那

些幸福，往往体现在普通人的生活情节里。

一对年轻人大学毕业了，不久相爱而结婚了。以他们共同的收入，贷款买下七十平方米居住面积的商品房并非天方夜谭，以后十年内他们还清贷款也并非白日做梦。之后他们有剩余的钱为他们自己和儿女买各种保险。再之后他们退休了，有一笔积蓄，不但够他们养老，还可每年旅游一次。再以后，他们双双进入养老院，并且骄傲于非是靠慈善机构的资助……

这便是我所言的普通人的人生。

它用公式来表示就是——居住面积七十平方米的住房+共同的月收入X元。

我知道，在中国，这种“普通人”的人生对90%的当代青年还是可望而不可即的事。但毕竟的，对10%左右的青年，已非梦想。

什么时候10%的当代青年已实现了的生活，变成90%的当代青年可以实现的生活，中国就算真的富强了。

贫富之话题也就是多余的话题了……

狮·人及其他

首先让我们来说狮。

狮是凶猛的猎食者，也是非洲原野上的王者。

我在一篇关于动物的杂感中，认为狮有“黑社会老大”的粗鄙相，与同样是山林王者的虎一比，只不过是原野恶霸而已。虎却是真有王者之仪的。虎身上还透着“隐”的意味儿。虎是庄的王者。长啸之后，一只虎在山林中神秘地出现，于是仿佛整个山林为之肃穆。虎使人感到是有文化的兽。虎使人觉得是山林文化的魂。栖虎之山林，使人心生敬畏。

狮却往往是成帮结伙的。狮是极少的身上没有花纹的大兽。而且，毛色永远地那么难看。也永远地没有光泽。我认为在一切颜色中，棕色是无论深浅都会使人眼产生不舒服反应的一种颜色。而狮的毛色接近着的棕色，有时看去，甚至是很脏的，与土色或与黑色相混过的那一种棕色。总之，狮往往给人以蓬头垢面，遍身灰尘的印象。

《狂野非洲》的片头是极具视觉冲击力的。一连串飞快变化的剪辑，每一瞬间都是精彩的。而且，是足以惊心动魄的。

喜欢此电视节目的人肯定注意到了，狮在它的片头的两个瞬间出现过。

其一：粗树干后，一张狮面鬼祟探出，作贼窥状。使人联想到中外电影中的密探嘴脸，或盯梢者嘴脸。活脱体现了兽王险诈的另一面。

其二：一头雌鹿在灌木后凌空一跃（显然的，后有猎捕者），几乎与此同时，灌木后也凌空跃起了一头狮。狮遭到鹿的一跃的冲撞，于是腹上背下，仰在半空。而那鹿正中狮的下怀。狮的四爪自下而上紧紧抱住了鹿。爪钩分明的深抓到鹿的皮下了。同时，它锐利而致命的齿，咬进了鹿的颈子……

那狮肯定是预先埋伏在那儿的。它不无谋略。

此一动物间的弱肉强食的镜头，堪称珍贵。

狮是天生之凶猛的猎食动物。上帝是这么规定它在非洲原野上的角色的。故其猎食情形无论多么的血腥，都是符合自然法则的。何况，自然界的弱肉强食，并无哪一种吃法是斯文的。

但一头吃饱了的狮，尤其雄狮，倘不卧着打盹，倘仍觉精力过剩，它就要干一件很“伤天害理”的事了。

究竟什么事呢?

它踞立高处，四顾搜寻，企图发现猎豹的家。猎豹的家，往往是“单亲家庭"。儿女一断奶，猎豹父亲们就重做流浪汉，再逐新欢去了。狮一发现视野内有猎豹的家存在，便奔过去，将小猎豹一一咬死。它并不吃它们。因为它并不饿。它只不过咬死它们。怀着一种灭门般的仇恨。怀着一种“斩草除根”的快感。倘雌猎豹正守护着小猎豹们，或刚巧从别处赶回来，免不了为保卫儿女而与雄狮拼死一搏。但猎豹哪里是雄狮的对手，或遍体鳞伤，眼睁睁看着儿女惨死。或将自己的性命也搭上。

动物学家们认为，狮的这一种灭绝别的兽种的行径，乃因独霸一方，彻底消除“竞争对手”的本能促使。猎豹也是非洲原野上出色的猎食者。其猎食本领的高强，每使狮们望尘莫及。所以，雄狮以对猎豹实行“斩草除根”为已任，达到自己永远垄断非洲原野生存资源之目的。

在大兽中，包括一切大的猎食猛兽中，除了狮，再没有“思想”如此阴暗如此歹毒的了。

狮不仅对猎豹那样，对同类也心狠手辣。

《狂野非洲》中有一辑是《母狮辛酸泪》——表现一头母狮，既肩负着哺养两只幼崽的使命，亦须照料还在“花季”的妹妹。妇幼四只狮相依为命，全由母狮来解决活着的基本问题——吃的问题……

“她们”被一头雄狮跟踪多日了。

因为雄狮看上了母狮。

既然看上了，“他”就要达到占“她”为妻之目的。所以“他”必咬死“她”的儿女，以干干脆脆地结束“她”当年轻母亲的责任，早日在“他”的追求下进入发情期。所以“他”必驱走“她”的妹妹，“她”不愿自己向往的蜜月生活有累赘。而且，“他”干掉“她”的儿女，亦因它们是“前窝”的崽子。

而“他”乃王者。“他”所荫庇的幼狮，必须是“他”的种。

“他”的阴险和歹毒，几番番遭到了那母狮舍生忘死的抵抗。而其目的最终还是达到了。当“他”踞立高处，嘴脸上和须上染满鲜血，傲慢又冷酷地俯视着悲怆之极的母狮时，我顿觉狮这一种所谓兽王，不但有“黑社会老大”的粗鄙之相，简直还很流氓了。

在自然界，动物间虽有弱肉强食的一面，却也每体现出动人的善性。亲情、友情、爱情，在它们那儿，往往比人类之间还美好。狮的以上行径，除它们而外，几乎另无例子。当然这里指的是大兽。在虫类，比如不同种类的蚁间，也有相互灭门，斩草除根，或掳了对方们为奴的现象。

由狮进而联想到了埃及的人面狮身石雕。众所周知，它在希腊神话传说中叫斯蒂芬斯。它是智慧和邪狞的杂交。当它以谜语考问路人时，它是智慧的。当人答不出，它吃人时，是邪狞的。

它还是王权的象征。

是王权不甘消亡而终于消亡了，消亡了以后仍企图在人世间威慑人们精神的一种象征。

一切王权皆有邪狞的一面。

正如狮有那些流氓的一面。

一切具有王权性质的政权，理念上皆必然地具有灭绝异己的本能意识。

正如狮对猎豹的灭门和斩草除根的行径。

一切王权的最高代表者和高层维权者，骨子里皆必然是自私自利的。

正如雄狮为了繁衍自己血脉的王种，连同类的后代也要咬死。

真的，狮的以上本能，在大兽中绝对是独一无二地恶劣的。比如象，比如虎，比如熊，都并不像它们那样。当动物摄影家们将狮性之恶劣的一面展现给我们人类看的时候，实在是对我们人类进行了很有益的教育。

归根结底，狮性之恶劣一面，乃是非洲原野上之生存法则决定了的结果。

那 法则使每一头狮都变得极端地自我中心。

改变狮性之恶劣只有一策，那就是在它是幼狮时使它与人接触，获得一点人性的影响。

相反，将人性改变得如狮性一般恶劣，也不是多么难的事。只要在人小的时候，将他和她浸泡在恶劣的文化里就够了。

恶劣的文化有一种恶劣又美丽的倾向。那就是极端地宣扬自我中心；极端地鼓吹自我中心；极端地偏爱自我中心——仿佛彻底的自我中心才是彻底的个性自由了。

于是我的眼看到在现实生活中，中国人的不少后代，尤其男孩，尤其自以为成熟了文化了的他们，人性中都或多或少有着非洲狮的恶劣狮性。

他们以非洲雄狮那一种内心里的阴暗和歹毒对待周围的“猎豹”们。也恨不得以非洲雄狮那一种冷酷的方式征服女性。

于是我的眼转而向中国当代文化去寻找答案，结果发现了一种毒素，那就是崇尚恶欣赏恶贩卖人性恶天经地义人性恶有理。

但是此种文化的流弊是显而易见的。因为它并不能培养一批雄狮般的中国男人。果而如此倒也值得中国人在当今世界很牛。实际上只不过造就了一批窝里斗有理窝里横万岁的骨子里的屑小之辈。

而我祈祷如虎一般的中国男人出现一个令我刮目相看……

人·燕子和蛇

从前，有一个住在农村的人。他家堂屋的梁上，燕子筑巢久矣。燕子们秋去春来，每年必有小燕孵出。届时老燕双飞，雏燕呢喃，情趣盎然。在农村，被视为宅基稳固的象征。他家粮仓里，又有一条蛇。一条无毒的蛇。蛇也是他家的老房客了。毒蛇一般不入人家，活动于野外。无毒之蛇既入，大抵直去粮仓扑鼠。农村人习以为常，并不大惊小怪。由于蛇的光临避免了粮仓内鼠患成灾，反而对蛇不无敬意，视为“圣虫”。倘人取粮时见着了，轻轻拨开而已。老人们还每每口中念念有词，说些“圣虫啊打扰了”之类的话，表达善待的态度。粮仓里有蛇，证明有鼠，有鼠，证明着囤内不空，是家境中兴的象征。故农村有这样的对子：

梁正栖燕子
仓满卧圣虫

一天，其人坐在堂屋内悠闲饮茶，见老房客蛇从粮仓内蜿蜒而出，至门口，缓缓盘起晒太阳。那时刻，雄雌双燕，往返掠飞，忙着衔回食物，哺喂雏燕。

这人忽然心生忧虑。他想——若有一天，蛇爬上梁去，吞吃了小燕们怎么办呢？那结果可想而知。一对老燕将一去不返啊！那结果是他不能接受的。避免这一结果的发生，似乎只有采取一种超前措施，就是从家中赶走蛇。可他又不愿那么办。因为蛇和燕一样也是老房客，事不能做得那么绝情。不仅不愿，也有点儿不敢。农村人对蛇总是有几分迷信的看法。他怕那么一来冒犯了蛇，蛇会对他的家实行报复。何况，相比于燕子，蛇多年以来捕鼠的功劳是明摆着的。相比于猫，蛇更是粮仓当之无愧的守护神。因为猫并不喜欢白天夜里一直都待在粮仓；蛇却只偶尔离开粮仓晒晒太阳，最经常的时候是盘卧在粮食上。但蛇若真的加害于燕呢？多可爱的燕们啊！它们的存在，意味着诗情画意的存在。意味着浪漫的存在。他想到了，却没有采取丝毫有效的措施，倘燕果遭蛇害，他又怎么对得起燕呢？让燕们自己去防范，那不等于坐视不救么？

于是这人苦恼了，整夜整夜地因想不出一个两全的好法子而失眠……

某次朋友请客吃饭，讲了以上的片断。却又不要求大家当时替那人想出好法子，说下次聚时再洗耳恭听。

半月后众人第二次相聚，留下过“思考作业”的朋友旧话重提。

一人说：“得啦得啦，什么蛇啊燕啊的，早忘脑后了！谁有闲工夫费那份脑筋！”

版权拥有者只是默默笑，目光望向别人。

被望的人说：“我也早忘脑后去了！依我现在的想法，根本没有什么两全的法子。我是要为燕子驱逐了蛇的。我最讨厌蛇，不管它是不是圣虫。该冒犯的时候就得冒犯一下！”

版权拥有者仍默默笑，目光望向第三人。

第三人说：“我反其道而行之。我是现实主义者。燕子对人家有什么实际的用处？大小齐叫时，耳根子还不清静。还会梁上地下，到处落下燕屎来！民以食为天。蛇既是粮仓的守护神，我为燕驱逐了蛇岂不是犯不着的嘛！”

第四人说：“是犯不着。但我不对燕和蛇做具体的评论。那也同样犯不着。我可以睁一只眼闭一只眼，不得罪燕也不得罪蛇。至于蛇会不会加害于燕，那是它们之间的事，与我有什么相干？我的烦恼多着呐，才不管它们的事！”

这时姗姗来迟了第五个人，于是服务员上菜，众人便都海阔天空了。

这第五人听了一会儿，问：“为何不谈上次的话题？”

一人反问：“上次有什么未尽的正经话题？”

“就是燕子和蛇的话题啊！”

又一人道：“那也配算是正经话题！”

姗姗来迟者认真地说：“上次不是一再嘱咐，这次大家都提供一个两全的好法子么？我可是认认真真有备而来的！我苦思冥想了几天呢！我想出的第一个办法是——以铁刺缠梁绕柱，那样蛇就不能攀爬了。但又一考虑，不美观。实际上也意味着冒犯了蛇。于是苦思冥想出第二方案——以胶漆掺点烟油，稠刷梁柱四五遍，使之极光极滑，蛇定不能上。又烟油气味，乃蛇所嫌。人又不整天抱着柱子，并不妨碍人的正常呼吸……”

言尚未了，众人皆大笑灿然，纷纷指曰：“好一个认真的呆子！不过闲嘴饶舌的话题，也值当如此煞费苦心的么？那农夫，本已是庸人自扰。你的认真，便显智慧，又何尝不是无聊的智慧！……”

众人笑罢，版权拥有者说：“话题，确乎是一个闲嘴绕舌的话题。但正是这么一个话题，区别着人的种类。就中国的当下而言，认真之人，比之持极现实人生哲学之人，比之持圆滑人生哲学之人，不是太多，而是太少。认真是需要文化培养的。中国的文化，自古培养‘难得糊涂’；自古培养明哲保身，事不关己，高高挂起；自古培养暧昧的处世之道，曰中庸。我不过试图以那么一个话题，考验我等人中，有无认真者。须知，我当了国外大公司驻北京办事机构的全权代表，正是我的洋老板，用那么一个话题将我从数人中考出来的。我曾电话里一再提醒诸位，今天我再次请诸位吃饭，就是要洗耳恭听诸位的高见。幸而有一人对我的认真也很认真。否则，我白请大家吃这一顿了，也会因大家对我的认真都不认真而大失所望啊！”

众人默然。

第一次我在场，第二次我根本没去。听了“传达”，思而省而笔录之……

人和书的亲情

许多人与书的关系，犹如与至爱亲朋的关系。这么比喻甚至都不够准确——因为他们或她们对书的感情往往深到挚爱深到痴爱的程度。谈起书，这些人爱意绵绵，一往情深，仿佛是在谈人生的第一个恋人，好朋友，或可敬的师长。仿佛书是他们或她们的情人、知己、忘年交……

大约在三十年前，一个上海女孩儿成了云南插队知青。她可算是知青一代中年龄最小的一个了，才十四五岁。她是一个秀丽的上海女孩儿，曾被上海电影制片厂的导演邀去试过镜头。女孩儿的父母作为大学里的教育领导，"文革"中在劫难逃，自然是被首批打入另册的了。女孩儿的家自然也是被抄过的了。在"文革"中，知识分子的家一旦被抄，那么便再也找不到一本书了。

女孩儿特伤心，为那些无辜的书哭过。

然而这女孩儿天生是乐观的，因为她已经读过不少名著了。书中某些优秀的人物，那时就安慰她，开导她，告诉她人逢乱世，襟怀开阔乐观是多么重要。

艰苦的劳动女孩儿只当是体魄锤炼；村荒地远女孩儿只当是人生的考验。女孩儿用歌唱和笑容，以青春的本能向那个时代强调和证明着她的乐观。

但女孩儿也有独自忧郁的时候。对于一个爱看书的女孩儿，哪儿都发现不到一本书的时代，那是一个多么可怕的时代啊！

有次女孩儿被指派去开什么会，傍晚在一家小饭馆讨水喝，非常偶然地，她一眼看到了一本书。那一本书在一张竹榻下面。人不爬到竹榻下面去，是拿不到那一本书的。女孩儿的眼睛一旦发现了那一本书，目光就再也不能离开它了。

那究竟会是一本什么书呢？

不管是什么书，总之是一本书啊！

那是一个人人都将粮票看得十分宝贵的年代。在女孩儿眼里，竹榻下那一本书，简直等于便是十斤，不，简直等于便是一百斤粮票哇！

女孩儿更缺少的是精神的食粮啊！

女孩儿的心激动得怦怦跳。女孩儿的眼睛都发亮了！

女孩儿颤抖着声音问："那……是谁的书？……喏，竹榻下面那一本书……"

大口大口地吃着饭的男人们放下了碗，男人们擎着酒杯的手僵住了，热闹的划拳行令之声停止了……

小饭馆里那时刻一片肃静，每一个人的目光都注视在女孩儿身上——人们似乎已经好几个世纪没听到过"书"这个字了，似乎早已忘了书是什么……

"书……竹榻下那一本书……谁的？……"

女孩儿一手伸入衣兜，一手指向竹榻下——她打算用兜里仅有的几角钱买下那一本书，无论那是一本什么书。而兜里那几角钱，是她的饭钱。为了得到那一本书，她宁肯挨饿了……

一个男人终于回答她："别管谁的，你若爬到竹榻上拿到手，就归你了！"

女孩儿喜上眉梢，乐了。

还有什么可犹豫的呢？

于是，十四五岁的，秀丽的，已是云南插队知青的这一个女孩儿，在众目睽睽之下，当即往土地上一趴，就朝竹榻下面那一本书爬去——云南的竹榻才离地面多高哇，女孩儿根本不顾惜一身干干净净的衣服了，全身匍匐着朝那一本书爬去……

当女孩儿手拿着那一本书从竹榻下爬出来，站起来，不仅衣服裤子脏了，连脸儿也弄脏了，头发上满是灰……

但是女孩儿的眼睛是更亮晶晶的了，因为她已经将那一本书拿在自己手里了呀！

“你们男人可要说话算话！现在，这一本书属于我了！……”

小饭馆里又是一阵肃静。

女孩儿疑惑了，双手紧紧将书按在胸前，惟恐被人夺去……

大男人们脸上的表情，那一时刻，也都变得肃然了……

女孩儿突然一扭身，夺门而出，一口气儿跑出了那小镇，确信身后无人追来才站住看那一本书——书很脏了，书页缺残了，被虫和老鼠咬过了——但那也是宝贵的呀！

那一本书是《青年近卫军》。

女孩儿细心地将那一本书的残页贴补了，爱惜地为它包上了雪白的书皮……

如今，当年的女孩儿已经是妈妈了。她的女儿比当年的她自己还大两岁呢！

她叫林喆，是“文革”结束以后中国为数不多的几位哲学博士中的首位女博士。她目前在上海社会科学院法学研究所任研究员，而且是法哲学硕士生导师，指导着五名中国新一代的法哲学硕士生呢……

她后来成为博士，不见得和当年那一本书有什么直接的关系，甚至可以肯定地说，其实并没有什么直接的关系。

但当年那一个十四五岁的小女知青爱书的心情，细想想，不是挺动人的么？

人之爱书，也是足以爱得很可爱的呀……

感觉动物（之一）

如果我的记忆没错的话（我知道，它是一天比一天糟了），那么，这句话应该是契诃夫说的—— 一个正直的人，在狗的目光的注视下，内心往往会感到害羞的。原话差不多便是这样。但又的确非是原话。所以不敢用引号。但有两个词，却敢断言肯定是原话中的。那就是——“正直”和“害羞”。

为什么契诃夫认为—— 一个正直的人在狗的目光的注视下内心往往会感到害羞呢？为什么不是“一个善良的人”或“一个忠诚的人”或“一个腼腆的人”呢？

十几年前，第一次从书中谈到契诃夫关于狗的目光的话，百思不得其解。至今仍未想明白。狗性单纯于人性。因而狗的忠诚，是没有什么附加条件的。是人性许多情况下所不及的。故人类对狗的忠诚一向毁誉参半。如果说一个自诩对朋友忠诚的人，在狗的目光的注视下内心往往会感到害羞，意思不是更明了么？世界上对朋友像狗对主人那么忠诚的人即或有，也太少太少了。我就做不到。并且，也从来不认为将狗性中那一种忠诚引入交友之道是可取的。恰恰相反，我认为狗性中那一种接近本能的忠诚，一旦体现于人性，反而意味着是人性的扭曲，人性的病态。

某日早晨我散步，在公园里看见一只狗蹲踞林间小径旁，守着一个尼龙绳网兜。那是一只小矮脚狗，估计年龄在二三岁。网兜里也无非就是一棵白菜，一把芹菜，几条黄瓜而已。也许，它的主人在林中练气功，打太极拳；也许，在不远处的一片平地上跳舞……

忽然我想到契诃夫那句话，于是蹲在那小狗对面，研究地看它的眼。它也看我，贴地的尾巴梢摇了几摇，似乎表示对我友好。我以温柔的语调对它说了几句夸奖的话，就是某些大人夸小孩子那些半由衷半不由衷的话。我想，它的主人肯定就是经常以那么一种温柔的语调夸奖它的吧？它显然不是一只聪明到善于理解人话内容的小狗。但又显然对我那一种温柔的语调感到亲近。我抚摸它，它觉得舒服，显出很乖的样子，渐渐趴了下去。我存心试探它的忠诚，佯装要伸手抓取网兜。它立刻站了起来，颈毛乍耸，呜呜发声——分明的，我不放规矩点儿，它就会不客气，咬我没商量了。那一时刻，狗眼中充满了警告意味儿。我赶紧缩回手，它则又对我恢复了友好的样子。如此这般试探三次，它似乎明白了我在成心逗它，又似乎对人的狡猾仍怀有几分防范，于是干脆趴在网兜上。我又夸它，它又摇尾；我又抚摸它，它舔我手。倏忽间我从那小狗的眼中看出了这样的意思——人，请友好待我。难道我对你还不够友好么？只要你不想抢走我看守的东西，我绝不咬你。网兜并不是你的，不是你的东西你怎么可以动念抢走呢？一个好人难道会有这种行为么？……

真的，当时我觉得我从那小狗的狗眼中看出的意思，比我现在写下来的还要多。于是我对契诃夫关于狗眼的话有所领悟——在一切动物中，狗眼是最善于说话的。由于狗性的单纯，狗的目光也是最单纯的。文学作品中形容到人眼，每用“复杂的目光”一句。某些动物，尤其野生动物，面对人时，目光也会显得较为“复杂”。美国电影《与狼共舞》中有这样一个情节：人独自在山地夜宿，升起篝火，引来了一只狼。那是一只老而病的狼。它也寒冷，它企图趋火取暖。它已丧失了进攻的能力，甚至也丧失了自卫能力，故它畏人。人也怕它，因为它毕竟是一只狼。人并不打算伤害它。人也本能地提防被它所伤害。于是人尝试对狼表示友好，表示和平共处的愿望。方式是割了一条兽肉抛给它。狼叼了即跑。跑远才吃。人为了试探它的狼性和自己的人性究竟能达到怎样程度的和睦，又割了一块肉。这一次不是抛过去，而是拎在手里。狼还饿，于是不得不更向人接近着——狼犹豫，徘徊；狼终于经不住肉的诱惑，小心翼翼地向人走来；狼在距离人几步远处，趴了下去，眈眈地望着人；狼一点儿一点儿地向人匍匐，随时准备一跃而起，掉头便逃……

电影中是一只真的狼。而且不是动物园中的狼。是一只野生的狼。那一情节，又简直可以评价为人性与狼性沟通的实录片断。

那一时刻，那狼的目光就是极其“复杂”的——又警惕，又屈辱；几分显示自己无害的样子；几分卑微可怜的样子……

那一情节，是《与狼共舞》的经典情节，也堪称是电影史上表现人兽关系的经典情节。

那只狼，是“一位”出色的“演员”。本色“演员”。它将一只又老又病的狼在向人乞食时的“心理”，通过经典性的形体“表演”和“复杂”的目光，向观众传达得淋漓尽致。可惜世界上的任何电影奖都不曾专为兽“演员”设奖项。如果设了，那一只狼获奖是当之无愧的。

但狗眼中流露出的目光一般是不“复杂”的。小狗尤其这样。军犬和猎犬也不例外。无非军犬的目光中具有孤傲的成分，猎犬的目光中具有“我是猎犬我怕谁”似的无畏气概。狗性不仅单纯于人性，也单纯于野兽的兽性。在狗与人的关系中，有许多时候人的意思，需要狗去猜。这使狗善于对人察言观色。但狗尽管善于这样，却永远也不会因而变得狡猾。狗领悟了人的意思，狗眼中就会相应地流露出自己的意思。比如主人在忧伤，狗是能从主人脸上的表情看得出来的。于是狗每每会望着主人，用目光这么说：“啊，我的主人，你为什么而忧伤呢？不会是由于我的过失吧？我怎样才能解除你的忧伤呢？请吩咐吧主人。”比如主人在愠着，狗也会从主人脸上的表情看得出来。这时狗每每会用目光对主人说：“啊，我的主人，你的样子使我多么不安啊！需要我陪你去散步么?”凡家里养过狗的人都知道，夫妻经常吵架，也会使狗的性情受到不良影响。家长经常严厉地训斥孩子，甚至打骂孩子，日久天长，连他们的狗也会变得郁郁寡欢。甚至会变得智力低下，反应迟钝，对主人的意思懵懂不知所措。狗的目光是永远也不必主人猜测的。主人只要看他的狗一眼，心里就全明白了。狗眼永远只流露一种目光。永远流露得率真又单纯。古今中外，全人类没有一个人被自己的狗的目光所欺骗过。没有一个人犯过这样的错误——他认为他的狗会这样，而狗偏偏那样了。起码还没有过这种文字记载。狗脸与人脸大相径庭，但几乎所有的人都会觉得，狗脸上有与人脸极为相似的东西。那是什么呢？——是狗的眼睛。在一切野生的以及经人驯养过的动物中，除了猴子和猩猩而外，再就算狗的眼睛更像人的眼睛了。但狗的眼中那一种率直、坦白和单纯的目光，是成年的人类所不可能具有的。成年了的人类的眼中，几乎每一种目光都不再单纯。一个人对自己刚刚中了彩券大奖的朋友说：“我真为你高兴死了！”——他的目光中却每有嫉妒的成分。热恋中的情人对情人说：“我爱你海枯石烂不变心，没有你我就活不成。”——而我们都知道，一个果真死了，说“我就活不成”的，将不但继续活下去，不久便会陷入另一场热恋。他或她还要如此解释——因为对方太像自己热恋过的人了。你说容貌并不像，他可说他指的是气质像；你说其实气质也不像，她可说她指的是脾气秉性；你说连脾气秉性也不像，那人又会说指的是生活情趣……只有儿童的眼睛中还有率真、坦白和单纯。但是儿童一旦成长为少男和少女，他们和她们的目光便开始过早地变得复杂了。中国的少男和少女们尤其如此。我们的少男和少女成熟得太早了。中国人的目光也许是世界上最为捉摸不透的。中国人的心思往往太需要自己的同胞费心思去猜。

“他的眼睛告诉了我”或“她的眼睛在说”一类话，在人类大约是越来越靠不住了。在中国尤其靠不住。复杂的靠不住的决不可轻信的目光，像假冒伪劣产品一样多。人与人“目光的交流”简直成为一句荒唐可笑的话。几乎只有人与狗才可能进行值得信赖的“目光的交流”。我想，契诃夫在他所处的那一时代，以及所处的那一阶层，对此早有体会，所以才写出正直的人在狗面前都感到害羞的话吧？……

人生因阅读而精彩

——梁晓声作品编后语

《与大师面对面精品丛书》终于和读者见面了。这个系列包括了中国当代最受读者喜爱的一系列作家，如梁晓声、肖复兴、叶圣陶、毕淑敏、朱子清、丰子恺等。他们的作品内容包罗万象，极其生动有趣，他们以自己的善良坦诚和真知灼见为千千万万读者点燃了心灵的明灯。

我们先期推出的是著名作家梁晓声的作品精选集《父亲》《母亲》《慈母情深》《普通人》《梁晓声精品集 鹿心血》这几本书和著名作家肖复兴的作品精选集《那片绿绿的爬山虎》《早恋》等，以后还有一些内容更为精彩的书将陆续推出。这套丛书的主要读者对象是大中学生和爱好文学的青少年读者以及各位作家的众多“粉丝”。

先谈梁晓声老师的作品。许多年纪稍大的读者，熟悉梁晓声的名字是从《这是一片神奇的土地》《今夜有暴风雪》《雪城》《年轮》等短篇、中篇、长篇小说开始的。这些轰动一时的力作，曾被改编成电视连续剧，甚至其插曲也是万口传唱，雅俗共赏。梁晓声因而成为公认的“知青文学”的奠基人之一。

从那时开始，梁晓声成为当代文坛一个十分活跃、惊人高产的著名作家——二十多年的时间他竟写出了七十余部中篇小说，多部中篇获得了中篇小说选刊奖；他的长篇、短篇及杂体文也是内容丰富、包罗万象，如《欲说》《政协委员》《郁闷的中国人》《中国社会各阶层的分析》《一个红卫兵的自白》等。而《知青》这部45集的电视连续剧，在央视黄金档播出后，更是掀起了又一轮收视热潮，并引起了强烈的社会反响。

他的作品还被美国、日本等国家选为教育青少年和学习中文的高级范本，如《喷壶》《父亲》《从复旦到北影》《京华见闻录》等，《鹿心血》曾被拍成电影作为国礼送给了访华时的前苏联领导人戈尔巴乔夫。

在中国，他的作品还被选为教育部指定的中学课外读物，如《书和人的亲情》《我和橘皮的往事》《双琴祭》《父亲的演员生涯》《玻璃匠和他的儿子》《普通人》等（见本社出版的《父亲》《慈母情深》等书），《读者》等优秀杂志也多次转载他的多篇散文。

《慈母情深》原名《母亲》，获得新闻出版总署第六次向全国青少年推荐的优秀图书奖，在网上和书店广受读者喜爱。2010 年 1 月，北京电视台以《母亲》一书为话题，对梁晓声先生进行了半个多小时的专访。热心读者现场购书 500 多册。

梁晓声作品最鲜明的特色就是对真、善、美的讴歌及对平民小人物的关注。

在他笔下，那些生活在社会底层的人们虽然终日为生计奔波，但他们却有令人尊敬的精神世界，如《不速之客》《玻璃匠和他的儿子》《看自行车的女人》等；更为难能可贵的是，他的一些短篇小说或散文成为中苏边界趣闻轶事少有的见证，如《鹿心血》《非礼节性访问》《边境村纪实》等；他的反映校园生活的《我的大学》《毕业生》《学子》《表弟》《老师》等深受大中学生们的喜爱；还有许多反映亲情爱情的小说如《白发卡》《黑纽扣》《父亲》《母亲》《红腰带》等曾是那么深地打动过一代又一代读者，成为他们回味父母之恩、寄托情感的一种特殊方式。

本系列图书 2005 年初版时，引起了较大的反响。我收到了大量读者来信、来电，因为梁晓声作品引起了他们的强烈共鸣，深深地感动了他们。

大学生王芳来信说："读梁晓声的《父亲》，我哭了几次，都是感动的泪……他的文章是那么朴实生动又耐人寻味，让人觉得真实而又感人。借这本书我跑了三次图书馆才最终如愿以偿，它实在是太好了……很感谢你们能够出版如此有意义的读物，但愿以后还能读到类似的好书……"

天津大学的女研究生凌力力和河北、山东、湖南等地的读者来信也深情地赞扬了这本书给他们心灵上的洗礼和震撼。

毫无疑问，梁晓声是有社会责任感的作家，在中国当代文坛，梁晓声成为现实主义文学和平民代言人。因而，他被称为"平民作家"、"中国的巴尔扎克"；某报公开评选"感动中国的十位作家"，梁晓声榜上有名。

用平易生动的文字写出最打动人心的故事，这是梁晓声的另一特色。

读着他笔下的凡人小事，你可能会不知不觉间已泪流满面。在他看来，文学是国家、民族的史外史，是政治史、经济史的副本。因为，正史对细节是忽略不计的，而文学则为我们提供了了解一个国家、一个民族的历史细节的方法。字里行间，我们能够感受到他的善良、坦荡和矢志不渝的追求，正因为如此，他的作品才感动了千千万万人，而梁晓声也成为国务院总理温家宝亲自聘任的中央文史研究馆馆员，成为极少见的作家馆员，2010年，梁晓声被广大中小学师生评为"最受中小学生喜爱的当代作家"。

我国正处于社会迅速发展的转型期，青少年的升学、就业等生存压力越来越大，梁晓声作品中表现出来的积极向上、知恩图报、先人后己的价值取向和平民情结，对于渴望成功、价值观正在形成的青少年和文学爱好者来说，具有独特的不可替代的作用，他们最需要人生的导师和心灵的滋润。鉴于此，我们决定从作家大量作品中遴选最有故事性、最感人、最有益心灵成长的内容，呈献给学生和广大青少年文学爱好者和广大的“梁迷”朋友，但愿能有益于你们，使你们能因此受到启发和鼓舞，找到自己的人生目标，早日叩开成功与幸福之门。

于胭梅

2012年5月30日于北京

媒体及教育系统对本书的推荐阅读名单

（排名不分先后）

当代著名教育改革家，全国中青年有突出贡献的专家，首届中国十大杰出青年，原辽宁省盘锦市教育局党委书记、局长，第十三到十七届全国人大代表　**魏书生**

中国青少年研究中心副主任、研究员，国务院有突出贡献的专家，中国作家协会全国委员会委员兼儿童文学委员会委员，《少年儿童研究》杂志总编辑　**孙云晓**

首都师范大学语文报刊社社长、全国中语会副会长、博士、首都师范大学哲学硕士导师、教授　**陈　鹏**

杭州市拱宸桥小学教育集团理事长兼拱宸桥小学校长、特级教师、国家级学科带头人、全国五一劳动奖章获得者、浙江省小语会副会长、杭州市小语会会长　**王崧舟**

南京师范大学附中特级教师、苏教版初中语文主要编委、杂文家　**王栋生**

山东师范大学副校长、文学硕士研究生导师、山东省政协委员、研究员　**王少华**

首都师范大学附属中学语文高级教师、北京市语文学科带头人、首届“语通杯”全国教改新星、全国哲学社会科学“十五”规划国家级子课题“素质教育与语文创新阅读写作研究”项目负责人、全国教育科学“十一五”教育部规划课题子课题“现代文阅读教学实效性的教学策略研究”项目负责人　**刘　明**

山东省诸城市教育局党委书记、局长，全国中学语文教学专业委员会理事，全国青年语文教师研究中心副理事长，曾荣获“中国潜力校长”

称号，特级教师 **李庆平**

齐鲁师范学院文学院教授、文化与传播教研室主任，山东师范大学硕士生导师，山东省教学名师 **吴冰沁**

深圳市翠园中学语文特级教师、全国优秀教师、国家级骨干教师、曾获“烟台市十大杰出职工”称号 **杨秀珍**

全国中语会理事、山东省教学研究室中学语文教研员、山东省教育学会常务理事、山东省中语会副会长兼秘书长、特级教师、鲁教版语文教材主编 **厉复东**

北京市文汇中学党委书记兼校长 **王桃桃**

山东师范大学附中校长、齐鲁名校长、特级教师、山东省劳动模范 **于树增**

北京市中关村中学党委书记兼校长、中学高级教师、“全国三八红旗手”“首都巾帼十杰”“北京市三八红旗手”“北京市杰出校长” **邢筱萍**

重庆九龙坡区第一实验小学校长、享受国务院特殊津贴专家、全国优秀教师、全国小学十佳卓越校长、全国“科技之星”优秀工作者、国家教育基层质量管理决策专家委员、特级教师 **陈光培**

西南大学附属小学校长、重庆十佳校长、全国科研型教师、特级教师 **唐炳琼**

北京市教育学院丰台分院中学语文特级教师、中考命题专家、区特级教师工作室导师 **董华林**

山东省青州市劳动模范、教育局副局长，原青州八中校长，语文高级教师，市级骨干教师 **刘恩群**

北京市牛栏山一中语文特级教师 、全国中语会理事、北京市学科带头人、骨干教师、北京版高中《语文》教材编写组成员、北京市杂文学会理事、全国优秀教师 **刘德水**

北京市顺义区教育考试研究中心小语教研员、北京市骨干教师、学科带头人　　**孔凡艳**

河南师范大学附中特级教师　　**周枫林**

山东潍坊一中校长、齐鲁名校长　　**于允锋**

山东临沂二十中学校长、齐鲁名校长、特级教师　　**姜怀顺**

山东省诸城市教育局副局长、高级语文教师　　**魏山金**

山东省诸城市实验中学语文教师、潍坊市教学能手、全国优秀语文教师　　**秦　涛**

北京大兴区教师进修学校副校长、高级教师、北京教育科学研究院兼职教研员、市级学科带头人　　**王书明**

山东省潍坊市寒亭区第一中学校长、语文特级教师、中国教育学会中学语文教学专业委员会会员、中语会理事、全国优秀教师　　**高　斌**

西南大学附属小学优秀语文教师、重庆市市级骨干教师、市级优秀教研组长　　**申　玲**

北京大兴区教师进修学校高级语文教师、市级骨干教、学科带头人　　**宋宗颖**

北京大兴区教师进修学校教研员、高级语文教师、市级骨干教师、学科带头人　　**周平安**

北京师范大学大兴附中高级语文教师、区级骨干教师　　**吴业康**

北京四中高中优秀教师、高级语文教师　　**连中国**

复旦大学附中特级教师　　**黄荣华**

山东省淄博市教学研究室教研员、教育科学研究所副所长、语文高级教师　　**魏耕祥**

曲阜师范大学附中副校长、山东省“跨世纪园丁工程计划人才”、特级教师　　**王友才**

山东省济南中学副校长、全国优秀教师　　**王泽潭**

上海市第二中学高级语文教师 吕增耀
江西师范大学附中校长 汤赛南
北京市大兴区兴华中学优秀高级语文教师 赵 平
北京市大兴第一中学高级语文教师、区级骨干教师 康 珺
华北油田供应处中学高级教师、全国优秀教师 李凤平
北京市大兴第三中学语文教师 吴瑞霞
安徽师范大学附中校长 凌光明
山东省诸城实验中学高中部优秀一级语文教师 郑晓燕
山东省诸城实验中学高中部优秀一级语文教师 乔俊江
山东省诸城实验中学高中部优秀一级语文教师 陈 浩
山西省临汾市教研室主任、特级教师 张苏华
《小学生拼音报》总编辑 李 军
山西省实验中学教导处主任、特级教师 樊玉仙
山东省日照开发区中学校长、特级教师 张作民
山东省文登市第二实验小学校长、齐鲁名师 邢毅丽
山东省诸城实验中学优秀语文教师 宋 君
呼和浩特市第一中学校语文特级教师、国家级中小学骨干教师、内蒙古自治区骨干教师培训班主讲教师、呼市语文学会常务理事、呼市教研室高中语文兼职教研员、呼和浩特市首批语文学科带头人 张明星
河北隆化董存瑞中学校长 孟颜军
山东省潍坊市广文中学校长、齐鲁名校长 赵桂霞
山东省潍坊市广文中学特级教师、全国十大杰出母亲 刘湘玉
山西省太原市第五中学特级教师 郭蕴璧
江西省南昌市第十七中学特级教师 王道信
山东省青岛市平度实验中学校长、齐鲁名校长 崔 仁

江苏省泰州市第二附中语文高级老师、省教育科研课题组副组长　**汤文彬**

山东省潍坊市教科院语文教研员、高级教师　**李秀伟**

内蒙古通辽市开发区教委教导主任、中学语文高级教师　**肖桂兰**

内蒙古通辽市开发区教研室教研员、高级教师　**李秀环**

海南省海口市实验中学校长、全国优秀教师、海南省骨干教师、学科带头人　**林茵茵**

海南省琼海市博鳌中学校长　**李　飞**

海南省琼海市华侨中学校长　**吴李平**